A Falência

Edição com texto integral. Inclui notas explicativas para os termos não usuais.

Copyright desta edição © 2018 by Edipro Edições Profissionais Ltda.

Título original: *A falência*. Publicado originalmente no Brasil em 1901, por A Tribuna (Rio de Janeiro).

Todos os direitos reservados. Nenhuma parte deste livro poderá ser reproduzida ou transmitida de qualquer forma ou por quaisquer meios, eletrônicos ou mecânicos, incluindo fotocópia, gravação ou qualquer sistema de armazenamento e recuperação de informações, sem permissão por escrito do editor.

Grafia conforme o novo Acordo Ortográfico da Língua Portuguesa.

1ª edição, 2ª reimpressão, 2020.

Editores: Jair Lot Vieira e Maíra Lot Vieira Micales
Edição de texto: Marta Almeida de Sá
Produção editorial: Carla Bitelli
Assistente editorial: Thiago Santos
Capa: Ana Laura Padovan
Preparação e notas: Thiago de Christo
Revisão: Tatiana Tanaka
Editoração eletrônica: Estúdio Design do Livro

Dados Internacionais de Catalogação na Publicação (CIP)
(Câmara Brasileira do Livro, SP, Brasil)

Almeida, Júlia Lopes de, 1862-1934
    A falência / Júlia Lopes de Almeida – São Paulo: Via Leitura, 2018.

    ISBN 978-85-67097-63-3

    1. Ficção brasileira. I. Título.

18-19473   CDD-869.3

Índice para catálogo sistemático:
1. Ficção : Literatura brasileira : 869.3

Iolanda Rodrigues Biode – Bibliotecária – CRB-8/1001

VIA LEITURA

São Paulo: (11) 3107-4788 • Bauru: (14) 3234-4121
www.vialeitura.com.br • edipro@edipro.com.br
@editoraedipro   @editoraedipro

O livro é a porta que se abre para a realização do homem.
Jair Lot Vieira

JÚLIA LOPES DE ALMEIDA

A FALÊNCIA

VIA**L**EITURA

1

O Rio de Janeiro ardia sob o sol de dezembro, que escaldava as pedras, bafejando um ar de fornalha na atmosfera. Toda a rua de São Bento, atravancada por veículos pesadões e estrepitosos, cheirava a café cru. Era hora de trabalho. Entre o fragor das ferragens sacudidas, o giro ameaçador das rodas e os corcovos de animais contidos por mãos brutas, o povo negrejava suando, compacto e esbaforido.

À porta do armazém de Francisco Theodoro era nesse dia grande o movimento. Um carroceiro, em pé dentro do caminhão, onde ajeitava as sacas, gritava zangado, voltando-se para o fundo negro da casa:

– Andem com isso, que às onze horas tenho de estar nas docas!

E os carregadores vinham, sucedendo-se com uma pressa fantástica, atirar as sacas para o fundo do caminhão, levantando no baque nuvens de pó que os envolvia. Uns eram brancos, de peitos cabeludos mal cobertos pela camisa de meia enrugada, de algodão sujo; outros, negros, nus da cintura para cima, reluzentes de suor, com olhos esbugalhados.

Ao cheiro do café misturava-se o do suor daqueles corpos agitados, cujo sangue se via palpitar nas veias entumescidas do pescoço e dos braços.

No desespero da pressa, o carroceiro soltava imprecações, aos berros, furioso contra os outros carroceiros, que passavam raspando-lhe a caixa do caminhão todo derreado para a aniagem[1] das sacas, respirando a poeirada que se levantava delas. Os outros respondiam com iguais impropérios, que os cocheiros dos tílburis, em esperas forçadas, ouviam rindo, mastigando o cigarro.

Os carregadores serpeavam por meio de tudo aquilo como formigas em correição,[2] com a cabeça vergada ao peso da saca, roçando o corpo latejante nas ancas lustrosas dos burros.

Transeuntes recolhiam-se apressados, de vez em quando, para dentro de uma ou outra porta aberta, no pavor de serem esmagados pelas rodas que invadiam as calçadas, resvalando depois com estrondo para os paralelepípedos da rua.

Aqui, ali e acolá, pretinhas velhas, com um lenço branco amarrado em forma de touca sobre a carapinha, varriam lépidas com uma vassoura de piaçava os grãos de café espalhados no chão. Com o mesmo açodamento peneiravam-nos logo em uma bacia pequena, de folha, com o fundo crivado a prego. Era o seu negócio, que aqueles dias de abundância tornavam próspero. Enriqueciam-se com os sobejos.

---

1. Aniagem: tecido para confecção de fardos e sacas.
2. Correição: grande marcha de formigas.

Assim, em toda a rua só se viam braços a gesticular, pernas a moverem-se, vozes a confundirem-se, chocando nas pragas, rindo com o mesmo triunfo, gemendo com o mesmo esforço, em uma orquestra barulhenta e desarmônica.

A não ser as africanas do café e uma ou outra italiana que se atrevia a sair de alguma fábrica de sacos com dúzias deles à cabeça, nenhuma outra mulher pisava aquelas pedras, só afeitas ao peso bruto.

Dominava ali o trabalho viril, a força física, movida por músculos de aço e peitos decididos a ganhar duramente a vida. E esses corpos de atletas, e essas vozes que soavam alto num estridor de clarins de guerra, davam à velha rua a pulsação que o sangue vivo e moço dá a uma artéria, correndo sempre com vigor e com ímpeto.

Já de outras ruas descia aquela onda quente, arfante de trabalho; vinha da rua dos Beneditinos e vinha dos armazéns da rua Municipal, todos atulhados de café, que esvaziavam em profusão para os trapiches e as docas, tornando-se logo a encher famintamente.

Em uma ou outra soleira de porta trabalhadores sentavam-se descansando um momento, com os cotovelos fincados nos joelhos erguidos, salivando o sarro[3] dos cigarros, a saborear uma fumaça, olhando com indiferença para aquela multidão que passava aos trancos e barrancos, na ânsia da vida, num torvelinho de pó e gritaria.

De vez em quando, grupos de rapazinhos, na maior parte italianos, surgiam nas esquinas e percorriam todo o quarteirão, às gargalhadas, enchendo os bolsos com o café das africanas velhas, cujos guinchos de protesto se perdiam abafados pelo ruído complexo da rua.

Dentro dos armazéns a mesma lufa-lufa.

No de Francisco Theodoro não havia paragem.

O primeiro caixeiro, seu Joaquim, um homem moreno, picado das bexigas, de olhos fundos e maçãs do rosto salientes, gesticulava em mangas de camisa, apressando os carregadores esbaforidos.

À porta, um capataz de tropa, mulato, furava com um furador tubular de aço e latão todas as sacas que saíam, para que se escapasse pela abertura uma mancheia[4] de grãos. Os carregadores apenas retardavam os passos nessa operação, e o café caía cantando na soleira.

Ao fundo, um rapazinho magro e amarelo, o Ribas, apontava num caderno o número de sacas que levavam, rente à escada de mão por onde os carregadores subiam para as tirar do alto das pilhas, correndo depois pelo asfalto desgastado e denegrido do solo.

---

3. Sarro: resto, resíduo.
4. Mancheia: punhado.

Tudo era feito numa urgência, obrigada a grande movimento.

Um sopro ardente de vida, uma lufada de incêndio bafejada por cem homens arquejando ao mesmo tempo na febre da ambição, varava todo aquele extenso porão negro, sem janelas, ladeado de sacos sobrepostos e adornado nas vigas sujas do teto por infinita quantidade de teias de aranha, enredadas, como longas sanefas[5] viscosas de crepe russo.

De vez em quando, um ruído de cascata rolava pelo interior do armazém. Era o café, que ensacavam na área do fundo e que na queda das pás desprendia um pó sutil e um cheiro violento.

Fora, chicotadas cortavam o ar com estalidos, e pragas rompiam alto no som confuso, em que vozes humanas e rodas de veículos se amalgamavam com o estrupido das patas dos animais.

Alguns carregadores exaustos paravam um pouco, limpando o suor, mas corriam logo, chamados pelos olhos de seu Joaquim, que ia e vinha, muito trêfego,[6] sungando as calças que lhe escorregavam pelos quadris magros.

– Aviem-se! Aviem-se! Temos hoje muito que fazer!

Era o seu estribilho.

E havia sempre muito que fazer naquela casa, uma das mais graúdas no comércio de café. Dir-se-ia que o dinheiro aprendera sozinho o caminho dos seus cofres, correndo para eles sem interrupção.

Ao lado do armazém e se comunicando com ele por uma portinha estreita havia, à esquerda, o corredor e a escada, que levava ao escritório, acima, no primeiro andar.

Em uma sala ampla, quadrada, de madeiras velhas e papel barato, o Senra, guarda-livros, escrevia em pé, junto à escrivaninha colocada ao centro. Em outra carteira trabalhavam os dois ajudantes, um velho, o Motta, de sorriso amável e modos submissos; e o outro, um moço bilioso de barbinhas pretas mal plantadas em um queixo quadrado.

Nessa sala o trabalho era silencioso. As penas não paravam, mal dando tempo às mãos para folhearem os livros e as diversas papeladas. Diziam-se frases sem se levantarem os olhos da escrita, e as perguntas eram apenas respondidas por monossílabos.

A um canto, sobre uma mesinha sólida, entre uma das janelas e a parede, estava a prensa de copiar; e no outro canto, em um alto banco de madeira pintada, a talha de filtro já enegrecida pelo uso. Pelas paredes, pastas de molas, rotuladas, em filas, prenhes de contas, recibos e cartas a responder. Ao fundo, entre a talha e o corredor da entrada, abria-se uma janela para o negrume do armazém, sob uma claraboia estreita, de pouca luz.

---

5. Sanefa: cortina.
6. Trêfego: agitado.

Era em um gabinete, ao lado, com uma janela para a rua e igual avareza de mobília, que o dono da casa escrevia a sua correspondência, bem repousado em uma larga cadeira de braços.

Ele ali estava, acabando de fechar uma carta.

Toda a sua pessoa reçumava[7] fartura e a altivez de quem sai vitorioso de teimosa luta. Gordo, calvo, de barba grisalha rente ao rosto claro, com os olhos garços tranquilos e os dentes brancos e pequeninos, tinha um belo ar de burguês satisfeito.

Não era alto e quando andava fazia tremer a casa, tal a firmeza dos seus passos pesados.

Um ou outro empregado vinha de vez em quando fazer-lhe uma pergunta, a que ele respondia com paciência, indicando claramente as cousas, com minúcias, para evitar confusões.

Francisco Theodoro, à sua larga secretária de peroba, dava a face para o cofre de ferro, de trincos e fechaduras abertas.

Tinha ele por hábito, tornado já em cacoete, remexer com a mão curta e gorda o dinheiro e as chaves guardados no bolso direito das calças. No começo da sua vida dura de trabalho e de áspera economia, aquilo seria feito com intenção; agora representava um ato maquinal, alheio a qualquer pensamento de avareza ou de orgulho de posse.

Depois de muitas horas de trabalho febril, sem repouso, vinha o momento de paragem, a hora do café, que um mulato moço, o Isidoro, levava primeiro ao escritório, servindo depois os empregados do armazém.

Os degraus já gastos da escada rangiam então ao peso de um comissário vizinho, o João Ramos, e do ensacador Lemos, da rua dos Beneditinos, do Negreiros, da rua das Violas, e do Inocêncio Braga, recentemente associado ao grupo. Às duas horas reuniam-se sempre ali para o cafezinho, descansando o corpo e desanuviando o espírito com palestras de seu interesse e do seu gosto.

Nesse dia tinham soado já as duas quando os negociantes apareceram.

Francisco Theodoro levantou-se e bateu com os pés, desenrugando as calças.

– Homem! Vocês tardaram.

– Culpa do Lemos.

E depois:

– O senhor está com a casa repleta!

– Tenho exportado muito café!

– Felizardo! Aproveite a época, que não pode ser melhor!

---

7. Reçumar: deixar transparecer.

9

Corria então o ano de mil oitocentos e noventa e um, em que o preço do café assumira proporções extraordinárias. O movimento crescia e casas pequenas galgavam aos saltos grandes posições.

– O que eu te invejo – disse o Ramos, único que ousava tratar Theodoro por tu –, não é a fortuna, é a mulata que te engoma as camisas!

Os outros olharam rindo para o alvo e lustroso peitilho do dono da casa, que saboreava o café, com ar satisfeito, de pé, com o pires muito afastado do corpo seguro na ponta dos dedos.

– Não é má essa – regougou[8] o Lemos, o comendador Lemos, da Beneficência, franzindo o narizinho, submerso entre duas bochechas, que nem de criança.

Depois de um riso fraco e desafinado, ouviu-se a vozinha aflautada do Inocêncio perguntando a Theodoro:

– Aqui o seu vizinho Gama Torres é que fez um casão de um dia para o outro, hein?

– Homem, sempre é verdade aquilo?!

– Se é... tenho provas... Afinal, eu inspirei-o um pouco no negócio...

Fixaram todos a vista no Inocêncio Braga. Era um homem pequenino, magro, com uns olhinhos negros, febris e um fino bigode castanho, quase imperceptível.

– Custa-me a crer nesses milagres – ponderou Theodoro pousando a xícara na bandeja que o Isidoro oferecia.

– Afirmo; questão de arrojo. Presumiu alta, abarrotou o armazém e esperou a ocasião. O sogro ajudou-o, está claro...

– Não meditou nas consequências que poderiam sobrevir se se desse uma baixa.

– Quem fala em baixa?! Eu só lhe digo que o comércio do Rio de Janeiro seria o melhor do mundo se tivesse muitos homens como aquele. Senhores, a audácia ajuda a fortuna. Fiquem certos de que o bom negociante não é o que trabalha como um negro e segue a rotina dos seus antepassados analfabetos. O negociante moderno age mais com o espírito do que com os braços e alarga os seus horizontes pelas conquistas nobres do pensamento e do cálculo. O Torres é de bom estofo; é destes. Conheço os homens.

Olhavam todos para o Inocêncio com um certo respeito, reconhecendo-lhe superioridade intelectual.

– O Gama Torres teve dedo, teve – sentenciou o Lemos.

E logo o Inocêncio acrescentou:

– Também aquele está destinado a ser o nosso Rothschild!

---

8. Regougar: falar em tom áspero.

Theodoro contraiu as sobrancelhas. Ser o primeiro negociante, o mais hábil, o mais forte, fora sempre o seu sonho.

Voltando-se, inquiriu dos outros explicações miúdas acerca daquele negócio fabuloso. O tempo favorecia as especulações, e ele meditava no assunto, alisando a barba grisalha, rente às faces gordas e macias.

O Negreiros, tendo dado volta à sala e enfiado pela porta do escritório o seu enorme nariz de cavalete, virou-se para os outros e disse a meia-voz:

– Que diabo! Não posso acostumar-me a ver aquele velho como ajudante de guarda-livros!

– Que quer você? – murmurou Theodoro. – O Mattos empenhou-se por ele e afinal a aquisição foi boa. Precisa mais do que os moços, e, como dá boa conta do recado, não penso em substituí-lo. É assíduo.

– Outro esquisitão que você tem cá em casa é lá embaixo o Joaquim. Ninguém dirá que é o mesmo lá fora.

– Muito carnavalesco e metido com as damas, hein? Que se divirta, aqui trabalha como nenhum. É uma praça de arromba: descansa-me.

– Ouvi dizer que ele vai casar com a Delfina do Recreio.

– Histórias! O rapaz é sério.

– Tolo é que ele não é – resmungou o Negreiros procurando o chapéu.

O Inocêncio despediu-se também; ia num pulo ao Torres. Os afazeres eram tantos que mal lhe davam tempo para engolir o café.

Quando ele saiu, olharam uns para os outros interrogativamente. O comendador Lemos sentenciou:

– Este Inocêncio é espertalhão! Está aqui, está diretor do banco. Não duvido que o Torres tivesse sido empurrado por ele. Tem uma lábia!

– E sabe encostar-se a boas árvores. O Barros tem-lhe dado boas comissões e não é à toa que ele procura tanto agora o Torres... Mete-se sempre na melhor roda. Aquele não veio de Portugal como nós, sem bagagem e cheirando a pau de pinheiro; trouxe luvas e meias de seda. O patife!

– São os que naufragam.

– Quando não vêm à caça e não têm o jeitinho que este revela. Canta que nem um pássaro para atrair a gente!

– É uma inteligência superior! – suspirou o Ramos esticando com ambas as mãos o colete sobre a barriga arredondada. Depois, refestelando-se no sofazinho austríaco, teve uma ponta de censura para as cousas desta terra: o governo era fraco, o povo, indisciplinado, a cidade, infecta.

Inda nessa manhã, vendo marchar um pelotão de soldados, sem cadência nem ritmo, lembrara-se da maneira por que os soldados da sua pátria andavam pelas ruas. As fardas eram mais bonitas, os metais mais polidos, os passos iguaizinhos, um, dois, um dois; fazia gosto. E assim, em tudo mais aqui, o mesmo relaxamento.

A maldita República acabaria de escangalhar o resto. Veriam.

Só no fim perguntaram pelas famílias.

– A propósito – perguntou o Ramos a Theodoro –, aquela menina que vai tocar violino no concerto dos pobres é sua filha?

– Que concerto?

– De amanhã, no Cassino. Foi a minha madama que leu isso num jornal.

– Pode ser... são cousas lá da mãe. A pequena tem um talentão; o próprio mestre espanta-se.

– É bonita! vi-a um destes dias – observou o Lemos.

– Não, isso não! Por enquanto ainda não se pode comparar com a mãe – protestou Francisco Theodoro, com sinceridade e um certo orgulho.

Os outros sorriram.

– Lá isso, você tem um pancadão. Feliz em tudo, este diabo!

Houve uma pausa.

– Realmente – insistiu Francisco Theodoro –, o Gama Torres deu um cheque valente. Pois olhem, eu não dava nada por ele: um brasileirito magro.

– E começou outro dia!

– De mais a mais, parecia acanhado, tímido.

– Qual! Isso não! Conheci-o caixeiro, ali do Leite Bastos. Foi sempre um atirado; aí está a prova: fez um casão de um dia para o outro. Dou razão ao Inocêncio; aquele está talhado para ser o nosso Rothschild.

– Vejam lá – rosnou o Lemos com a papada trêmula e um brilho de cobiça nos olhinhos pardos –, eu quis fazer o mesmo negócio e lá o meu sócio é medroso e: tá, tá, tá, é melhor esperar. Está aí!

– Fez bem, foi prudente! Deixem lá falar o Inocêncio. Senhores, o comércio do Rio de Janeiro é honesto e não se tem dado mal com o seu sistema – observou Theodoro.

– Sim, o Inocêncio aprecia isso de fora, por isso diz o contrário. Chama o comércio do Rio de Janeiro de ignorante e de porco.

– Porco?! – bradaram os outros, indignados.

– Porco – confirmou o Ramos com solenidade.

– Tudo mais aceito, o porco é que não engulo, observou do seu canto o Lemos, o anafado.

Ramos sentiu saltar-lhe na língua esta resposta: – porque os animais da mesma espécie não se devoram entre si – mas, por consideração ao amigo, calou-se. Ele confessava-se seduzido pelas exposições do Inocêncio. Que talento!

– Mas, afinal de contas, que quer o Inocêncio?! – perguntou Theodoro de pé, cruzando os braços sobre o fustão alvo do colete.

– Queria. Pensava encontrar aqui uma praça mais desenvolvida, maiores transações, casas de mais vulto. Diz que não temos sabido aproveitar as aragens. Que só trabalhamos com o corpo. Não o ouviu?

– Com que diabo quereria ele que trabalhássemos?

– Com a inteligência. Está claro. E ele explicou a cousa bem. O nosso comércio é formado por gente sem escola, vinda de arraiais. Eu, por mim, confesso, mal tive uns meses magros de colégio! Apanhei muito e não aprendi nada.

Houve um curto silêncio, em que passou pelos olhos de todos a saudosa visão de uma escola rudimentar em um recanto plácido de aldeia.

Depois de um suspiro, Theodoro concluiu:

– Que venham para cá os doutores com teorias e modernismos, e veremos o tombo que isso leva!

Entreolharam-se. A verdade é que tinham todos eles um soberano desprezo pelas classes intelectuais. Daí um sorrisinho de expressiva intenção.

Mais um pouco de palestra sobre câmbio, transações da bolsa e assuntos lidos no *Jornal do Comércio* do dia encheram um quarto de hora, que passou depressa. Por fim, saíram falando alto, dizendo que aquela casa cheirava a dinheiro.

Francisco Theodoro foi dar o seu giro pelo armazém. Vendo-o em baixo, seu Joaquim acudiu logo, limpando com a língua o bigode molhado de café, a dar informações.

– Estamos esperando o café do Simas.

O caminhão já está aí perto, mas ficou entalado entre os carroções do Gama Torres. Tem sido um despropósito o café que aquele armazém tem engolido.

– Já sei disso... bem. Mandou as contas para cima?

O outro disfarçou um movimento de enfado e mal respondeu: – Sim, senhor – depois gritou para o fundo:

– Seu Ribas!

O Ribas cruzou-se com Francisco Theodoro, que seguiu até a área, a ver ensacar o café.

A gente do armazém tinha quizilia[9] à do escritório: fazia valer os seus serviços, deprimindo os alheios. Seu Joaquim considerava-se o melhor empregado da casa e gostava de mostrar as suas exigências. Os caixeiros temiam-no; mas o pessoal de cima tratava-o com certa sobranceria, que ele não perdoava.

O velho Motta, ajudante de guarda-livros, ainda era o único que lhe dispensava amabilidades e cortesias; mas, mesmo nisso, seu Joaquim via uma adulação. Com certeza o velho só pensava em impingir-lhe a filha, que mirrava os seus trinta anos em um sobradinho da rua Funda.

---

9. Quizilia: antipatia gratuita.

Francisco Theodoro demorou-se um bocado na área vendo ensacar. Passou-lhe pela lembrança o tempo dos escravos, quando esse trabalho era exclusivamente feito pelos negros de nação, com a sua cantilena triste, de africanos. Era mais bonito.

As pás iam e vinham cantando, num compasso bem ritmado, sempre seguido da voz: eh, eh! eh, eh! E agora mal se via um preto nesse serviço! E ainda acham que as cousas se alteram devagar!

Rolavam pelo chão grãos de café, como contas de cimento, e na atmosfera carregada mal se podia respirar. Francisco Theodoro voltou. O caminhão estava já à porta e os carregadores andavam nas suas corridas afanosas. Ia subir quando foi abordado por um dono de trapiche, o Neves, que, vendo-o da rua, entrou para lhe pedir a freguesia, acrescentando para o estimular:

– Agora mesmo venho ali do seu vizinho, o Gama Torres, que me tem mandado lá para o trapiche um número assombroso de sacas!

O movimento do armazém interrompia-os de instante a instante. Francisco Theodoro mal respondia, com as ideias desviadas para outro sentido.

Pensava no Gama Torres, de quem toda a gente lhe falava com elogio e pasmo. Aquele está destinado a ser o primeiro homem da praça, dissera-lhe o Inocêncio, e o Inocêncio era homem de bom faro e de êxito seguro em todas as suas previsões. Mas esse papel, de financeiro e negociante forte entre os mais fortes, fora o ideal de toda a sua longa vida de trabalhos, de sujeições e de amarguras! Seria justo que o outro, de um pulo, erigisse edifício mais alto e glorioso do que o seu, cimentado com lágrimas, com sacrifícios, com tantos anos de esforço e de labor?

Francisco Theodoro despediu-se do Neves sem o animar, apertando-lhe a mão frouxamente, e subiu para o escritório. Na escada encontrou o mulato, o Isidoro, com uma vassoura na mão.

– Cuidado!... não me tirem as teias de aranha do armazém...

– Não, senhor! Eu bem sei que aquilo dá felicidade.

Francisco Theodoro deteve-se um momento no escritório e entrou depois para o seu gabinete.

Fora, o sol avermelhava as fachadas feias e desiguais das casas fronteiras. Velhas paredes repintadas, outras com falhas de caliça, guardavam os seus segredos e as suas fortunas. Um hálito ardente de verão bafejava toda a rua febril.

Os armazéns, pelas bocas negras das suas portas escancaradas, vomitavam ainda sacas e sacas de café, que as locomotoras e as carroças levavam com fragor de rodas e cascalhar de ferragens para os lados da Prainha e da Saúde, levantando do solo esmagado camadas de pó que espalhavam no ar cintilações de ouro.

11

Em caminho de casa, Francisco Theodoro, recostado em um bonde, persistia em querer ler um jornal da tarde, sentindo que as ideias lhe fugiam para um curso perigoso.

O êxito do Torres quizilava-o.[10] Parecia-lhe que o outro lhe taparia o caminho, impedindo-o de chegar ao seu último ponto de mira. Galgava-lhe de assalto a dianteira, para se quedar sempre na sua frente, como um obstáculo.

Aquela conquista de fortuna, feita de relance, perturbava-o, desmerecia o brilho das suas riquezas, ajuntadas dia a dia na canseira do trabalho. A vida tem ironias: teria ele sido um tolo?

Talvez, e, para se certificar, reviu a sua vida no Rio, desde simples caixeiro, quase analfabeto, com a cabeça raspada, a jaqueta russa e os sapatões barulhentos.

Tinha ainda fresco na memória o dia do desembarque – estava um calor! – e de como depois rolara aos pontapés, malvestido, mal alimentado, com saudades da broa negra, das sovas da mãe e das caçadas aos grilos pelas charnecas do seu lugar.

Pouco a pouco outros grilos cantaram aos seus ouvidos de ambicioso. O som do dinheiro é música; viera para o ganhar, atirou-se ao seu destino, tolerando todas as opressões, dobrando-se a todas as exigências brutais, numa resignação de cachorro.

Assim correram anos, dormindo em esteiras infectas, molhando de lágrimas o travesseiro sem fronha, até que o seu mealheiro se foi enchendo, enchendo avaramente.

Aquela infância de degredo era agora o seu triunfo. Vinha de longe a sua paixão pelo dinheiro; levado por ela, não conhecera outra na mocidade. Todo o seu tempo, toda a sua vida tinham sido consagrados ao negócio. O negócio era o seu sonho de noite, a sua esperança de dia, o ideal a que se atirava a sua alma de adolescente e de moço.

Não podia explicar, como, só pelo atrito com pessoas mais cultivadas, ele fora perdendo, aos poucos, a grossa ignorância de que viera adornado. A letra desenvolveu-se-lhe, tornou-se firme, e a sua tendência para contas fez prodígios, aguçada com o sentido na verificação de lucros. Relendo cifras, escrevendo cartas, formulando projetos e observando atentamente o seu trabalho e o alheio, tornara-se um negociante conhecedor do que tinha sob as mãos, e um homem limpo, a quem a sociedade recebia bem.

Não pudera ser menino, não soubera ser moço, dera-se todo à deusa da fortuna, sem perceber que lhe sacrificava a melhor parte da vida. Para ele, o

---

10. Quizilar: aborrecer.

Brasil era o balcão, era o armazém atulhado, onde o esforço de cada indivíduo tem o seu prêmio.

Fora do comércio não havia nada que lhe merecesse o desvio de um olhar. Tempos de amargura e de esperança aqueles!

Relembrando o passado, Francisco Theodoro procurava em si mesmo elementos com que pudesse bater influências e opor-se às especulações de afogadilho; devia encontrá-los espalhados pelos dias ásperos da incerteza e os macios da prosperidade.

Essa retrospecção agradou-lhe; fixou vários períodos.

O tempo em que morara em um sobradinho do beco de Bragança, sombreado pelo beiral muito estendido do telhado coberto de ervagem e pela sacada de rótula de um verde sujo.

Embaixo e defronte, caixoteiros martelavam em tábuas de pinho, cujo cheiro dava ao beco imundo uma baforada fresca de floresta. E as marteladas que lhe importavam se poucas horas estava em casa! De dia o trabalho; de noite, o teatro ou a casa da Sidônia. Que seria feito da Sidônia? Devia estar praí, em qualquer canto, e velha.

Aos domingos, na chácara do Mattos, o solo,[11] os jantares à portuguesa e a hospitalidade paciente da boa dona Vica. Tudo lhe girava na memória suavemente, suavemente.

Fora no conforto daquela chácara, vendo-se cercado de considerações, ao lado do amigo repousado e feliz, que ele sentiu a sua importância e se lembrou que deveria haver na terra outras delícias; mas o seu coração, cansado de uma luta formidável, negava-lhe novas inclinações. A pátria esquecida não lhe acenava com o mínimo encanto: a mãe morrera, a sua única irmã tinha-se recolhido a um convento. Fechara-se uma porta sobre a sua meninice.

Sentia-se só; começava a cansar-se e a enjoar as mulheres fáceis, com quem convivia em relações momentâneas. Mesmo a Sidônia enervava-o com os seus arrufos e as suas denguices.

Atirou-se a proteger as instituições do seu país, a andar com medalhões e a fazer mordomias na Beneficência. No fundo, não era só a distração que ele buscava, nem a caridade que ele exercia; uma outra causa lhe filtrava n'alma aquela vocação para o benefício...

E a comenda chegou.

Foi só depois de comendador que Theodoro se sentiu vexado daquela habitação e se mudou para um segundo andar da rua da Candelária, que mobiliou a vinhático, com exuberância de cromos pelas paredes. Achou, ainda assim, que à sua casa alegre faltava qualquer cousa.

Viera-lhe a dispepsia. Que insônias!

---

11. Solo: jogo de cartas.

Um médico, consultado, aconselhara-lhe uma viagem à terra ou o casamento, para a regularização de hábitos. Ele achara cedo para a viagem: solidificaria primeiro a fortuna. A ideia do casamento parecia-lhe mais salvadora.

Para que lhe serviria o que juntara se o não compartilhasse com uma esposa dedicada e meia dúzia de filhos que lhe herdassem virtudes e haveres?

No seu sonho começou a esboçar-se a ideia de um herdeiro. Teria um rapaz, que usasse o seu nome, seguisse as suas tradições e fosse, sobretudo, um continuador daquela casa da rua de São Bento, que engrandeceria com o seu prestígio, a sua mocidade, bem assente no apoio e na experiência paterna. O filho seria a sua estátua viva, nele reviveria, mais perfeito e melhor. Esse ao menos teria infância, seria instruído.

E tanto aquela ideia o perseguia que num domingo de solo abriu-se ao Mattos, que acolheu com ar solene e discreto as confidências do amigo.

Lembrava-se muito bem da cara com que o outro lhe respondera:

– Sei o que você quer. Tivemos aqui na vizinhança uma família que está mesmo ao pintar. Gente pobre, mas de educação. A filha mais velha é a que lhe convém. Bonita e grave. Muito digna.

Francisco Theodoro murmurou:

– Pois uma mulher assim é que me servia.

– O diabo é que elas vão de mudança para Sergipe.

– Então acabou-se.

– Não se acabou tal. Por enquanto estão hospedadas em casa de umas tias, no Castelo. Ainda é tempo de lá irmos fazer uma visita. O resto fica por minha conta.

Foi por uma noite escura que ele, já mais por condescendência que por curiosidade, entrou com o Mattos na casa das senhoras Rodrigues, no morro do Castelo.

Fazia frio; na rua um cão uivava longa, doloridamente.

Quem abriu a porta foi a mais velha das donas da casa, dona Itelvina, senhora alta e seca, muito nariguda, vestida de lãs pardas. Os outros ainda se cumprimentavam e já ela se sentava, erguendo o joelho agudo sob a costura. Não tinha tempo a perder.

A outra senhora da casa andava por fora; Theodoro conhecera-a depois. Essa era toda confiante e muito religiosa. Tinha ido à novena do Carmo com as duas sobrinhas mais moças e o irmão, o velho Rodrigues.

Em uma sala vasta, quase nua, mal clareada por um lampião de querosene, viu Theodoro, pela primeira vez, dona Emília, uma senhora bonita, de ar majestoso e olhos trêfegos, e as suas duas filhas mais velhas – Camila e Sofia.

Camila fazia crochê perto do lampião; Sofia refugiara-se para um canto do canapé, queixando-se da cabeça. E a mãe começou a falar com ar de sinceridade, muito demonstrativa. A cada instante o nome de Camila saía-lhe da boca com um elogio. Era a filha mais velha e a mais instruída: pilhara os tempos das vacas gordas, quando o pai exercia um cargo lucrativo.

Os dedos de Camila apressavam-se no crochê; com certeza ela havia de ter errado os pontos e sentido os olhares de Theodoro queimarem-lhe a pele, que a tinha linda, de uma alvura azul de camélia.

Dona Emília asseverava que a sua Mila, como a chamavam em casa, esquecia-se das suas prendas, obrigada pela necessidade a fazer serviços domésticos.

Francisco Theodoro comoveu-se com a ideia de que aquela mulher, talhada para rainha, passasse os dias a picar os dedos na agulha ou a calejar as mãos com o uso da vassoura ou do ferro.

Trabalhar! Trabalhar é bom para os homens, de pele endurecida e alma feita de coragem. Olhou para a moça com veneração.

Era bonita, alta, com grandes olhos aveludados, cabelo ondeado preto e uns dentes perfeitos, muito brancos, mas que ela mostrava pouco, sorrindo apenas. Da irmã Sofia, na sombra, mal se adivinhavam as feições.

A uma das frases, em que a abundância do amor materno lhe debuxava as perfeições, Camila saiu de ao pé da luz e foi para a janela olhar para o escuro.

Como correu depressa aquela noite!

Francisco Theodoro saiu tonto. O amigo ria-se: não lhe tinha dito? Gabava-se de ser casamenteiro, levaria em breve tudo ao fim.

E dias depois o Mattos pedia a mão de Camila para o amigo.

Começou então a série de presentes e de visitas. Mila tinha sempre o mesmo embaraço e a mesma brandura de sorriso.

O que ela ouvia da família, não o podia adivinhar Francisco Theodoro, que a sentia umas vezes reservada, outras vezes confiante.

Adiou-se a partida para Sergipe; houve doenças em casa, prolongação do noivado, peregrinações de Theodoro por aquele morro do Castelo, com raminhos de violetas para a Mila; todas as doçuras de namorado.

Casaram-se em um dia lindo.

Ele dera grandes esmolas aos pobres da igreja; Mila parecia um anjo entre nuvens brancas.

Depois, a família partiu para Sergipe. O pai era chocho, mas levava a carteira gorda. A mãe, com o seu modo de rainha destronada, e as irmãs iam bem enroupadas e todas tranquilas sobre o futuro de Mila e do filho mais velho, o Joca, por quem Theodoro prometera olhar, e que andava por aí à toa.

A sua maior comoção fora ao entrar em casa, na rua da Candelária. Supusera sempre que ela apalpasse, com sofreguidão, todo o seu ninho, na alegria de ser a dona, a senhora de tantas cousas compradas para o agasalho do seu amor. Mas não: em vez de ir para o interior, Camila fora para a sacada. Ele acompanhou-a.

Em frente, os telhados mais baixos sucediam-se irregulares, cortando-se em linhas angulosas de um vermelho sujo; as casas, desiguais, acumulavam-se, paredes ameaçando paredes, janelinhas de sótãos espiando as telhas estriadas de limo, de onde emergiam chaminés negras e curtas baforando fumo.

Camila murmurara, como quem fala só:

– Se ao menos se visse o mar.

Disse; e curvava-se para a rua quando a badalada de um sino reboou perto, formidável, prolongando-se num som que era como um gemido da cidade inteira. Mila ergueu-se com um estremeção e voltou para o perfil da igreja o olhar estático.

Ele sorrira do susto, enquanto ela dizia: – Como é alto!

Depois desse, vieram dias tranquilos. A mulher bordava almofadas para o sofá e emoldurava os cromos com musgo e flores secas.

Tinham-se acostumado um ao outro, viviam em paz, quando a Sidônia reapareceu na vida de Theodoro, obrigando-o a desvios e infidelidades. Nem a pobre Camila desconfiara nunca. Também, nada lhe tinha faltado e já devia ser um regalo para ela cobrir de boas roupas o seu corpo de neve, ter mesa farta e andar pela cidade atraindo as vistas, no deleite da sua graça.

Então iam grandes remessas para Sergipe.

Um sorvedouro, aquela família, sempre exalando lamúrias em todas as cartas, na sede insaciável de dinheiro.

Por esse tempo o seu grande desgosto era o cunhado, o Joca, que se lhe metia em casa, com os seus maus costumes de vadio. Ele fora o causador de tantíssimas querelas! E agressivo na sua indolência, mal-humorado pelas dívidas do jogo, e ingrato! Má raça. Além do mais, pespegara-lhe depois com a filha em casa, aquela pobre Nina, tão enfeada nos seus primeiros tempos, fina como um caniço, e com uma tosse de cão que repercutia pelos corredores. Enfim, essa, ao menos, servira depois para ajudar Camila a criar as filhas, que o Mário, esse já ela o encontrara forte como um herói!

O Mário.

No percurso da Carioca à praia de Botafogo, Theodoro foi assim reconstruindo a sua vida, solidificando-a, pondo-a de pé. Era com essas memórias de família e de trabalho que ele se entrincheiraria contra os assaltos das novas ambições.

O mar, muito azul, paletado de ouro aqui, desenhava já acolá em grandes sombras negras o perfil dos morros. Uma aragem forte sacudia as árvores, e folhas vinham redemoinhando no ar em voos tontos. Uns pequenos atiravam um cão da Terra Nova à água, e as janelas dos palacetes mal se abriam aos esplendores de fora.

Perto do colégio, subiram para o bonde duas irmãs de caridade com ramalhetes de rosas. Theodoro conhecia-as, eram professoras da filha, e distinguiam-no sempre, por sabê-lo religioso. Iam levar à ermida da Copacabana aquelas flores, prometidas pela salvação de uma aluna que estivera às portas da morte.

Uma conversa simples, em dois minutos, foi como bálsamo para o espírito fatigado do negociante.

Demais, ele achou bonito, comovedor aquilo: uma criança às portas da morte, duas religiosas, um ramo de flores e a visão de uma ermida sobre o mar.

Quando Francisco Theodoro chegou a casa, as suas filhas gêmeas, Raquel e Lia, brincavam na chácara. Ao vê-lo abrir o portão, as crianças atiraram-se para ele, que mal lhes passou os dedos pelos cabelos; elas também pouco se detiveram e Theodoro atravessou o jardim.

O seu palacete era um dos mais lindos de Botafogo. No centro de um parque, ele erguia os seus balcões por entre palmas estreladas de coqueiros e copas de árvores bem escolhidas. Aquilo não fora obra sua; tinha comprado a vivenda a um titular de gosto, cuja ruína o obrigara a hipotecá-la quando a construção ia em meio e a vendê-la logo depois de concluída.

À esquerda, uma escada de pedra, ladeada por uma grade florida, conduzia ao terraço alpendrado do andar superior, onde muitas vezes a família palestrava, à espera de descer para o jantar. Nessa tarde só estava ali o filho mais velho, o Mário, todo derreado numa cadeira de balanço. O pai foi andando, e ele mal esboçou um movimento para levantar-se e dar-lhe as boas-tardes.

Era já homem, muito moço ainda, e todo ele revelava preocupações de luxo e cuidado da sua pessoa.

Na sala da frente falava-se com alegria.

– Temos visitas – pensou Theodoro, vendo chapéus de homem no cabide da saleta.

Quando ele entrou na sala, a mulher dizia à filha:

– Vai ensaiar, Ruth!

A seu lado, sentado no mesmo divã, o doutor Gervásio Gomes desenhava a lápis na carteira qualquer cousa que a fazia sorrir. Ele gabava-se de ter jeito para a caricatura. Era um homem magro, nervoso, de quarenta e três anos, trigueiro, e apurado na toalete. Era ligeiramente calvo, tinha um olhar de que as lentes de míope não atenuavam a agudeza, e um sorrisinho irônico que lhe mostrava os dentes claros e miúdos como os dos roedores.

Camila guardava um viço prodigioso de mocidade. Todo o Rio a apontava como mulher formosa. Tinha herdado da mãe aquele ar de majestade, que tanto impressionara Theodoro na primeira entrevista do Castelo, adoçado por uma grande expressão de calma e de bondade.

Francisco Theodoro foi direto a eles e cumprimentou-os, sem se atrever a roçar os lábios na face da mulher, com todo o escrupuloso pudor das suas ações em família. Sentava-se já quando ela lhe disse com leve censura:

– Você não cumprimenta o capitão Rino nem o maestro?

Os outros estavam ao canto da sala, junto ao piano para onde Ruth se dirigia com o violino na mão. Pedidas as desculpas, Theodoro voltou-se para o capitão Rino:

– Muito me alegro de o ver aqui, capitão; quando chegou da sua viagem?

– Ontem.

– Você não imagina – interrompeu Camila –, o capitão trouxe-me um presente lindíssimo!

– Que foi? – perguntou à meia-voz o doutor Gervásio.

Francisco Theodoro enxugava com o lenço a calva rosada e luzidia. Mila, voltando-se para o médico, explicou:

– Uma coleção de orquídeas do Amazonas; e prometeu mandar vir para o lago uma vitória-régia.

O doutor murmurou por entredentes, em tom que só Camila pudesse ouvir:

– Isso de prometer é que não é bonito...

A moça relanceou-lhe um olhar, como a pedir misericórdia para o outro, que palestrava agora com o dono da casa. – Não era bonito, por quê?!

O capitão Rino destacava-se entre todos na sala pelo seu tipo de loiro e pela robustez do seu corpo. Era alto, de ombros largos. Tinha as mãos grandes, os olhos claros, de um azul de faiança, o bigode sedoso, como que acabado de nascer, e a pele queimada pelos ventos do mar. Só se lhe percebia a alvura da tez nos pulsos ou na raiz do pescoço, quando ele atirava a cabeça e os braços nos seus gestos largos e desajeitados. Havia qualquer cousa de infantil naquele homem grande, uma interrogação tímida talvez no olhar, e um certo abandono, de pessoa pouco afeita à sociedade. Vestia-se mal, usava gravatas de cores vistosas, abusando do xadrez nos seus casacos de casimira malfeitos.

Ruth pôs-se em atitude; a mãe gritou-lhe:

– Imagina que estás diante do auditório!

Ela pareceu não a ouvir. Em pé, ao lado do piano, alta e espigada, com a rabeca unida ao seu ombro estreito de menina, os cabelos negros caindo--lhe em ondas sobre o pescoço moreno, os olhos de um verde límpido de água marinha, abertos para o vácuo, tinha um ar de sonâmbula perdida em sonhos divinos. As mãos, longas e esguias, moviam-se com segurança; o vestido branco, salpicado de florzinhas amarelas, mostrava-lhe um pouco das pernas finas, calçadas a preto.

O Lélio Braga, recém-chegado da Alemanha, o gordo maestro que só falava de música ou de jogo, atacou o teclado vigorosamente. Fez-se o silêncio em volta, mas por pouco tempo. Recomeçaram as conversas em tom mais baixo. Ruth não ouvia ninguém; um brilho quente, de sol, saía-lhe dos olhos verdes, voltados para a luz.

Só o capitão Rino parecia escutar a música, olhando de esguelha para Camila. Abominava a confiança que ela dava ao outro, ao magro doutor Gervásio, ali tão agarrado às suas saias, dizendo-lhe cousas que a faziam sorrir. Tudo naquele homem o irritava: o seu luxo, o seu tipo escanifrado e o seu ar de ironia, às vezes perversa, outras insulsa.[12]

Francisco Theodoro, nunca interessado por cousas de arte, nem mesmo pela música, quebrava amiúde as reflexões do capitão Rino, interrogando-o sobre assuntos do norte, de puro interesse comercial.

Ainda vibrava no ar a última nota do violino quando Nina, sobrinha dos donos da casa, entrou na sala com o seu modo simples que a tornava simpática a toda a gente. Não era bonita: tinha o nariz grosso e alguns sinais aloirados na pele pálida.

– Você viu as parasitas? – perguntou-lhe Camila.

– Que sim – e, voltando-se para o capitão:

– Devemos conservá-las ao ar livre ou na estufa?

O capitão fez um gesto de ignorância.

Só à hora do jantar Mário se reuniu à família. A mesa, cheia de cristais e de prataria, tinha um aspecto festivo.

O dinheiro ganho à custa de trabalho gosta de impor-se à admiração alheia. O dono da casa, refrescado no paletó de brim, não se cansava de elogiar os seus vinhos e aludia amiúde à excelência do cozinheiro.

Se alguém se esquivava a um copo de *bordeaux* ou a um cálice de velho madeira, ele acudia animadoramente: – Beba, que esse é legítimo; igual não se encontra com facilidade por aí.

Havia sempre excesso de iguarias; voltavam para dentro pratos complicados intactos. A fartura passava ao desperdício. A copa atulhava-se de peças grandes, em que as folhas de alface e os desenhos a rodas de limão, de ovo, azeitonas e gelatina não disfarçavam a opulência das carnes.

À cabeceira da mesa, Francisco Theodoro gostava de, espalhando a vista por toda a longa superfície branca da toalha, vê-la bem coberta de cousas caras e vistosas. Assim comia com apetite, gostosamente. Era o seu triunfo na vida, que todo esse luxo representava, na única ocasião em que lhe sobrava tempo para admirá-lo.

Os convivas eram instados para que comessem mais, comessem sempre! Com o doutor Gervásio havia menos instâncias: conheciam-lhe os

---

12. Insulsa: sem sal.

hábitos de homem delicado. O capitão Rino era muito mais moço e trazia da sua vida de mar valentias de estômago.

As crianças comiam à mesa, dirigidas por Nina, e faziam algazarra e exigências.

Mário repreendia-as, achando intolerável que o pai consentisse aquilo!

– O nome do seu vapor é...? – perguntou ao capitão o doutor Gervásio, aceitando a luneta no nariz.

– Netuno.

– Amado de Anfitrite e das nereidas. O patrono deve pôr-lhe em perigo o sossego.

– Por quê?

– Porque assim moço, bonito e com tal sugestão, de forte envergadura precisa o senhor para resistir às seduções das sereias.

– Que ninguém viu nunca em mares brasileiros – respondeu o capitão ingenuamente.

– Convirá não afirmar que não as haja também em terras do Brasil – sublinhou o doutor com um sorrisinho, descendo o olhar para a pera que descascava.

Riram-se do embaraço do capitão, que murmurou, desviando a vista de Camila:

– Os cantos das sereias não me seduziriam.

– Pois é pena; sem imaginação a vida do mar não pode ter encantos. Se eu, em vez de médico, obrigado a deter-me com o que há de mais prosaico na natureza, fosse... o capitão do navio, perdão, do vapor Netuno, apegar-me-ia à mitologia, faria dos seus deuses a minha florida e alegre religião, e afirmo que seriam de gozo para mim as noitadas no convés, vendo ao clarão das estrelas Vênus surgir das espumas e boiarem à tona da onda negra os dorsos brancos das cinquenta filhas de Nereu. Estou certo de que não sentiria a tal melancolia das águas de que às vezes os senhores se queixam. Um homem de espírito nunca está só.

O capitão sorriu e Francisco Theodoro falou com o seu modo sentencioso:

– Eles gozam a seu modo.

– Não gozamos, não; a vida do mar é dura. O doutor Gervásio não pôde sentir com sinceridade o que disse.

– Assevero-lhe que sim, capitão; e que parte de um princípio de que parto para todos os atos da vida, convicto de que está no próprio homem o remédio dos grandes males que o afligem.

– Se vai dizer isso ao pé dos seus doentes, ninguém mais o chamará – replicou Camila.

– Chamarão; infelizmente chamam sempre. Ninguém tem absoluta confiança em si. O homem, por mais que digam, ignora a força de que vem revestido para a sua função. Para nós, a natureza representa apenas o papel secundário da paisagem; é o acessório, a *mise-en-scène* da vida, em que nos atormentamos mutuamente num alarido do inferno. Não valia a pena criar coisas tão bonitas para serem tão mal aproveitadas. Palavra de honra! Se fosse possível conceber o riso, ou apenas o sorriso, na face tremenda do Onipotente, eu diria que Ele às vezes escarnece de nós. À sua saúde, capitão!

– Obrigado.

– Um dia meto-me no seu Netuno e atiro-me para o norte. Curiosidade, simplesmente; tenho mais vontade de ver os crocodilos do Amazonas do que, eu sei lá!, as bailarinas da Grande Ópera.

– Homem, dizem que a carne do crocodilo é boa – disse Francisco Theodoro.

– Há também quem afirme que a das bailarinas ainda é melhor! – observou o médico.

Camila riu-se; e depois:

– E eu que nunca vi um grande vapor por dentro!

– Quer ir comigo a Manaus?

– Não; mas quero que o capitão Rino nos convide para visitar o Netuno.

O moço marítimo balbuciou, corando:

– Oh! minha senhora...

Interrompeu a frase, porque ia dizer: – eu não desejo outra cousa! – mas achou mais acertado e mais simples acrescentar somente: – quando quiser.

– Será num domingo, para que meu marido vá também. E as crianças poderão ir?

– Por que não?

Lia e Raquel bateram palmas.

Ao café, no terraço, Camila declarou preparar um grande baile para o São João quando a Ruth completasse os seus quinze anos.

O doutor Gervásio protestou: que viesse o baile, mas com outro pretexto.

– Por quê?

– Porque a noitada de São João mete medo às casacas e assusta os decotes. É um santo que só quer luz de fogueiras, com altas labaredas e crepitações, e ainda há de ser no campo, entre gente rude que dance em torno às chamas. É uma festa que me dá ideia de uma cerimônia ritual, de povo primitivo. Deixe o seu baile para outro dia.

– Mas depois eu não terei pretexto.

– Meu Deus! Não é preciso descer uma pessoa a dar explicações aos amigos quando se trata de os divertir.

Francisco Theodoro ouvia o doutor Gervásio com muito acatamento, reconhecendo-lhe superioridade intelectual.

Devia-lhe a vida dos filhos, confessava, e dessa dívida não se cansava de se dizer devedor.

Aprovou a ideia do baile; fizessem o que quisessem, a bolsa estava aberta. E a propósito, deixando os outros a tagarelar no terraço, ele fechou os olhos e pensou na felicidade do Gama Torres. Quem sabe? Talvez ele pudesse fazer o mesmo; a época era favorável, o café rendia como nunca e ainda havia esperanças de alta. Se fugisse àquela ocasião, perderia o ensejo de triplicar de um dia para o outro a sua já grande fortuna. Fora sempre um homem de ação, de recursos, como ficar na retaguarda, imbecilmente, deixando que a outro, novato, se conferisse o título de Rothschild brasileiro? O ciúme do seu nome de negociante enchia-o até os olhos. Encadeou e desencadeou pensamentos calculistas.

Ter a maior fortuna, tendo partido do nada, era toda a sua ambição. Repetia a qualquer a humildade da sua origem, espreitando o efeito dessa confissão. Ser o mais poderoso, o mais rico, o mais forte, tendo partido do nada, não seria ter alcançado a suprema glória na Terra?

E, ali mesmo, bem recostado na sua cadeira de balanço, com o papo cheio de ótimas iguarias, as mãos descansadas nos braços da cadeira, ele insensivelmente passou do sonho ao sono.

Na meia sombra do lusco-fusco, os olhos do capitão Rino fulguravam, espiando com raiva os rostos do médico e de Camila, que se contemplavam. Mário atravessou o terraço de charuto na boca, em direção à rua.

– Onde vais? – perguntou-lhe a mãe.

– Ao teatro – respondeu ele sem se deter, descendo a escada.

– Este rapaz, este rapaz – resmungou por entredentes o doutor Gervásio, em modo de censura.

Camila desculpou-o; o filho tinha gênio e era muito independente. Não queria contrariá-lo; para quê? A vida é curta, cedo viriam as amofinações. O juízo havia de vir com a idade...

Embaixo, no jardim, entre os grupos rescendentes de heliotrópio e de jasmins-do-cabo, as crianças e Ruth faziam roda à Noca, mulata antiga na família, que lhes contava histórias de fadas e de príncipes encantados. Vendo Mário dirigir-se para o portão, a mulata chamou-o com familiaridade de amiga velha:

– Seu Mário, escuta aqui!

– Que é, Noca?

– Onde é que vai?

– Se eu não morrer pelo caminho, hei de chegar ao teatro.

– Não morre: eu ainda esta noite sonhei que você estava amortalhado e que dona Nina chorava sangue. Sonhar com morte é sinal de saúde. Traga umas balas para mim.

– Vá esperando.

O capitão Rino despediu-se e desceu também para a rua, ouvindo a voz da Noca recomeçar numa melopeia:[13]

"Minha varinha de condão, pelo poder que Deus vos deu, fazei..."

Nina, encostada à grade, via Mário afastar-se; e lá em cima, no terraço, ao lado do marido adormecido, Camila curvou-se para o doutor Gervásio e beijou-o na boca.

III

Com preguiça de ir visitar as velhas tias do Castelo, Camila mandava às vezes as filhas pequenas abraçá-las em seu nome, em companhia da Noca. As senhoras Rodrigues moravam ainda na mesma casa, no alto do morro, muito antiga, com janelas de guilhotina e paredes encardidas. Dona Itelvina raramente punha os pés na rua, e era tida como a criatura mais sovina do bairro. A outra, Dona Joana, pouco parava ali, sempre voltada para Deus. Era viúva de um colchoeiro rico, morto de anasarca,[14] de quem sofrera os maus-tratos que, na inconsciência das bebedeiras, ele lhe ministrava.

Viviam as duas, desde crianças, na mesma casa, herança dos pais, conservando os seus hábitos de vida mesquinha, amando ideais diversos: uma concentrando-se, outra expandindo-se, consistindo para uma todo o prazer da vida em aferrolhar, esconder bens que as mãos apalpam, e para a outra só em querer bens do céu, com que a alma sonha.

Nada sorria naquela habitação árida e velha. No quintal, nem um canteiro de flores; uma horta raquítica a um canto, algumas laranjeiras e um coradoiro[15] de grama pisada e sem viço, estendendo-se ao lado de um tanque de cimento, coberto por um telheiro de zinco. Dentro, o mesmo desconforto: salas com poucos móveis e estes antiquíssimos, alcovas vazias e uma cozinha de tijolos desgastados pelas pancadas do machado na lenha.

Dona Itelvina percebia bem que para conservação daquela casa deveria fazer-lhe grandes consertos; mas queria obter da irmã que os fizesse todos por sua conta, o que lhe parecia mais justo.

---

13. Melopeia: canto monótono e melancólico.

14. Anasarca: edema generalizado em todo o corpo.

15. Coradoiro: lugar onde se estendem as roupas para branqueá-las.

A irmã é que não olhava para os buracos dos ratos e pouco lhe importava isso, desde que a sua Senhora do Carmo e o Santo Cristo do seu oratório estivessem alumiados, a sua alma em graça, e que ela pudesse fazer todas as semanas as suas confissões aos frades capuchinhos. Esta era, para tudo mais, uma senhora apática, gorda, de uma brancura anêmica, com uns olhos castanhos muito doces e um cabelo grisalho, curto, que ela cobria com uma touca preta de folhos encrespados. A saia, redonda e muito franzida, mostrava-lhe os pés largos calçados em duraque, e nas mãos finas e cor de leite tinha ora o livro de orações, de folhas já denegridas nos ângulos, ora um rosário de âmbar benzido pelo bispo.

Dona Itelvina não parecia crente. Ninguém a vira nunca de joelhos em frente ao oratório da irmã. Nenhum traço comum lembraria a outrem o parentesco entre ambas. Esta era alta, morena, de nariz forte e lábios finos.

A voz de dona Joana tinha inflexões brandas, de alma tranquila; a voz de dona Itelvina tinha sibilações desafinadas, rouquejava ou tinia, como se saísse de orgãos de bronze. Nem as duas sabiam se se amavam.

Os bons-dias e as boas-noites eram trocados sem o beijo que confraterniza as almas. Toleravam-se, talvez, apenas; apoiavam-se mutuamente, guiadas pelo hábito.

Quando Noca bateu à porta, ouviu gritos dentro: e calculou logo que haviam de ser da Sancha, a negrinha orfã que dona Itelvina explorava nos arranjos da casa.

Abriu-se uma janela com bulha impaciente e apareceu a cara de dona Itelvina, indagando de quem batia.

– Ah!... é você, Noca! Espere um pouco, eu já vou.

Dentro, a mulata explicou:

– Nhá Mila mandou fazer uma visita e saber as senhoras como estão... ela não pôde vir porque...

– Já sei. Isto é muito alto... se fossem as escadas do Lírico, muito que bem! Casa de pobres.

– Não, senhora! Não é por isso, nem as senhoras são pobres! Até dizem todos o contrário.

– Dizem? Mentiras! Mentiras só. Como vai seu Theodoro?

– Muito bem.

– Excelente homem; aquilo é que foi sorte grande, hein, Noca?

– Foi, sim, senhora; ele é bom... tem as suas impertinências... mas a gente já sabe que é do gênio...

– Qual o quê! Mila deve adorar o marido de joelhos! Neste tempo já não é facil uma moça pobre e sem proteção encontrar um casamento assim!

– Isso é verdade. Ela também é muito boa.

– Você se lembra de quando eles moravam na Lapa, que até você levava às vezes comida da casa de pasto para dar às meninas?

A mulata sorriu com ar contrafeito e modesto, lembrando-se que não fora só da Lapa que ela levava os restos dos jantares da casa de pasto do amigo, mas que subira muitas vezes a ladeira do Castelo com a trouxinha das carnes na mão para matar a fome de Mila e das irmãs, então hospedadas em casa de dona Itelvina.

– De quem é que você matava a fome, Noca? – perguntou uma das crianças.

– De uma viúva que já morreu – emendou Noca, impelindo as duas crianças para o quintal. – Vão ver a vista... vão ver os sinais dos vapores – dizia ela.

Dona Itelvina olhou para as duas meninas e não pôde conter-se que não exclamasse:

– Tanta gente com fome e tanto dinheiro esperdiçado em vestidos de crianças! Mila teve sempre propensão para o desperdício... Bonitos aqueles vestidos! Onde os compraram?

– Vieram de Paris...

– Uhm... não haviam de ser baratos... aquilo é seda, não é?

– É, sim, senhora. Dona Joana saiu?

– Já se sabe!, anda pelas igrejas. Se não fosse eu, não sei como havia de ser!...

Noca reparou, olhando para a alcova do oratório, aberta para a sala, que a lamparina estava apagada.

Dona Itelvina continuou:

– Joaninha só vem a casa para comer e dormir. Tem quem lhe faça tudo. Ela não tem aparecido por lá?

– Não, senhora.

– Ruth por que não veio?

– Ficou dando lição. Ela tocou no concerto e foi muito festejada.

– Há de lucrar muito com isso. Aposto em como não sabe ainda pregar um remendo ou fazer um vestido.

– Graças a Deus, ela não precisa disso!...

– O futuro o dirá...

– Credo!

– Pois sim. Cada vez bendigo mais a educação que minha mãe nos deu. Havia dias que era desde manhã até de noite a fazer balas...

– Taí! E dona Joana não deu pra outras coisas?

– Ela sempre foi religiosa, mas depois de viúva refinou! E ainda se queixa de doente, que tem faltas de respiração e pernas inchadas!

– Coitada!

– Minha filha! Ela vai daqui a pé a São Francisco, ao Carmo, à Penitência, a São Bento, a qualquer igreja da cidade!... Às cinco horas já está nos capuchinhos; e, à tarde, aqui na igreja do hospital ela canta com as irmãs e com os soldados. É cada ladainha que Deus nos acuda!

Alguém batia à porta, e dona Itelvina, tendo espreitado pela janela, voltou-se apressada e foi reacender a lamparina do oratório.

Sancha apareceu, com os beiços inchados pelo excesso do choro, e, despendurando a chave da porta da rua, segura pela argola a um prego na sala, olhou com ar de queixa muda para a Noca.

A negrinha não teve resposta: a outra disfarçava, contemplando as paredes nuas e desbotadas da sala. Pela janela aberta via-se parte de um paredão desmoronado, e lá embaixo, em um fundo largo e fresco, um trecho de mar muito azul.

Dona Joana entrou, arfando de cansaço, e sentou-se logo na primeira cadeira, ao pé da porta. Sancha tirou-lhe a touca, guardou-lhe o livro e os rosários e sumiu-se sem ter descerrado os lábios nem enxugado os olhos vermelhos e inundados.

– Hoje a igreja estava repleta; falou monsenhor Nuno... foi um grande sermão, de muito proveito e de muita fé! – disse dona Joana, e, depois de uma pausa: – Ó, Noca! Mila não vai nunca às solenidades religiosas?

– Vai todos os domingos à missa.

– Bem! Que não deixe perder a sua alma! Entretanto, eu rezo por todos. A pena que eu tenho é de me custar tanto a ajoelhar... estou com as pernas cada vez mais inchadas...

– Isso é cisma – resmungou dona Itelvina, retirando-se para o interior. Noca aconselhou logo um remédio prodigioso, benzido com cinco cruzes. Ela sabia dessas coisas. Todos da casa a consultavam. A botica era a chácara, com as suas folhas, cultivadas umas, agrestes outras; conhecia-lhes os segredos, roubava-lhes os filtros mais sutis e aplicava-os acompanhando-os com orações especiais dos santos mártires. Era sempre a Noca quem avisava às pessoas da família qual o melhor dia para cortar o cabelo, para fazer uma viagem ou para tomar qualquer mezinha.[16] Sabia as voltas da lua e traduzia os sonhos que lhe contavam com palavras de convicção inabaláveis. Criara todos os filhos de Mila, desde o Mário até a Biju, a pequena mais nova, já morta.

Quando ela descia o morro, as crianças queixaram-se de fome e confessaram que não queriam voltar a visitar aquelas tias, que não lhes davam nada. Nem um bocadinho de pão!

Na praça do Castelo, Noca, com pena, entrou numa quitanda, posta de novo, brilhando ainda nas tigelas lavadas e no barro das panelas e das moringas à venda, e comprou frutas para as duas meninas.

---

16. Mezinha: remédio.

Portuguesas, de saias curtas e grandes arrecadas[17] de ouro, iam e vinham, parando umas à porta, com pimpolhos ao colo, e outras falando alto, para dentro. A dona do negócio respondia a todos, conversando em ar de mexerico disfarçado com a mulata, a quem via pela primeira vez.

– A senhora vem morar praqui?

– Não; vim fazer uma visita.

– A quem, indas que mal pergunte?

– Às senhoras Rodrigues; conhece?

– As duas velhotas da travessa de São Sebastião?

– Essas mesmo.

– Não conheço outra coisa!... – E depois de uma pausa, em que procurou conter-se, abalou a falar sem interrupção. As senhoras Rodrigues eram muito conhecidas no bairro. Diziam que dona Itelvina passava horas da noite escavando o quintal à procura dos afamados tesouros guardados pelos jesuítas. Os vizinhos viam uma luz de lanterna movendo-se na sombra do pátio, rente ao chão, e olhavam-na com desconfiança.

A outra era uma beata de igreja e já constava que legaria os seus haveres ao frei Ângelo, dos capuchinhos. A quitandeira afirmava que elas haviam de passar mal de barriga: decorriam semanas sem que lhe comprassem nem um triste feixe de espinafres ou molho de cenouras!

Quando a Noca atravessava o largo, com uma criança por cada mão, para a ladeira do seminário, sentiu que alguém, que viera correndo, lhe puxava pela saia; voltou-se e viu Sancha, com ar de medo, de quem foge.

– Ué! Que é que você quer?

– Quero pedir um favor – disse a negrinha meio engasgada, tirando do seio uma nota de quinhentos réis amarrotada e imunda.

– Que favor, gente?

– Quando voltar cá, traga isto de arsênico – disse ela apontando o dinheiro que oferecia à mulata.

– Arsênico... pra quê?! Você tá doida?!...

– Pra nada! Faça esta esmola...

E como Noca não estendesse a mão, a negrinha atafulhou-lhe o dinheiro, rapidamente, pela gola aberta do vestido, e voltou como uma seta para casa.

As cabritas andavam soltas, pastando nas ervas altas; o sol, muito quente, alvejava roupas estendidas nas ruas, e na torre repintada dos capuchinhos o sino badalava, convidando à oração.

Noca apressava-se, arrastando as duas meninas. Logo que chegaram a baixo, ao largo da Mãe do Bispo, viram Mário passar no seu faeton,[18] que

---

17. Arrecada: brinco ou argola.

18. Faeton: carruagem leve, sem cobertura, de quatro rodas.

ele mesmo guiava numa posição correta. O lacaio, sem descruzar os braços, sorriu para as crianças; o moço passou sem reparar nas irmãs, que ficaram com ar despeitado agarradas à saia da ama.

O carro de Mário rodava já pela Guarda Velha e Noca pensou:

– Ele vai ali, vai direitinho pra casa da tal Luísa, o diabo da mulher que lhe come os olhos da cara. Uhm! Eu gostava de ver só!

O Dionísio dizia-lhe que a francesa era bonita e muito chique, e ela sentia no fundo uma curiosidade doida de conhecer a amante daquele rapaz que embalara nos braços e cujo corpo redondinho e nu suspendera tantas vezes no ar pra o fazer rir. E fora uma criança alegre; agora não era; pelo menos em casa mostrava-se tão arredio e tão sério... Noca suspirou e, depois de um levantar de ombros, prosseguiu nos seus pensamentos:

– Afinal de contas, faz ele muito bem: a mocidade passa e o dinheiro foi inventado para se gastar. Ele gosta dela, acabou-se! Sabe Deus o que o pai teria pintado também; agora fala e quer dar leis ao coração do filho... Está-se ninando! Aquele! Pois sim! Cada um sabe de si.

Ao mesmo tempo sentia piedade pela Nina. Em casa a única pessoa que percebera aquele segredo fora ela. Sabia, mas calava-se muito bem calada; para que arranjar barulhos? Era tão boa, a pobre, tão facil de contentar. Bastava ver os vestidos e os chapéus que ela usava: tudo restos de Mila e de Ruth, que ela fuxicava[19] a seu jeito... Nunca pedia nada, nunca se punha em evidência, ninguém se lembrava até quando ela fazia anos! Talvez houvesse em casa um pouco de ingratidão para com a moça; mas de quem era a culpa? Mário era um rapaz rico e de bom gosto, havia de escolher mulher mais bonita, que fizesse vista numa sala.

Noca adorava o Mário; achava-o lindo, com o seu pequeno buço aloirado e os seus olhos negros e pestanudos. A flor da família. Aquele saíra à mãe.

Passava um elétrico. As crianças sacudiram a mulata:

– Vamos, Noca!

– Vamos mesmo, que hoje de mais a mais é terça-feira.

A conselho do doutor Gervásio, Camila tinha marcado as terças-feiras para as suas recepções. No começo houve relutância em casa. Francisco Theodoro gostava de porta franca em todos os dias da semana; a mulher mesmo, criada em velhos hábitos, vexava-se de marcar dia para as suas visitas. Conquanto o novo sistema a constrangesse, submeteu-se, porque era da vontade do doutor Gervásio, e para este o portão da chácara estava sempre escancarado.

Ele não faltava, ia vê-la todas as manhãs, almoçar no lugar de Francisco Theodoro, que almoçava sozinho duas horas antes, a um canto da grande

---

19. Fuxicar: costurar.

mesa vazia; e ali o médico ensinava àquela gente o meio de se conduzir na sociedade, polindo-lhe o espírito, alterando-lhe os gostos, fazendo-a preferir o queijo que ele preferia, o vinho de que mais gostava, as aves e as caças com molhos delicados, de fino paladar.

A docilidade dos ouvintes fazia-o abusar de frases que ele formava para si, com o pretexto de as dizer aos outros, e que eles todavia aceitavam, com agrado, num sorriso...

Nessa manhã de terça-feira estavam ainda ao almoço quando palmas gordas estrondearam no jardim.

– É o Lélio – exclamou Ruth, arrancando o guardanapo do pescoço e correndo para fora.

Era o Lélio; viram-lhe o gordo cachaço,[20] através dos vidros da porta, quando ele passou pelo corredor.

Com o pretexto de mostrar ao médico um anel novo, Camila estendeu-lhe a mão, luminosa de pedrarias.

Ele segurou-a e, erguendo-a um pouco, observou:

– Tal qual cinco raios de sol... Sim, senhora! É muito perfeito este brilhante... mas este outro ainda é mais límpido.

Ela sorria, e Nina excedeu-se em tratar das crianças, com o propósito de desviar a atenção.

– Ponha este anel fora... É indigno da sua mão.

– Brilha tanto!

– É do Cabo, muito amarelo.

– Mas eu estimo-o muito. Foi o primeiro presente de meu marido.

– Vá lá, que não são mal escolhidas as suas pedras, precisa ainda de um brilhante negro, para este dedinho que está muito nu. Tenho pena que não goste de pérolas; só quer pedras que fulgurem.

– Só.

– Vamos para a saleta? Trouxe-lhe um livro.

– Versos?

– Não. Um romance.

– Ainda bem; eu só gosto de versos quando o senhor mos lê. Uma monotonia.

Na saleta, ela abriu a veneziana e aspirou com força o aroma dos resedás plantados junto à parede. Gostava dos aromas fortes. Que dia maravilhoso! Depois, voltando-se:

– O livro?

– Está aqui.

– Já leu?

---

20. Cachaço: pescoço grosso ou largo.

– Já. Trata-se de um amor um pouco parecido com o nosso.

– Então não leio. Sei que está cheio de injustiças e de mentiras perversas. Os senhores romancistas não perdoam às mulheres; fazem-nas responsáveis por tudo – como se não pagássemos caro a felicidade que fruímos! Nesses livros tenho sempre medo do fim; revolto-me contra os castigos que eles infligem às nossas culpas, e desespero-me por não poder gritar-lhes: hipócritas! hipócritas! Leve o seu livro; não me torne a trazer desses romances. Basta-me o nosso para eu ter medo do fim.

– Não tenha remorsos; o nosso não acabará!

– Remorsos... remorsos de quê? Pensa, Gervásio, que, desde o primeiro ano de casado, o meu marido não me traiu também? Qual é a mulher, por mais estúpida, ou mais indiferente, que não adivinhe, que não sinta o adultério do marido no próprio dia em que ele é cometido? Há sempre um vestígio da outra, que se mostra em um gesto, em um perfume, em uma palavra, em um carinho... Eles traem-se com as compensações que nos trazem...

– Isso tudo é vago e abstrato.

– Não importa. E as denúncias? E as cartas anônimas? E os ditos das amigas? Eu soube de muitas coisas e fingi ignorá-las todas! Não é isso que a sociedade quer de nós? As mentiras que o meu marido me pregou deixaram sulco e eu paguei-as com o teu amor, e só pelo amor! E assim mesmo o enganá-lo pesa-me, pesa-me, porque, quanto mais te amo, mais o estimo. É uma tortura que parece que foi inventada só para mim!

Gervásio não respondeu. Tinha o rosto contraído por uma expressão de ciúme. Passado um instante de silêncio, murmurou:

– É extraordinário! Nunca julguei possível essa dualidade no amor. Bem, levarei o livro. Adeus.

– Não vá... É cedo... – suplicou ela com o rosto pálido, iluminado de paixão. – Fique, é tão bom! Falarei noutra coisa. Ensine-me a falar, Gervásio.

– Então, diga lá: amo-te!

E ela ia repetir as palavras quando as gêmeas entraram ruidosamente.

Lia queria saber se aqueles navios pretos e pequeninos espalhados no jornal eram do capitão Rino.

– São – disse a mãe abreviando explicações. – Vão brincar.

– Ih! Então ele é muito rico?

– É. Vão brincar.

As meninas saíram e o assunto voltou-se para o capitão Rino. O médico ridicularizava-o; queria-lhe mal, achava-o medroso, desenxabido, muito branco e muito loiro, mal ajeitado nas suas roupas. Faltava-lhe linha, faltava-lhe espírito, faltava-lhe tudo.

Camila negava alguns desses defeitos. Não tivesse medo: ela só o amaria a ele em toda a sua vida.

Havia já muito tempo que duravam aquelas conversas na saleta, com a porta escancarada para o corredor, por onde de vez em quando Lia e Raquel passavam a galope, montadas nas bengalas do pai.

Era à despedida que o médico e Camila marcavam, de vez em quando, uma entrevista, longe, em uma casa da Lagoa, conservando o respeito por aquela habitação onde as filhas dela viviam soltas, procurando-a a todos os instantes, irrompendo detrás dos reposteiros ou dos móveis quando menos se esperava.

Ruth acabara a lição. Sentiram os passos do maestro na escada. Gervásio ergueu-se.

– Pois vou-me por aí abaixo com o Lélio. São horas das moças bonitas na rua do Ouvidor...

– Quem me dera que eu fosse uma delas... A velhice aterra-me... por sua causa! E ela vem perto!...

– Tontinha! E não sou eu mais velho?

– Sim... mas os homens! Quando eu tiver os cabelos brancos, você...

– Eu já não terei nenhum; serei calvo como um ovo e viveremos ambos com as doces recordações destes dias lindos. O nosso romance não acabará nunca. Dê-me as suas ordens, minha senhora, aqui temos o Lélio.

Camila acompanhou-os ao terraço.

– Que me diz da sua discípula? – perguntou ao maestro.

– Muito bem. Vai muito bem! Daqui a pouco ensina-me.

– Ela é estudiosa.

Enquanto os dois conversavam, o médico passeou o olhar pelo jardim; depois disse, voltando-se indignado para Camila:

– O bandido do seu jardineiro está-lhe fazendo bordaduras de horta nos canteiros! Aqueles feitios em gramas são de péssimo gosto. Não tem instinto o desgraçado! Hei de lhe arranjar outro, um francês acostumado a lidar com as flores de Nice. Verá a diferença.

– Este errou a profissão: nasceu para tosquiador ou barbeiro. Nem faz ideia do que seja a harmonia das cores; veja aquele canteiro: o roxo ao pé do escarlate, o amarelo ao pé da cor-de-rosa! Tudo mais, folhagens, folhagens e folhagens! Parece que estes jardineiros fazem guerra às flores! Pois cá terá o outro amanhã. Vamos, maestro?

Eles desceram e Camila ficou encostada a um pilar até ver sumir-se o médico; já ele tinha desaparecido e ainda ela olhava pensativa...

Fora há anos. Gervásio morava já na mesma casa do Jardim Botânico, bem instalado, mas muito metido consigo.

Uma noite alguém lhe batera à porta com desespero: era Francisco Theodoro, que o chamava como o médico mais próximo para ver uma filha que ardia em febre. Tinham ido provisoriamente para a sua vizinhança, mudando o Mário, que tivera a palustre. O médico não clinicava, mas cedeu à súplica e salvou Ruth de uma tifo. A doença fora longa; a menina só aceitava remédios e alimento pela mão do seu amiguinho, que tratou também de fortalecer Mário.

Camila dizia então, em êxtase, ao marido:

– Devemos ao doutor Gervásio a vida de nossos filhos!

A entrada fora vitoriosa; justificava o ascendente do médico na família. Nem fora no começo que ele amara a Camila. Nesse tempo ela não sabia ataviar-se, nem fazer sentir a sua formosura. Tinha os modos de uma boa mãe tranquila, muito banal, com discursos longos e choradeiras sobre a morte muito recente de uma filhinha, que a tornavam fastidiosa. As gêmeas, então de meses, andavam sempre pendentes do paletó branco da mãe. Gervásio odiava aqueles casacos e aquelas queixumeiras insípidas. Mas esse tempo de prostração foi passando e ela ascendeu pouco a pouco, vagarosamente, para a formosura e para a graça. A evolução não foi rápida, mas refletida e suave, como impelida por sopros delicados. Quando o médico percebeu quanto Camila mudava, e que essa transformação lenta e visível se fazia ao influxo dos seus gostos, da sua convivência e do seu espírito, começou a observá-la com redobrada atenção, cultivando o prazer de a tornar outra, como que uma obra sua.

Camila usava agora as cores claras que lhe iam bem e que ele lembrara como mais propícias à sua tez, adquiria expressões novas, inflexões de voz em que nascia uma música de tons coloridos e harmoniosos, fazia outros gestos, mais graves e adequados, pisava de maneira mais ritmada e linda, deixou os perfumes misturados, sem escolha, por uma essência branda; e tudo isso o fazia sem esforço, obedecendo à sugestão. O médico via nela um reflexo perfeito da sua alma, sentia-a voltar-se, subir para ele; e, absorvido nesse estudo delicado, apaixonou-se por ela.

Levada na fascinação, só tarde Camila percebeu o perigo que a solicitava; então quis fugir: fechou-se em casa, esquivava-se a ver o médico; mas, através da distância e do silêncio, ele percebia o amor dela a chamá-lo, a envolvê-lo todo com uma obsessão de loucura.

Passaram-se assim longos meses de saudades sem remédio, de agonias mudas; até que um dia, cansados de uma resistência inútil, deixaram-se vencer.

Para ele, aquela ligação foi uma vitória; para ela, como que uma lei da fatalidade. Era porque tinha de ser, e a sua culpa salvaguardava-se nessa crença.

Havia muito tempo já que o doutor Gervásio entrara na intimidade da família: sabia-lhe os segredos, lia todas as cartas vindas de Sergipe, com repetidas súplicas de dinheiro. Conhecia a história do nascimento de Nina, filha natural do Joca, e da fugida dele, comprometido em uma casa de comércio; estava ao fato das doenças de dona Emília, das habilidades caligráficas do velho Rodrigues e da já alta soma de dotes dada por Francisco Theodoro às cunhadas.

Tudo isso soubera-o ele naturalmente, sem indagações; vinha na enxurrada dos desabafos, no desafogo da amizade.

Com o amor, ele tinha também sabido conquistar a estima. Toda a gente em casa o ouvia com atenção.

Um pouco dessas coisas vagou pelo espírito de Camila quando, de olhar alongado, seguia ainda a sombra de Gervásio.

Dias depois ela dava os últimos retoques à sua toalete, em frente ao espelho, quando o marido entrou.

Camila viu-o no cristal e perguntou-lhe, mesmo sem se voltar:

– Por que é que você veio tão cedo?

– Por duas razões...

E, como ele interrompesse a frase, ela, sobressaltada, acercou-se, indagando com interesse:

– Você está doente? Diga!

– Não tenho nada filha, descansa.

Camila sorriu e voltou tranquila para defronte do espelho.

– Então que motivos são esses?

– O primeiro, para pedir ao Gervásio que vá ver o Motta, que quebrou hoje uma perna.

– O velho?

– Sim.

– Coitado! Como foi?

– Foi no serviço da casa, descendo de um bonde. Já está medicado, mas quero que o Gervásio lhe examine o aparelho. O segundo motivo é mais sério.

Sem afastar do rosto o pompom do pó de arroz, Camila interrogou com certa indiferença:

– Que é?

– Trata-se do senhor seu filho.

– Meu só?! Tem graça...

– Tem graça? Olha, eu é que lhe não acho nenhuma! Está um bilontra,[21] o tal senhor!

– Aposto, meu velho, em como você vem por aí com recriminações?!

– Certamente; porque, afinal de contas, a verdadeira culpada das patifarias do rapaz és tu.

Camila voltou-se indignada, com os olhos chamejantes de cólera:

– Hein?!

---

21. Bilontra: espertalhão, patife.

– Não dou um passo na rua que não encontre um credor do senhor meu filho!

– Ora, logo vi, por causa de dinheiro! – murmurou com desprezo Camila, olhando para o marido de alto.

Ele continuou:

– É preciso que tu o advirtas hoje mesmo, que isso não pode continuar assim! Ele mantém agora uma mulher: dá-lhe vestidos, carro, casa, e, com toda a impudência, faz contas em meu nome! Já se viu coisa igual?!

– É a mocidade...

– Já me tardava! É a pouca vergonha. Que trabalhe.

– Trabalhar! Mário tem só dezenove anos!

– Faze mãos de veludo para o acariciar; é o costume!

– Mas por que não lhe fala você?

– Por quê?! Ora essa! Porque lhe vou à cara se ele me retruca com um desaforo!... Esperarei mais alguns dias... fala-lhe tu primeiro. Não lhe metas caraminholas na cabeça; dize-lhe que trabalhe, que siga o meu exemplo, e que se deixe de fazer dívidas. Isso competiria a mim, bem sei, se não me tirasses toda a força moral.

– Eu?!

– Sim. Acodes com panos quentes sempre que o repreendo, e aí está o resultado... E viva um homem honrado para isso! Uma vergonha...

– Ora!, também você exagera. Mário tem boa índole. É incapaz de uma ação má. Descanse; eu falarei com ele. Quer então que eu o aconselhe a deixar a tal mulher?...

– Por força! Uma perua velha, que o há de comer por uma perna. Não posso estar continuamente a desembolsar contos de réis para os caprichos da tal madama. Podes dizer ao Mário que, ou ele toma caminho, ou o mando para a marinha.

– Já não está em idade disso, nem eu me separo de meu filho!

– Temos outra. Faze o que quiseres; hoje fala-lhe tu, e se ele não seguir outro caminho, terá de se haver comigo. Diabo, tenho outros filhos!

– Coitado do Mário! Tu nunca o amaste muito...

– Han! Eu?! Eu é que nunca o amei? Oh! senhores... está bom, está bom, falemos noutras coisas... Acalma-te... e veste-te à vontade. As Gomes já estão aí, vi-as no jardim com a Ruth.

– Que me importam a mim as Gomes!

Francisco Theodoro chegou-se à janela, afastou a cortina e, olhando por entre os vidros, informou com voz amável:

– Lá está também o capitão Rino... Aí estava um bom casamento para a Nina, hein? Gosto dele, parece um excelente rapaz... apesar da procedência.

– Que procedência?

– Homem! A mãe morreu às mãos do marido por crime de adultério... Enfim, isso já foi há tantos anos que ninguém se lembrará do caso...

– Você lembrou-se.

– Ora, porque ainda ontem me falaram nisso... Bom casamento para a Nina... bom casamento!...

Camila sorriu com desdém e tratou de abotoar melhor o seu broche de pérolas, sobre a escumilha[22] cor-de-rosa do peitilho. Coitada da Nina... pois sim!

– Muito bem! Lá chegam o Lélio e o Gervásio... Sou muito amigo do Gervásio, mas olha que ele também é um esquisitão. Não diz nada a gente da sua vida, lá dos seus princípios... Com a intimidade que lhe damos era natural que soubéssemos mais dele que toda a gente; e afinal sabemos só o que todos sabem. Aqui para nós, não simpatizam geralmente com ele por aí; dizem que ele nunca escreveu uma linha e que vive a criticar livros e autores... Realmente, ele não perdoa a ninguém. Pois vou falar-lhe. Até já.

Antes de sair, Theodoro contemplou a mulher, ajeitou-lhe os caracóis da nuca e, atraindo-a, quis beijá-la; ela porém esquivou-se com um movimento rápido. Francisco Theodoro riu-se e saiu pensando consigo:

– Todas as mães são assim! Só porque lhe falei do filho...

Embaixo, Ruth colhia flores para as visitas, que se agrupavam sob as ramas abundantes da mangueira. As Gomes, a mãe e duas filhas moças, eram indefectíveis: todas as terças-feiras lá iam, houvesse mau ou bom tempo. A velha era uma senhora toda cheia de preconceitos e escrúpulos, e com a cabeça recheada de receitas, tanto medicinais como culinárias, que ela oferecia a toda a gente que lhe ficasse ao alcance da voz. As filhas eram espertas, cantavam ao piano e ao violão e vestiam-se com graça, fazendo valer panos baratos.

O capitão Rino examinava as palmeiras com a atenção de um botânico, enquanto o maestro e o doutor Gervásio cumprimentavam as senhoras.

Francisco Theodoro apareceu risonho, com as duas mãos estendidas para a querida senhora dona Inácia Gomes, que se levantou remexendo as sedas farfalhantes do seu vestido cor de pinhão. Que excelente seda aquela! Já passara por três feitios diferentes, e ainda era aquilo que se via!

– Cara senhora, então, o amigo Gomes?

– Vem logo; ah! ele tem muito trabalho, não imagina.

– Sei, sei... a vida foi feita para as mulheres. E ainda elas se queixam! Só se fala por aí em emancipação e outras patranhas... A mulher nasceu para mãe de família. O lar é o seu altar; deslocada dele não vale nada!

---

22. Escumilha: tecido transparente de lã ou seda.

Todos concordaram; e Francisco Theodoro passou adiante, puxando o doutor Gervásio para uma aleia mais solitária do jardim:

– Vou pedir-lhe um obséquio. Lá um dos meus empregados, um ajudante de guarda-livros, o Motta, quebrou hoje uma perna ao descer de um bonde. O homem foi tratado na farmácia do Souto, mas sabe que esses aparelhos feitos assim à pressa não inspiram confiança; peço agora ao amigo que amanhã vá lá vê-lo.

– Perfeitamente. Onde mora?

– Na rua Funda, tenho aqui o número...

Francisco Theodoro sacou de um bilhete escrito a lápis.

– Rua Funda? Onde é isso?

– É no outro mundo, lá para os lados da Saúde.

Enquanto Francisco Theodoro conversava com o médico, Camila desceu a escada exterior do palacete, olhando de relance para todos.

As Gomes acharam-na muito bonita e, intimamente, espantavam-se de não verem nela nem o menor sinal de decadência. Aquela pele alva e macia, aqueles cabelos negros sem um fio branco, aqueles dentes perfeitos e brilhantes, sem um toque sequer de ouro que atestasse a passagem dos anos e das mãos dos dentistas, faziam-na parecer sempre a mesma Camila dos tempos da Lapa, em que dona Inácia a conhecera.

Vendo-a descer tão bonita, o capitão Rino corou até a raiz dos cabelos e foi ele o último que se aproximou, tocando-lhe de leve nos dedos estrelados de anéis.

Nina, que espreitava de cima, achou a ocasião oportuna para mandar pelo criado a bandeja de prata com o vermout.

– Por que não subiram?

– Estamos bem. A sua Ruth tem feito as honras da casa. E como ela está crescida; já não lhe ficam bem os vestidos curtos...

– Não diga isso ao pé dela; apesar de que estou certa de que não toleraria as caudas; é muito criança e tem modos de rapaz. Não imagina, dona Inácia, que fantasia a desta menina!

– Não sei como se arranja, mas a verdade é que se encarrapita[23] nas árvores com o seu violino; e faz gosto ouvi-la tocar lá em cima. Diz que é para fazer concertos com os passarinhos. Veja se eu a posso pôr de vestidos compridos. Que horror!

– Ah!, mas é preciso perder este costume; ela já tem os seus treze anos...

– Quatorze... quase quinze! Mas não parece.

– Isso de trepar nas árvores é para rapazes; uma menina de educação tem deveres.

---

23. Encarrapitar: colocar-se no alto.

Ruth interrompeu o discurso da velha trazendo-lhe uma manga-rosa muito perfumada.

– Não fale mal de mim, dona Inácia; aqui tem a senhora uma fruta colhida por mim lá nos cocurutos da árvore. Se eu não tivesse ido buscá-la, a senhora não a teria agora...

– Aí está...

Dona Inácia cheirou a fruta, com força, cerrando os olhos papudos; e depois, voltando-se:

– Camila, você já comeu geleia de manga?

– Não me lembro...

– Pois é gostosa e fácil de fazer; olhe...

Enquanto a dona Inácia desfiava a receita do doce, Camila olhava para ela, ouvindo o murmúrio de outras vozes, querendo distinguir as palavras do médico e do capitão, sorrindo imbecilmente, destacando de longe em longe uma ou outra coisa, um elogio ao Netuno, da esquerda, ou um – espreme-se e põe-se na peneira – da direita.

Nesse dia Mário não apareceu ao jantar e Francisco Theodoro queixou-se dele ao doutor Gervásio, em um vão de janela, num desabafo de sentimento.

Gervásio ouvia-o calado, mordendo o charuto, dando-lhe razão, sem dizer, contudo, uma única palavra. Theodoro assegurava:

– A mãe tem um coração de pomba, incapaz de fazer nem pensar no mal. A bondade excessiva leva aos desatinos. Aquele filho é o mais velho e ela encontrou nele toda a sua ternura... não lhe levo a mal, é mãe. Repare que para com as meninas ela é mais severa!

O doutor já observara isso mesmo; nessa mesma noite ele aconselhou Camila a que fizesse a vontade ao marido, reprimindo o filho. Ele conhecia a amante de Mário: era uma francesa gananciosa, podre de rica, de cabelos pintados e carne mole. Não valia nada e arruinara muita gente boa.

Camila prometeu que faria valer a sua autoridade materna e envolveu-se na conversação geral, fugindo daquele assunto irritante.

À noite foram outras visitas, dois negociantes solteiros e duas moças da vizinhança, as Bragas.

Francisco Theodoro acoroçoava[24] os jogos e as músicas, acolhendo, entre os joelhos gordos, ora a filha Raquel, ora a Lia, que se atiravam para ele estonteadas, amarrotando os bordados dos seus vestidos brancos, interrompendo com as suas corridas e risadas a conversa dos grandes. E foi no meio daquele barulho que um dos negociantes, o Negreiros, da rua das Violas, se lembrou de falar das operações comerciais do Gama Torres, com elogio e assombro.

---

24. Acoroçoar: estimular, incentivar.

Uma das Gomes, a Carlotinha, cantava modinhas ao piano com uma graça picante, que a mãe tolerava a custo e que fazia rir muito as outras.

O capitão refugiou-se em uma janela. Ruth foi ter com ele: o moço, a princípio, não lhe prestou atenção; seguia, através das cortinas, os olhares trocados entre Camila e Gervásio.

Seriam todos cegos, só a ele caberia descortinar aquele amor tão evidente? Ruth, derreando a cabeça para trás, olhava para o céu tranquilo. Houve um largo espaço de silêncio entre ambos. Ruth disse, por fim, sem abaixar os olhos:

– Que parecerá a Terra vista de lá...?

– Uma gota de luz...

– Ainda bem; alegra-me saber que vivo em uma estrela. E como elas hoje estão bonitas! Se Deus me desse a escolher uma, eu ficaria embaraçada. Olhe, repare para aquela, como é grande e suave!

– É Vésper...

– Linda, linda, linda!

– Levante mais os olhos, para acolá; repare para o Cruzeiro, como está límpido hoje! Maravilhosa noite!

– Sim... estou vendo... cinco estrelas brilhantes em um lago negro. Por que é tão escuro aquele pedaço do céu ao lado do Cruzeiro?

– Porque não tem astros.

– Deveria ter sido por ali que Lúcifer caiu.

– Por quê?

– Fez um rasgão no filó dourado. Por isso Deus pôs ali a cruz, para que o diabo não tornasse a passar pelo buraco.

O capitão sorriu.

– Se eu fosse pássaro – continuou ela –, gostaria de voar à noite...

– Como as corujas.

– Não. As corujas são feias, metem medo, e eu só gosto do que é bonito. Quereria ser uma ave branca e com asas tão fortes que me levassem até acima das nuvens. Desde pequenina que eu gosto de olhar para o céu e que me desespero por não poder voar... Às vezes sonho que estou voando... e é tão bom!

O capitão Rino lembrou-lhe que fosse ao Observatório do Castelo, o que lhe seria fácil, visto ter lá família na vizinhança. Assim veria bem a lua e a cor das estrelas.

Interessado por aquela imaginação ardente, o capitão Rino explicava à menina os nomes das estrelas, sentindo roçar-lhe pelo ombro o cabelo dela, vendo-lhe na transparência luminosa do olhar a chama de uma curiosidade insatisfeita.

Ele tinha uma linguagem clara, mas interrompia as frases de vez em quando, com sobressalto, voltando-se para a sala atraído pela voz de Camila.

Ruth nem percebia a causa nem reparava mesmo naqueles movimentos e continuava a interrogá-lo, com o olhar aceso para o grande céu iluminado.

Rebentaram palmas lá dentro. Carlotinha acabara uma modinha requebrada e andava muito faceira pela sala, desafiando as Bragas para uma valsa.

– Quem toca?

Judite foi para o piano, que atacou com força e pedal.

Apesar do barulho, Francisco Theodoro discutia com o Negreiros o arrojo do Gama Torres, atribuindo ao acaso o êxito da famosa empresa, o que o amigo negava, afirmando o tino especial do outro.

Estava calor, os leques de papel adejavam[25] como borboletas nas mãos das moças. Carlotinha, não logrando dançar com o Rino nem com o Negreiros, atirou-se aos braços da Terezinha, a mais moça das Bragas. E as duas rodopiaram pela sala.

Duas horas depois o negociante acompanhava as visitas até o portão. Dona Inácia ia desde a porta de braço com o marido, o Gomes, um velhote gordo, de grandes lunetas de tartaruga. As Bragas, muito faladoras, prometeram à Carlotinha e à Judite moldes de casaquinhas modernas, como as que traziam vestidas. Camila acompanhava-as também, retardando o passo, entre o doutor Gervásio e o capitão Rino, que não dizia nada, recebendo em cheio o eflúvio daquela noite sem par! Um bonde passou e as Gomes partiram. Nina ficara em cima, acomodando a casa, vendo fechar as janelas da sala.

O médico chegou-se então para Francisco Theodoro, perto do gradil, à espera de outro bonde para o Jardim. Camila sentou-se embaixo da mangueira e o capitão imitou-a, olhando-lhe para o perfil doce, ensaiando uma confissão que não lhe saía nunca dos lábios trêmulos. Camila abandonava-se, parecia provocar essa grande palavra, como se não bastassem à sua vaidade de mulher os amores do amante e do marido.

Assim imaginou o capitão Rino, todo penetrado do aroma e do encanto dela. A mão de Camila pousara no banco, e ele, então, com o mesmo gesto esquivo e assustado, apertou-a de leve; ela levantou-se, com modo brusco, sacudida por um arrependimento, culpando-se da sua leviandade, e partiu logo para a luz clara do luar, deixando o capitão na sombra da árvore. O olhar do Gervásio indagou logo de tudo, enquanto o marido falava em coisas indiferentes. Foi nesse instante que lá em cima, no terraço, toda voltada para a lua branca, Ruth tocou no seu violino uma sonata harmoniosa e larga.

Embaixo fizeram pausa na conversa, com as almas suspensas naquela música e naquela noite.

---

25. Adejar: pairar.

Sentado no mesmo banco, o capitão Rino olhava com desespero para o vulto claro de Camila, que lhe fugia e se chegava para o seu amor feliz, toda embebida na poesia daqueles sons. Fechou os olhos para não ver.

A doçura da música enchia tudo de um sentimento ignoto, prolongado. Uma estrela cadente riscou o espaço com um fugitivo fio luminoso. Camila apontou-a com o dedo.

A sonata abria-se numa harmonia ampla e intensa, quando, de repente, Theodoro gritou para cima:

– Não são horas de música. Para a cama!

Depois, em um murmúrio satisfeito:

– O diabo da pequena tem sentimento, hein?

– Tem mais do que isso – afirmou Gervásio –, tem talento, tem inspiração!

– Tanto esta é aplicada quanto o irmão. Bem!, lá vem o seu bonde, doutor!

O médico despediu-se à pressa e correu; o capitão Rino vencia a custo a sua comoção e saiu também, descendo a pé pela rua abaixo, apesar dos pedidos de Theodoro para que esperasse ali mesmo outro bonde para a cidade.

Camila entrou em casa antes do marido e procurou imediatamente a Noca, que vigiava o sono de Raquel e de Lia.

– Mário já entrou, Noca?

– Não, senhora. Dionísio já veio há tempos e disse que seu Mário ficou lá.

– Lá? Em casa da tal Luísa?!

– É.

– Se meu marido sabe! Olhe, se ele perguntar, você responda que Mário entrou com enxaqueca e que por isso não foi à sala. Ouviu? Diga que ele está dormindo.

– E se ele amanhã perguntar a Dionísio?

– Você previna primeiro o rapaz.

– Também não sei pra que seu Mário faz assim; só pra meter a gente em embrulhos.

– Tem paciência, Noca... ele é criança... Amanhã eu lhe darei conselhos.

– Hum. Lia entornou o óleo da lamparina no chão, e eu já fico esperando aborrecimentos. É sabido: azeite entornado, desgosto em casa!

– Cala a boca; lá vem seu Theodoro. Boa noite, Noca!

Francisco Theodoro girou pela casa, verificou se estava tudo bem fechado e fez à mulata as perguntas previstas pela mulher. Depois, já a caminho do dormitório, voltou-se e foi dizer-lhe:

– Olhe, Noca, se a enxaqueca do Mário aumentar, sempre será bom dar-lhe uma pastilha de antipirina.

– Sim, senhor, eu vou ver.

Francisco Theodoro saiu e a criada suspirou, vexada, abaixando a cabeça.

IV

Era meio-dia quando o doutor Gervásio saltou do bonde e encaminhou os seus pés bem calçados para a rua dos Beneditinos.

Já o trabalho descia torrencialmente por toda a larga rua. Carroções fragorosos abalavam os paralelepípedos, ameaçando esmagar tudo que topassem adiante, numa chocalhada, aos arrancos dos burros alanhados pelas correias dos chicotes. Carroceiros vermelhos, de grenha suja e pés gretados, esbofavam-se, agarrados aos grilhões dos varais, saltando diante das rodas, na bruteza selvagem da sua lida.

Ao alarido das vozes confundidas misturavam-se o cheiro do café cru e a morrinha do suor de tantos corpos em movimento, como que enchendo a atmosfera de uma substância gordurosa e fétida, sensível à pele pouco afeita a penetrar naquele ambiente.

Através dos cristais da sua luneta de míope, o doutor Gervásio olhava para tudo com o seu ar curioso, de cabeça erguida e narinas dilatadas, como se o olfato o ajudasse também um pouco a conhecer o porquê e o destino de todas aquelas coisas.

Com a bengala suspensa, os dedos das luvas irrompendo-lhe do bolsinho do veston, a cartola luzidia, a gravata clara, picada pelo brilho faulante de um rubi, ele atravessava como um estrangeiro aquelas ruas, só habituadas aos chapéus-coco, às roupas do trabalho diário, alpacas e brins burgueses, ou aos trapos imundos dos carregadores boçais.

Como tivesse perdido o endereço do velho Motta, teve o doutor Gervásio de subir ao escritório de Francisco Theodoro. No armazém, embaixo, a grita do negócio tocava à loucura: pareciam todos impelidos por molas flexíveis, de movimentos rápidos; eram máquinas, não eram homens, aquelas criaturas nunca dobradas ao peso do cansaço...

O doutor Gervásio, presumindo-se de forte pela sua ducha fria e a sua ginástica de quarto, espantava-se da maneira lépida por que aqueles homens tiravam as sacas do alto das pilhas e as punham aos ombros. O seu braço fino, mas valente, sentia-se humilhado diante daqueles bíceps de atletas.

Francisco Theodoro sorria-se do seu espanto, e para que ele não perdesse de novo o endereço, chamou um rapaz do armazém, o Ribas, e mandou-o acompanhar o médico até a casa do enfermo.

– Será melhor assim – disse ele –, não haverá perigo de errar o caminho, porque, conquanto você seja carioca, nesta parte da cidade, olhe que é mais estrangeiro do que eu!

O Ribas sacudiu a poeira do chapéu, enterrou-o até as orelhas enormes e, balançando os longos braços sem punhos dentro dum casaco enfiado à pressa, caminhou adiante, todo vergado, como um velho.

44

E por toda a rua de São Bento ele guardou aquela compostura, sem relentar os passos nem voltar a cabeça. Entrado na da Prainha, modificou a atitude de caixeiro em serviço, foi-se deixando ficar atrás, até marchar ao lado do médico, morto por lhe pedir um cigarrinho.

O doutor Gervásio percebeu-lhe a vontade.

Deu-lhe cigarros.

Atravessavam o largo da Prainha, que o sol alcatifava[26] de ouro. Fazia calor. Ribas lembrou:

– Se o senhor quiser tomar alguma coisa, aquele botequim é muito bom.

– Não tenho sede.

– É que lá para diante não há nenhum que preste.

– O rapaz quer cerveja – pensou consigo o médico; pois façamos a vontade do rapaz.

Entraram no botequim. Em uma salinha estreita, com cromos nas paredes e papéis de cor no lampião de gás, havia três mesinhas vazias e uma ocupada por dois ciganos angulosos, que gesticulavam largamente, sacudindo-se nas suas longas sobrecasacas ensebadas. Tudo às moscas. O dono da casa veio, com ar sonolento, pedir as ordens; o doutor Gervásio deu-lhas, olhando para um violão pousado no balcão e de que se dependurava uma larga alça de cadarço vermelho.

Aquele instrumento abandonado sugeriu-lhe a ideia das noitadas de modinhas amorosas pelas estreitas ruas do bairro. Ou na treva, ou à claridade baça do luar, aqueles prédios teriam ouvidos com que escutassem músicas vagabundas? Afigurava-se-lhe que não. A fadiga dos seus dias rudes tornaria de chumbo o seu sono, impassível a sua alma cansada. Por mais que o trovador berrasse, a sua voz chegaria lá dentro como um leve zumbir de abelhas...

O dono do botequim julgou ver no olhar do médico um reparo ao desleixo da sala e arrebatou a viola para dentro.

– Foi-se a única nota pitoresca – pensou Gervásio atirando os níqueis para a mesa.

Continuaram calados o seu caminho. E era um caminho todo novo para o médico, que o achava interessante na sua fealdade, extravagante no seu conjunto de velharias e sobejidões.[27]

A novidade do meio dava-lhe um prazer de viagem: becos sórdidos marinhando pelo morro; casas acavaladas de paredes sujas; janelas onde não acenava a graça de uma cortina nem aparecia um busto de mulher; caras preocupadas, grossos troncos arfantes de homens de grande musculatura e

---

26. Alcatifar: revestir como um tapete.
27. Sobejidão: sobra, excesso.

ruído brutal de veículos pesadões faziam daquele canto da sua cidade uma cidade alheia, infernal, preocupada bestialmente pelo pão.

Subiam a rua da Saúde. Chegando à esquina do beco do Cleto, doutor Gervásio olhou: ao fundo, no mar muito azul, barrava o horizonte um vapor do Lloyd.

Pontas finas de mastros riscavam de escuro o espaço límpido. Em terra vinham marinheiros aos grupos, balançando-se nos rins. Portugueses levavam cargas, em carrinhos de mão, para um trapiche.

Foi logo adiante que um grupo de moleques irrompeu furioso, cercando o Ribas, exigindo-lhe os dez tostões do jogo da véspera. Eram quatro: um caboclinho de olhos negros e vivos, um negrinho retinto, um menino loiro, que os outros denominavam o Bota – por trazer uma bota velha suspensa de um barbante a tiracolo –, e um italianinho sardento sem pestanas.

– Venham os dez tostões! Venham os dez tostões que você ficou devendo ontem no jogo... – reclamavam.

E o Ribas defendia-se hipocritamente:

– Que jogo? Eu?!

– Sim, senhor, não se faça de engraçado!

O menino loiro exigiu a entrada do dinheiro para a bota: ele era o caixa; os companheiros romperam em assobios e chufas.[28]

Doutor Gervásio apressou o passo, deixando o Ribas numa roda-viva de provocações.

Que se arranjasse.

A curiosidade instigava-o a andar para diante; por bom humor talvez, sabia-lhe bem aquela caminhada. Tinha um olhar curioso para cada fachada arruinada, e parou com um sorriso, vendo em uma janela de vidros quebrados um vaso de cravos brancos.

As flores trouxeram-lhe à ideia as mulheres.

Reparou então que só topava com homens, caixeiros apressados ou embarcadiços de pele queimada, ou mulatos chinelando nas calçadas, mostrando os calcanhares sem meias, num bate-pé barulhento.

Já agora não sentia só o cheiro do café, como em São Bento, sentia também o do açúcar ensacado, o das mantas nauseabundas da carne-seca, o dos jacás de toucinho nos trapiches e nos grandes armazéns e o de sabão das fábricas, numa mistura enjoativa e asfixiante.

Veio-lhe a impressão de atravessar o ventre repleto da cidade, abarrotado de alimentos brutos, ingeridos com a avidez porca da doidice – e olhou para si, receoso de encontrar nódoas e imundície por toda a sua pessoa.

---

28. Chufa: troça.

E assim foi andando até as docas, já esquecido do Ribas e já esquecido do velho Motta. Ao pé das docas parou.

No chão, perto da porta, sacas de milho sobrepostas exalavam cheiro de fermento; o caruncho, passando por entre os fios do cânhamo, passeava ao sol.

Num banquinho de pau, e toda derreada sobre os joelhos, uma baiana de ombros roliços e dentes sãos vendia gergelim, mendobi, batata-doce e tangerinas aos marinheiros chegados esta manhã do norte. Pelo grande portão em arco viam-se lá dentro das docas os caminhões seguirem pelos trilhos para o cais, e as galerias em cima, por cujas rampas as sacas, apenas impelidas, desciam vertiginosamente.

Doutor Gervásio olhava interessado para dentro quando sentiu uns passos arrastados; voltou-se: o Ribas estava a seu lado, tranquilo mas amarfanhado, atando com mãos ligeiramente trêmulas a gravata suja.

– O senhor já passou a rua Funda!

– Nesse caso voltaremos.

E voltaram sem que o médico diminuísse de atenção, achando curioso um ou outro telhado colonial, de beiral estendido, uma ou outra sacada de rótulas,[29] com janelas baixas, de caixilhos miúdos, muito velhinhas, sugerindo lembranças, provocando divagações. Então ele parava, erguendo o queixo bem barbeado, a olhar para aquilo. O Ribas não compreendia, e ficava à espera, com ar estúpido e os braços pendurados.

Passavam por um armarinho quando o Ribas, não se contendo, disse com orgulho:

– Esta loja é de minha irmã. Ela está ali. O senhor dá licença?

– Pode ir.

Doutor Gervásio olhou. Em um balcão tosco e estreito almoçavam um homem macilento e uma mulher moça, grávida, vestida de chita preta, sentada em um banco, com crianças nuas agarradas à saia. O almoço parecia parco – não havia toalha nem vinho; o médico surpreendeu de relance dois copos d'água e qualquer coisa pálida dentro de um prato. Para não errar o caminho resolveu-se a esperar o guia, olhando entretanto para a meia dúzia de objetos expostos, na vidraça modestíssima da porta: linhas de rede, de crochês de costura, anzóis e agulhas, cigarros, objetos de pescaria e cartas de A B C.

O Ribas não se fez esperar; pareceu ao médico que o não tinham recebido bem.

Seguiram dali por diante silenciosos, até que o Ribas avisou:

– Aí está a rua Funda.

---

29. Rótula: janela de treliça que permite a entrada de luz.

Doutor Gervásio olhou e sorriu a uma observação que as reminiscências de um quadro lhe sugeriam.

Aquela rua Funda, subindo estreita pela encosta do morro da Conceição, ladeada de casas de altura desigual de onde em varais espetados pendiam roupas brancas recentemente lavadas, desenhando-se negra no fundo muito azul do céu, lembrava-lhe uma viela de Nápoles velha, onde o pitoresco não é por certo maior, e de que ele tinha uma aquarela em casa.

– É interessante – murmurou baixo enquanto o Ribas, na frente, ia galgando a rua e batia à porta do Senhor Motta. Um sobradinho amarelo, de janelas de guilhotina e flores no peitoril em latinhas de banha.

O velho Motta dormitava no canapé da salinha de visitas, com a perna estendida sob uma colcha de retalhos de chita. Às palmas do médico a filha acudiu pressurosa, cuidando ter de receber a Deolinda do armarinho, que ficara de ir acompanhar o velho um bocado do dia. Vendo o Doutor Gervásio, ela estacou interdita, com os olhos arregalados e aconchegando com as mãos tontas a gola do paletó de chita.

– Quem procura?

Doutor Gervásio – explicou-se.

– Faça o favor de entrar.

A filha do Motta caminhou na frente, com ar envergonhado, colhendo as mostras de desmazelo da casa: aqui um pé de meia caído da cesta de costura, acolá um pano de crivo roto, pendurado de um braço de cadeira.

O velho, despertado com sobressalto, mal atinava com o que dizer.

Sim, ele conhecia o médico, e agradecia o cuidado do patrão.

A filha fez sentar a visita e correu a fechar a porta de uma alcova em desordem. Era trintona, picada de bexigas, com as mãos desenvolvidas pelo uso da vassoura e da cozinha. O médico acompanhou-a com a vista, depois apressou-se em examinar o aparelho do doente, achando tudo em ordem, bem prevenido. Ainda bem; ele desacostumara-se dos seus trabalhos profissionais. A clínica irritava-o, como se tivesse pelos homens um interesse medíocre.

Sentindo os dedos do médico percorrerem-lhe a perna, seu Motta descrevia, numa lenga-lenga, a sua queda e a sua falta de recursos. Supunha fazer falta, caíra exatamente em uma ocasião de grande movimento no armazém.

A filha trouxe café em xícaras de pó de pedra; doutor Gervásio bebeu uns goles por gentileza e o velho sorriu, aprovando-lhe a amabilidade.

O Motta pedia desculpas da casa... não morava ali por gosto. Oh, se o doutor Gervásio o tivesse conhecido em Pernambuco, quando a sua velha vivia! Com a morte dela, tudo desandara...

O médico abreviou as lamúrias, prognosticando cura rápida, e despediu-se sem notar que a moça reaparecera na salinha com outro casaco enfeitado a crochê.

Embaixo respirou de alívio e começou a descer a rua, por entre o palavreado gutural dos papagaios suspensos às janelas.

Sempre as mesmas cantigas, sempre as mesmas cantigas! Era preciso fugir daqueles abomináveis bichos, e ele apressou-se; mas logo na esquina pensou em andar por ali e fixar o bairro. Entretanto, desandava pelo mesmo caminho por que viera quando viu uma rua cortada a pique na rocha e desejou saber que mundo haveria lá em cima. Subiu.

Crianças nuas, ainda mal firmes nas perninhas arqueadas, desciam, sozinhas, ladeando precipícios.

No alto o doutor Gervásio passou a outra rua, de grandes pedras engorduradas e denegridas, onde mulheres despenteadas falavam alto e gatos magros se esgueiravam rente às paredes.

Pareceu ao médico que a atmosfera ali era mais fria, de uma umidade penetrante, cheirando a velhice e a hortaliças esmagadas. Mal concebia que se pudesse dormir e amar naquele canto sinistro da cidade, mais propício às minhocas do que à natureza humana, quando reparou para uma mulher moça, que, com uma lata de querosene, aparava água em uma bica. Era pálida e linda. Também ela olhava para ele com um olhar de veludo, sombrio e fixo, varado de tristeza.

Esses encontros fortuitos traziam às vezes ao médico comparações singulares. Aquela mulher era uma invocação; o seu olhar revelava uma consciência forte, a sua pele, cor de luar, uma saudade infinita. Era a Agar da Bíblia; uma açucena num canteiro de lodo...

Continuando o caminho, via de um lado e de outro casas desconfiadas, corredores soturnos, escadas escorregadias, que faziam lembrar o mistério e o crime. Assaltou-o a ideia de andar por ali à noite, disfarçado de qualquer maneira. É quando o sol se esconde que o homem se mostra bem. Ele beberia com os marinheiros nas bodegas do bairro e penetraria em um daqueles albergues.

Aos seus instintos repugnou logo esse mergulho na lama e rejeitou a lembrança, observando se a rosa da sua lapela ainda estaria fresca.

Nem por isso... Foi então obrigado a recuar de um salto; de uma alta trapeira atiravam água de barrela à rua. A água corria espumosa, em fios grossos, por entre os pedregulhos desiguais.

– Bonito!

Daí em diante apressou o passo, sentindo que de todos os lados olhos se fixavam com estupefação no seu chapéu alto. Tinha a impressão de atravessar por meio de minas; parecia-lhe que em toda aquela rua não haveria um único caixilho com vidros, uma única chave sem ferrugem, uma única dobradiça perfeita.

Era o resto de uma cidade tomada de assalto por gente expatriada, resignada a tudo: ao pão duro e à sombra de qualquer telha barata. Uma pobreza avarenta aquela, que formigava por toda a encosta de lajedos brutos, entre ratazanas e águas servidas.

O doutor Gervásio interrompeu o curso das suas ideias ao ver, atônito, dona Joana sair de uma casa.

Ela vinha cansada, com o largo rosto muito afogueado.

Trazia nas mãos curtas uma salva de prata, cheia de esmolas de cobre e de níqueis.

Ela não se mostrou menos espantada de o encontrar naqueles sítios e foram andando juntos até ao cimo do morro da Conceição, onde o ar livre varria toda a esplanada em frente ao palácio episcopal, e a luz de um céu muito anilado e puro caía com todo o brilho.

Respondendo a uma pergunta do médico, que aspirava com força o ar do mar, como se quisesse lavar os pulmões do ambiente infecto por que passara, dona Joana explicou que andava a pedir para a missa cantada. Palmilhava todo o Rio de Janeiro (parecia incrível!), era sempre nessas ruas de gente miúda, miserável mesmo, que ela colhia maior número de esmolas. – A pobreza está mais perto de Deus – dizia ela no seu doce tom de devoção.

Depois, ali mesmo ao sol, sem resguardo, queixou-se da sobrinha. Camila fora sempre uma desviada, nunca tivera propensão para a igreja. Um cego via melhor as coisas da Terra do que os olhos daquela alma, as coisas do céu!

Que reparasse para os nomes judaicos que ela pusera nas filhas; Ruth, Lia, Raquel, quando havia tantos nomes de santas no calendário!

As crianças haviam de seguir no mesmo caminho perigoso; e era isso o que a magoava.

Precisava salvar as crianças.

Francisco Theodoro, sim, esse era bom católico; gostava de o ver na Candelária, com a sua opa de irmão. Um santo homem!

– Mas dona Mila vai à missa todos os domingos.

– Ora, a missa hoje em dia é mais um dever de sociedade que um preceito de religião. Camila só vai à igreja para se mostrar. Basta ver como ela se enfeita. Eu queria-a mais simples... A Ruth esteve algum tempo no colégio das Irmãs: pois mal sabe o catecismo e ainda não cuidou da primeira comunhão! Eu peço a Deus por eles, mas...

– Faz bem.

– O senhor é dos tais, que não querem crer.

– Isso não me impede de lhe dar uma esmola para a sua missa.

– Aceito; rezarei nela pela sua conversão. Olhe que bem precisa: o senhor está empurrando Camila para o inferno.

– Eu?!

50

– Quem mais!

– Oh, minha senhora, que injustiça, bem pelo contrário.

– Sim, vá falando e não me olhe com esses olhos de motejo.[30] Pensa que eu não sei de tudo? O único cego ali é o pobre do marido, que não merecia que lhe fizessem isso. Eu estou cá no meu canto, mas sei do que se passa e toda a gente sabe, infelizmente. Não é por falta de eu pedir a Nossa Senhora do Rosário, minha madrinha, mas os pecados veem-se, saltam aos olhos até. Já me aconselhei com o padre Mendes, sem dizer de quem se tratava, está claro, e pedi-lhe que rezasse para que isso acabasse bem. Ele é um sacerdote, deve ser atendido, enquanto eu, pobre pecadora.

– Mas a senhora está louca, dona Joana?! – balbuciou o médico, mal disfarçando a sua ira; não a entendo!

Com medo de uma descarga de censuras, dona Joana despediu-se. Ia ainda dar uma volta pela Pedra do Sal.

O doutor Gervásio mal a cumprimentou; sentia-se colado de espanto àquele chão poeirento. Os seus amores, que ele julgava bem ocultos, tinham varado as sacristias e ido do Botafogo elegante até os casebres do Castelo e da Conceição! Quis desmentir a velha, mas os seus olhos claros, de um castanho louro, não o deixaram falar, cortando-lhe pela raiz qualquer protesto. Ela não falara só pela boca, que a tinha sincera, mas também pelos olhos, em cuja limpidez aparecera toda a verdade.

O médico viu-a, com ódio, ir arrastando, na sua peregrinação de fé, as pernas inchadas, rebolando os quadris largos, bem fornidos e que ainda os franzidos da saia exageravam.

Apressou-se em voltar-lhe as costas, com medo de que ela tornasse para lhe dizer ainda alguma coisa do pecado.

O que lhe repugnava, sobretudo, era a solicitada intervenção do padre. Desde então deixou de reparar nas coisas para pensar em si. E os seus sentimentos eram de espécie confusa e tristonha.

Em outros tempos, de mais verdes anos, a divulgação de tais amores não o desgostaria, talvez... Ser amante de uma mulher bonita e cobiçada não é coisa que fique mal a um homem... Por ela, sim, devia ter cuidados e mistério; mas esse mesmo dever de discrição absoluta não seria abafado pela voz do egoísmo, sempre a mais imperiosa nos homens, e pela da vaidade, se outras circunstâncias não lhe exigissem segredo? As almas fortes dos homens têm dessas pequenices, e a dele, sabia-o bem, era como as dos outros, amigas, sem propósito, de causar inveja aos menos afortunados...

Cansado, nervoso, picado pelo sol, o doutor Gervásio seguiu à toa, desceu o morro, andou pelas ruas, mal respondendo aos cumprimentos dos

---

30. Motejo: zombaria.

conhecidos que ia encontrando à proporção que se aproximava do seu centro habitual. Já nada do que vira e o impressionara naquele giro se lhe esboçava na lembrança. Aquelas riquezas, aquele movimento, aquelas casas, aquele rumor de população atarefada, baixa e mesclada, aquelas altas ruas despenhadas em escadarias imundas e barrancos, tudo se dissipava e se fundia numa impressão de mar e de lixo, de onde surgia a voz melada, untuosa, da tia Joana, oferecendo promessas, confidenciando com estranhos sobre os seus amores e os seus adorados segredos.

Uma raiva surda roncava-lhe no peito quando chegou à rua do Ouvidor.

Veio-lhe então em cheio o aroma das flores frescas à venda na esquina; e a graça de uma mulher que passava com um chapéu atrevido e um vestido bem-feito, distraíram-no um pouco...

V

Noca foi ao quarto de Mário avisá-lo de que a mãe lhe queria falar.

– Você sabe pra que é? – perguntou-lhe o moço.

– Desconfio: há de ser por causa da tal francesa... Parece que ainda foi outro dia que você nasceu e já anda por aí na extravagância!

– Vai pregar a outra freguesia.

– Verdade, verdade, seu pai tem razão...

– Eu logo vi que o sermão havia de vir empurrado por papai – disse Mário com ironia, dando o último retoque à toalete. Nisso abriram a porta, ele voltou-se; era a mãe.

Noca deu uma volta pelo quarto, puxou as cobertas da cama até os travesseiros, sacudiu com a toalha o estofo da poltrona, escancarou a janela e saiu, deixando uma ponta de ordem no desalinho do quarto.

– Eu ia subir; Noca veio chamar-me agora mesmo.

– Achei melhor falarmos aqui. Não seremos interrompidos.

– Como quiser. Sente-se, mamãe – Camila sentou-se e fixou no filho um olhar magoado. Ele, pegando-lhe nas mãos, perguntou-lhe com um sorriso contrafeito:

– Então?

– Estás nos dando sérios desgostos, Mário.

– Eu?

– Sim; bem sabes de que se trata.

– Calculo; mas, francamente, não vejo razão para tamanho alvoroço...

– As tuas faltas são muito repetidas. Não te emendas!

– As minhas faltas são tributos da mocidade, fáceis de perdoar.

– Enganas-te.

Mário largou as mãos da mãe e tornou-se muito sério.

– Então não compreendo.

– Compreendes. Falo... falo dessa mulher com quem andas agora... dizem todos que ela arruinará a tua saúde e a nossa fortuna...

– Oh!, mamãe...

– Não é criatura por quem um rapaz da tua idade se apaixone. Eu quando a encontro na rua nem sei onde ponho os pés.

Mário corou e murmurou qualquer coisa que a mãe não ouviu.

Receio sempre ver-te aparecer a seu lado; porque eu sei que tens tido a coragem de te apresentar em público com ela. Vê a que horror expões tua família, já não digo teu pai, que é um santo, mas que, enfim, é homem; mas a tua irmã e a mim. É feio da tua parte sujeitar-nos a uma decepção dessa ordem...

Mário mordia os beiços, brancos de raiva.

– Mamãe...

– Não me interrompas; já agora direi tudo. É preciso acabar com a exploração daquela mulher. Deixa-a quanto antes, hoje mesmo, ouviste? Teu pai exige isso de ti, ele sabe que por causa dela tens cometido já indignidades. É uma vergonha, todos os dias são dívidas e mais dívidas!

Mário continha a custo a sua cólera, apertando com as mãos, nervosamente, as costas de uma cadeira.

– Põe os olhos em teu pai. Segue-lhe o exemplo.

Mário sorriu com desdém.

– Meu pai está velho; já não se lembra do que fez na mocidade.

– Bem sabes que ele nunca teve mocidade; trabalhou sempre como um animal.

– Os portugueses nasceram só para isso; eu tenho outros gostos e outras aspirações. Meu pai não me compreende.

– Mas o dinheiro que esbanjas de quem é?!

– Ah, o dinheiro! Logo vi que havia de ser por causa do dinheiro! – disse ele com redobrado escárnio.

– Por isso e por outras coisas – exclamou Camila, espicaçada pela ironia do filho.

– Mas que outras coisas, mamãe!? – retrucou ele, plantando-se diante dela com raiva.

– Já te disse, já te disse! Não te finjas de surdo! Por causa da tua saúde, que é fraca, e da tua reputação.

– Reputação! Ora, mamãe, e é a senhora quem me fala nisso!

Camila estacou sem atinar com uma resposta, compreendendo o alcance das palavras do filho. A surpresa paralisou-lhe a língua, o sangue arrefeceu-se-lhe nas veias; mas, de repente, a reação sacudiu-a e, então, num desatino, ferida no coração, ela achou para o Mário admoestações mais ásperas. Percebia que a língua dizia mais que a sua vontade, mas não podia contê-la. A dor atirava-a para diante contra aquele filho até então poupado.

Recebendo em cheio a cólera materna, Mário julgou perceber nela insinuações de outrem. Havia de andar por ali a intervenção danada do doutor Gervásio. Quando Camila acabou de falar, ele começou, destacando as palavras, que saíam pesadas:

– A senhora pode censurar-me em nome de meu pai, visto que ele não teve coragem para tanto; mas em seu nome, não!

– Mário!

– Em seu nome, não! Quem me lançou neste caminho e me fez ter os gostos que eu tenho?

– O excesso do meu amor por ti está bem castigado!... Mas não é isso agora que desespera teu pai...

– Meu pai é cego para as culpas dos outros; por que não será também cego para as do filho? A pessoa que tanto o indigna é menos nociva à família que...

– Basta!

– Não basta; a senhora assim o quis, conhece o meu gênio, podia ter evitado esta explicação. Talvez seja melhor assim: afinal, eu precisava dizer-lhe alguma coisa, eu também. É isto: odeio o doutor Gervásio e dou-lhe a escolher entre mim e ele.

Camila fixou no filho olhos de espanto.

Houve um largo silêncio. Depois ele repetiu, martelando as palavras:

– Ou ele ou eu.

A mãe, com uma lividez de morta, não voltava da sua estupefação. Todo o corpo lhe tremia e lágrimas vieram pouco a pouco borbulhando, grossas e pesadas, nos seus olhos estáticos. Tentou defender-se, chamar de calúnia aquela ideia, mas as palavras morreram-lhe na garganta e ela encolheu-se na poltrona, cingindo os braços ao busto, como se tentasse esmagar o coração ofendido.

Mário caminhou nervosamente pelo quarto; depois, voltando-se para a mãe, ia falar ainda, mas viu-a de aspecto tão miserável que uma súbita misericórdia se apoderou dele.

Ela chorava, muito encolhida, fazendo-se pequenina, no desejo de desaparecer.

– Perdoe-me, mamãe, mas que queria que eu dissesse?!

Camila levantou para o filho os olhos humilhados e murmurou quase imperceptivelmente:

– Nada...

Mário recomeçou a passear com as mãos nos bolsos, a cabeça baixa. Camila, ainda na poltrona, com as costas para a janela, os cotovelos fincados

54

nos joelhos e o queixo nas mãos, procurava uma palavra com que pudesse convencer o filho da sua inocência. Tudo lhe parecia preferível àquela humilhação. Daria a luz dos seus olhos – ah, antes ela fosse cega!, para que Mário a julgasse pura, muito digna de todo o respeito das filhas, muito honesta, toda de seu marido e das suas crianças... Compreendia bem que o sentimento e a imaginação nas mulheres só servem para a dor. Colhem rosas as insensíveis, que vivem eternamente na doce paz; para as outras há pedras, duras como aquelas palavras do seu filho adorado. Antes ela fora surda: não as teria ouvido!

Quantas vezes o marido teria beijado outras mulheres, amado outros corpos... e aí estava como dele só se dizia bem! Ele amara outras pela volúpia, pelo pecado, pelo crime; ela só se desviara para um homem, depois de lutas redentoras; e porque fora arrastada nessa fascinação, e porque não sabia esconder a sua ventura, aí estava a boca do filho a dizer-lhe amarguras...

Lia e Raquel corriam no jardim, batendo por vezes na veneziana do quarto.

Mário aconselhou:

– Será bom aparecer; as meninas estão notando a sua ausência...

– Antes eu tivesse morrido no dia em que nasci! – pensou Camila levantando-se.

Empurraram a porta. Era o Dionísio que vinha saber se o patrão precisaria do carro. Ouvira falar na véspera em um almoço na Gávea.

Mário respondeu com impaciência e sem abrir:

– Não preciso de nada! – Depois voltou-se e foi direito à mãe; puxou-a para si, beijou-a na testa e, com carinho:

– Diga a meu pai que hoje mesmo me despedirei dela...

Quando Camila saiu do quarto, sentiu-se agarrada pelas filhas gêmeas, que a puxavam para o jardim, gritando com entusiasmo:

– Venha ver, mamãe!

– Que coisa linda, mamãe!

– O homem disse que foi papai que mandou!

– Adivinhe o que é!

– Diga; sabe o que é, mamãe?

A mãe não respondia; deixava-se levar sem curiosidade, toda trêmula ainda, revendo no fundo da sua alma o rosto do filho ao dizer-lhe aquelas palavras terríveis. As crianças riam, e aquelas risadas eram como um clangor de sinos reboando em torno dela. Os sons avolumavam-se, repercutiam no seu cérebro dolorido. Ele sabia! Mário sabia! Quem lhe teria dito? que boca imunda profanara aquele segredo em que há tantos anos se encerrava? Seria a da Noca? E os outros da casa saberiam também?

– Veja, mamãe, que lindeza! – gritou Lia apontando para um grande relvado do jardim onde tinham posto um grupo de bonecos pintados a cores, um menino e uma menina resguardados pelo mesmo chapéu de sol azul.

Raquel bateu palmas e deliberou que o menino se chamaria Joãozinho e a menina, Maria.

– Maria, não! Há de se chamar Cecília – protestou Lia.

– Há de ser Maria, há de ser Maria e há de ser Maria!

– É verdade, mamãe, que a menina se há de chamar Maria?

Camila não respondeu; sentou-se em um banco e, em vez de olhar para os bonecos, pôs-se a olhar para as filhas, muito lindas, com os seus bibes brancos e os cabelos soltos.

– Vocês gostam muito de mim? – perguntou-lhes ela de repente, puxando-as para si.

– Eu gosto muito!

– Eu gosto mais!

– Mentira! Quem gosta mais sou eu!

– Eu acho mamãe muito bonita!

– Eu também acho.

– E se eu fosse feia, bem feia... se, por exemplo, eu tivesse bexigas e ficasse marcada, sem olhos, com a pele repuxada... ainda assim vocês gostariam de mim?

– Muito, muito!

– Se Deus me desse uma doença repugnante... como aquela doença do Raimundo, sabem? a morfeia,[31] e que todos fugissem de mim com nojo e com medo, que fariam vocês?

– Eu havia de estar sempre ao pé de mamãe! Havia de lhe meter a comida na boca, mudar-lhe roupa e contar-lhe histórias...

– E eu havia de dormir na mesma cama que mamãe...

– Por que é que a senhora diz isso?! Não chore, mamãe!

Camila beijou as filhas com transporte, e uma grande serenidade caiu sobre o seu rosto pálido. Poderia contar com alguma coisa, as filhas defendê-la-iam dos maus-tratos do mundo.

A campainha do almoço repicava no primeiro toque; Ruth fechava o seu violino e Nina descia ao jardim com a Noca para admirarem também o grupo do lago, mandado da cidade por Francisco Theodoro.

---

31. Morfeia: lepra.

Nina vinha na frente, com o seu modo tranquilo de *ménagère*,[32] bem penteada, com um vestido escuro, alegrado pela nota branca de um aventalzinho circundado de rendas. Atrás dela, Noca bamboleava o seu corpo cheio, sem colete, vestida de chita clara, rindo alto de uma anedota do copeiro.

Camila teve um sobressalto.

Também aquela, a Nina, saberia tudo? Teve ímpetos de lhe ir ao encontro e perguntar-lho, mas abaixou os olhos para os cabelos negros da Raquel e da Lia, que se cosiam às suas saias, e passou-lhes as mãos na cabeça, devagar, numa carícia muda, grata ao seu amor e à sua inocência.

– Que engraçadinho! Não acha, tia Mila, que há de fazer bonita vista depois de colocado no meio do lago?

– Acho...

– É de muito gosto!

Noca tinha pena. Coitadinhas das crianças! Haviam de ir assim tão nuas para o sereno das noites? Muito chique!

Uns admiravam a beleza da menina, outros, a do menino, e afinal concordavam que o conjunto é que valia tudo. Ruth veio por último; queixava-se de fome. A campainha vibrava pela segunda vez. Pediram a opinião dela; não era tão bonito, aquilo?

– Nunca apreciei bonecos; vocês bem sabem.

– Isto é o mesmo que ver gente! – exclamou Noca, indignada –, isto não é boneco! Você é enjoada! É verdade! Mário ainda não viu... Oh!, Dionísio!, chama aí seu Mário!

Nina voltou-se, vermelha, para a janela do primo; ele não apareceu, e Ruth, instando pelo almoço:

– Que milagre!, dr. Gervásio hoje não apareceu! – exclamou sem intenção, colhendo uma Marechal Neel para o peito.

Camila estremeceu e olhou para a filha com curiosidade e mal disfarçado susto. Por que teria ela dito aquilo?

Noca abaixou-se na orla do canteiro procurando com mãos apressadas um trevo de quatro folhas para dar à pobre da Nina. Oh!, se ela encontrasse o trevo, a moça seria correspondida pelo ingrato do primo e assim o diabo da francesa iria bater a outra porta. Deus fizesse com que ela achasse um trevo de quatro folhas!

Meia hora depois estavam todos à mesa e ainda a mulata procurava com ânsia a folhinha fatídica.

Mário atravessou o jardim; ela sentiu-lhe os passos e, voltando-se, chamou-o.

– Ué! Por que não foi almoçar?!

---

32. *Ménagère*: dona de casa.

– Preciso ir já para a cidade. Diga isso mesmo à mamãe.

– Não foi se despedir dela?

– Não. Já nos falamos. Diga isso mesmo.

– Hum!... você hoje não tem boa cara!... Lá dentro não está ninguém de fora: pode ir. É sua mãe...

– Cantigas. Adeus.

– Não. Olhe, Mário, lembre-se do que lhe diz esta mulata: sua felicidade está aqui... As estrangeiras só gostam de dinheiro...

– Adeusinho!

– Adeus, meu filho...

A mulata foi até o gradil para olhar ainda para o moço que ela ajudara a criar desde o primeiro dia.

– Como ele é bonito! – pensava ela –, as mulheres têm razão de o preferir a todos! Dona Nina não merece aquilo, mas, enfim, antes ela do que a tal sanguessuga. Este mundo é assim mesmo, a gente gosta de quem não deve... Ele morre pela outra e é esta quem morre por ele!... Verdade, verdade, ele é a flor da família... em questão de boniteza, garanto que não há outra pessoa que se iguale a Mário... Eu bem dizia que ele poria as irmãs num chinelo! Por que não teria vindo o doutor Gervásio?... O diabo do feiticeiro deu bruxaria à nhá Mila... Se seu Theodoro sabe da história!... que estralada! Mas quem há de dizer? Boca, fecha-te! Boca, fecha-te! Que não seja por minha culpa... Bem! Mário tomou o bonde... lá vai ele almoçar com a outra... Ora! se isso lhe dá gosto, que aproveite!

Com um gesto decidido, ela rematou o seu pensamento egoísta e caminhou para a copa à procura de almoço.

VI

Numa manhã límpida, cor de safira, Camila e Ruth entraram com Theodoro e o doutor Gervásio na lancha – Aurora – em demanda do Netuno.

O sol cobria com uma rede de ouro movediça a superfície das águas; fazia calor.

As senhoras ajeitaram os folhos das suas saias de linho no banco da ré e abriram as sombrinhas claras.

– Sempre gostaria que me provassem a serventia desses chapéus de sol. Não resguardam nada. São objetos inúteis. Eu, se fosse mulher, nunca me sujeitaria a modas – disse Theodoro.

– Faria mal. Quanto aos chapéus, acho-os bonitos, são muito decorativos. Veja como a cor-de-rosa da sombrinha de Ruth e a creme de dona Mila se harmonizam neste fundo azul. Digam o que quiserem; para mim, a intuição da arte está na mulher – retrucou Gervásio.

– Pode ser. Eu só gosto do que é positivo e prático. Enfim, nas senhoras ainda eu perdoo certas niquices.[33]

Sabia Theodoro que o espírito e a posição de um homem se espelham nas suas roupas, por isso as dele eram sempre graves.

Para tudo que não fosse o trabalho, envergava a sobrecasaca, bem abotoada sobre o estômago arredondado.

A sua cartola luzidia, bem tratada, afirmava às turbas que ia ali alguém de cortesia e respeito; era como se o seu título de comendador tremeluzisse no cetim daquele pelo. Não saía de casa sem carregar o guarda-sol de excelente seda portuguesa e castão de ouro, traste que o protegeria em um amplo círculo se acaso chuvas caíssem inesperadamente. Previa tudo; com habilidade, harmonizara à maneira do traje a dos seus discursos, sempre entrecortados de "tais como", "de maneiras que", "porém", "tal e coisas".

Já a lancha singrava as ondas mansas quando ele contou ao doutor Gervásio que aí uns colegas seus amigos queriam arranjar-lhe um título de Portugal; ele fizera constar que não aceitaria a distinção, mas, se a coisa viesse, que havia de fazer?

O médico respondeu com um gesto vago em que perpassou a sombra de um sorriso.

– Outros usarão desses títulos com menos direito – continuou o negociante –, não digo que não; em todo o caso...

Mila lembrou que, para justificar essa honraria, bastariam as grandes somas com que ele entrava nas subscrições.

Ele riu-se.

– Estou vendo que você quer ser viscondessa, hein?

Ela encolheu os ombros. Em verdade, nunca pensara nisso. Gostava de viver bem, à larga, com muito dinheiro. Esse tinha-o, bastava-lhe.

Iam todos calados quando Ruth suspirou:

– Tenho pena de não ter trazido o violino!

– Que tolice! Havia de ter graça!

– Mamãe, quando eu me comovo, gosto de tocar. Entendo-me tão bem com a música!

Os pais riram-se da asneira e o doutor Gervásio fixou o rosto pálido da mocinha. Este não riu.

A lancha Aurora, muito faceira, reluzente nos seus metais, cortava as águas com rapidez, soltando silvos que assustavam as senhoras.

– Este passeio está-me abrindo o apetite para uma viagem. Se as coisas continuarem como até aqui, é fato assentado que levarei a minha gente ainda este ano à Europa – disse Francisco Theodoro.

---

33. Niquice: coisa insignificante.

Camila e o médico trocaram um olhar de susto.

Vendo o lindo rosto, sempre tão fresco e tão moço, de Mila, os seus cabelos negros, o seu colo cheio, os seus olhos de veludo, provocantes e apaixonados, toda aquela figura de mulher amorosa, quente e grave, que ele não se cansava de estreitar nos braços, a ideia de uma separação afigurou-se-lhe impossível e monstruosa.

Parecia-lhe que a amava ainda mais nesse dia do que em todos os passados; a doçura da sua convivência enternecia-o, como se a entrevisse já através da saudade.

Ela assegurou-lhe em um sorriso que não partiria. Não haveria forças capazes de a arrancarem do seu amor.

Francisco Theodoro mostrava agora à filha o casco branco de um navio de guerra, onde roupas lavadas de marinheiros enfestoavam de azul o castelo de proa. No cimo de um mastro, um homem que desatava cordames tinha, na altura, proporções de boneco.

Gaivotas tontas voavam em bandos circulares, pondo grinaldas de asas fugitivas no azul imaculado. Longe, a casaria da cidade, com as suas torres, esfumava-se em uma neblina rósea, esbatida em diáfana violeta.

– Como é bonito! – exclamou Ruth fulgurante, bebendo o ar que vinha em cheio da barra. Está-me parecendo que, se eu fosse rapaz, seria marinheiro.

– Outra tolice.

– Mamãe, o azul é uma cor tão bonita!

– Se fosses rapaz... se fosses rapaz... realmente antes fosses tu o rapaz e Mário a rapariga... – resmungou Theodoro.

– Pobre do Mário... já tardava... – disse Mila.

– Isto não é falar mal; é a verdade.

– Não é falar mal dizer que ele não tem aptidões, que é insignificante?

– Eu não disse tal.

– Mas deu a entender. Eu nem sei até como ele é tão bom ouvindo tantas insinuações. Se fosse outro, sabe Deus o que teria acontecido! É porque tem mesmo muito bom coração. Os erros que comete são naturais da idade.

– Senhora!, não o defenda. Bem sabe porque é que eu digo as coisas. Não falo à toa.

Não, ela não sabia; o que via era uma grande injustiça pesando continuamente sobre a cabeça do filho. O que mais queriam que o pobre fizesse? Ele não nascera para os trabalhos brutos do comércio, era um delicado. Certamente que não tinha idade para se divertir a jogar a bisca em família; os seus dezenove anos tinham outras exigências. Reparassem todos que era naturalíssimo.

– Qual naturalíssimo, qual nada! Indecente, sim, é que aquilo era. Um bilontrinha, o tal seu Mário. Ainda na véspera soubera de novas proezas.

60

Ele deixara a francesa, sim, senhores; parecia ceder ao conselho da mãe; mas para quê? Para andar em público de braço dado com outras, talvez piores, e entrar em casas de jogo, que a polícia ataca!

Camila mostrou Ruth ao marido, com um olhar aflito, para que moderasse os furores da sua linguagem.

Contente por cortar o diálogo, o médico apontou um vapor que já se via de perto.

– O Netuno... e bonitinho, reparem.

– Não é feio, não... – resmungou Theodoro, já desviado dos seus pensamentos. –; mas, esperem!, lá no convés parece estar uma mulher. Que diacho! O capitão Rino será casado?

– Se é possível! Se ele fosse casado nós estaríamos fartos de o saber. Você diz cada tolice...

– Ora, tolices! Que mal fazia que o homem fosse casado, hein?

– A mim? Nenhum certamente. Que me importa!... – e Mila riu-se, querendo subjugar à força a raiva que lhe ficara da discussão com o marido.

O médico tornou-se sombrio. Que mal faria que o outro fosse casado? Nenhum!... certamente. E se dissessem dele a mesma cousa a Mila, que responderia ela! A mesma cousa? Com o mesmo levantar de ombros, com o mesmo desdém? Teve ímpetos de lho perguntar, mas como? Ali era impossível. Ficava para depois.

A lancha atracou ao Netuno e do portaló desceu o capitão Rino, vestido de flanela branca, com uma bela rosa vermelha na lapela.

Estranharam-lhe o porte, acharam-no muito mais elegante; parecia outro. Tinha descido para ajudar as senhoras. Ruth saiu da lancha num salto, mostrando as pernas finas, contente por aquela novidade, aquele mar circundado de montanhas azuis, aquelas velas brancas e aqueles cascos alcatroados, flutuantes, com que se cruzara no caminho. O capitão Rino mal olhou para ela; suspendeu-a, com pulso forte, até o primeiro degrau da escada e voltou-se logo para Camila com olhar ansioso, estendendo-lhe os braços. Ela caiu-lhe em cheio sobre o peito largo e riu-se, pedindo desculpas. Era tão pesada! Ele corou, tonto, trêmulo, sem achar uma palavra com que lhe respondesse.

Francisco Theodoro, cuidadoso da cartola e das abas da sua ampla sobrecasaca, não prescindiu da mão auxiliadora do capitão; o doutor Gervásio veio, por fim, tirando, num cumprimento, o seu chapéu mole.

Em cima, no tombadilho, marinheiros passavam vagarosos, indiferentes, pelos visitantes. Junto ao portaló estava uma senhora, a mesma, evidentemente, que eles tinham avistado da lancha.

Era uma mulher delgada, branca e loira, com um par de olhos semelhantes aos do capitão Rino, de um azul de faiança, e uma fisionomia vaga, de anjo decorativo. Contrastando com o tipo, trazia uma toalete escarlate, que lhe dava valor à pele cor de lírio pálido, e parecia uma ofensa ao seu corpo virginal. O capitão apresentou-a logo a todos com duas palavras:

– Minha irmã.

Foi depois, aos poucos, durante a visita ao Netuno, que viram desde o tombadilho até o porão, que souberam que essa irmã, até ali ignorada, se chamava Catarina e vivia em companhia da madrasta, senhora viúva, em uma frondosa chácara do Cosme Velho.

Catarina ajudava o irmão a mostrar o Netuno e por vezes as suas explicações tinham maior clareza que as dele. Se ele parava, ela tomava-lhe a palavra cortada, completava-a e seguia para diante com todo o desembaraço.

Depois de percorrerem o navio, o capitão Rino convidou todos para um vermout gelado na sua câmara.

O espaço não era grande, Camila, Ruth e Catarina apertaram-se no mesmo divã, de marroquim cor de azeitona, encaixilhado em cedro; Francisco Theodoro recostou-se em uma poltrona ao pé da mesa enquanto o médico se arranjava ao lado de uma estante esguia, abarrotada de livros, e o capitão, em pé, narrava ao negociante vários episódios das suas viagens ao norte.

– Que país! Que maravilhoso país este nosso! – completava ele.

– É pena não ter povo – sentenciou Theodoro.

– Não é pena. Todas essas terras, ainda hoje virgens, serão num dia melhor a glória do mundo, quando ele, esgotado pela exploração das outras, voltar para elas olhos de amor. Guardam a sua fecundidade para uma outra raça de grandes ideais que ainda há de vir. Tão formosas promessas não se fazem ao vento...

– Outra raça. Outra raça vinda de onde?! Nascida de quem?!

– Da nossa, talvez; e das outras. As gerações que definham nos países velhos aperfeiçoam-se e revigoram-se nos novos. O futuro do mundo é nosso e será a coroação das nossas bondades e virtudes, visto que o povo brasileiro é bom.

Francisco Theodoro não concordava em absoluto; não podia perdoar a República. Aquela revolução fora uma revelação. Sentia-se engasgado com o exílio do imperador. Torceu assim a conversa para novo assunto.

Doutor Gervásio conhecia as ideias políticas de Francisco Theodoro; ouvia-lhe sempre os mesmos comentários. Estava inteirado; quanto às do outro, não lhe parecia que devesse lucrar muito em ouvi-las. Voltou-lhe as costas e pôs-se a ler as lombadas dos livros da estante:

– Virgílio... Homero... Dante... Camões... Gonçalves Dias... Shakespeare... bravo!

Que espécie de homem seria então esse capitão Rino? Leria ele efetivamente aqueles poetas?! O médico abriu ao acaso o primeiro livro ao alcance da mão e observou logo que ele estava anotado, a lápis, com sinais firmes, de uma vontade bem dirigida, perfeitamente consciente do seu claro juízo. Era o *Cid*. Na primeira página onde o olhar do doutor Gervásio caiu, havia este verso marcado com uma linha gorda:

L'amour n'est qu'un plaisir, l'honour est un devoir

Falava dom Diogo. O médico releu o verso com um sorriso de sarcasmo.

L'amour n'est qu'un plaisir...

Pois sim! Bem esquecido estaria o velho pai de dom Rodrigo, ou não chegara na sua juventude a amar com amor!

Depois daquilo o doutor Gervásio folheou outros livros literários, por curiosidade, desprezando os técnicos, e em todos achou vestígios de uma leitura inteligente. Bastava; começava a compreender o homem, iludira-se até então julgando o Rino como um medíocre e um simples. Um simples seria, mas um medíocre, não. Não o temera nunca como rival, apesar de o ver apaixonado por Mila; julgara-o fraco, inferior, sem recursos, falto de elegância, que é sempre o que seduz as mulheres, física e intelectualmente; não passara nunca aos seus olhos de um marinheiro rude, ingênuo, sem a graça da palavra a tempo nem a linha da distinção pessoal.

Que conservaria o capitão Rino no cérebro de tanta leitura inquietadora e extraordinária? Que nervos eram aqueles tão perfeitos que, após tantas torturas e delícias, pareciam intactos de comoções artísticas?

Daí – quem sabe? – toda aquela livralhada que ele marcara com o seu nome no domínio da posse viria de algum leilão, de alguma herança, não representando naquele gabinete mais que um mero adorno. Era o mais certo. Era mesmo a única hipótese verossímil; não admitia que o capitão Rino fosse amigo de intelectualidades. Aquele bruto! Fixou-o com atenção.

Não! Não eram aqueles olhos límpidos nem aquelas passadas que faziam tremer os rijos assoalhos, que revidariam a ninguém investigações da velha arte, turbadora como a lebre ou como um vinho raro. Ninguém acreditaria que aquele homem grande, de carnes duras, faces rosadas como as de um menino são e modos bonachões, fosse capaz de entender Shakespeare!

Ler livros tais, anotá-los, amá-los, deleitar-se na sua convivência, era obra para outra espécie de criatura. Aquilo era um escárnio, não era outra coisa. Permitia-lhe a leitura de um ou outro clássico português de mais calmo estudo e pulsação regular; lembrava-se mesmo agora de lhe ter surpreendido algumas palavras de sabor antigo e que lhe tinham feito, aos ouvidos delicados, um certo prurido de estranheza. A sensação avivava-se, a reminiscência induzia-o a estudar o homem. Voltou de novo o olhar para ele e resumiu ainda em um traço o seu juízo:

– Um belo animal!

A irmã do capitão servia *vermout*, mostrando em um sorriso amável os seus dentinhos bicudos e desiguais. Ao dirigir-se ao médico, ela obrigou-o a desviar-se da sua observação; e ele, descuidado, refletindo na frase uma ideia que lhe atravessava o espírito, agradeceu-lhe em inglês.

– Acha-me com ar de *miss*, não é assim? Talvez tenha razão; não é a primeira pessoa que me dá a entender isso mesmo...

– Se lhe desagrada...

– Absolutamente nada; por quê? Houve na nossa família qualquer antepassado estrangeiro, uma bisavó dinamarquesa, creio eu. Entretanto, afirmo-lhe, somos bem brasileiros, mesmo um pouco nativistas... Já me disseram, a propósito disso, que são os descendentes de estrangeiros exatamente os patriotas mais exaltados. Mas não quer gelo?

– Obrigado...

Ela passou adiante e o doutor tomou o seu primeiro gole de *vermout*.

– Uma avó dinamarquesa, creio eu. Extraordinário esse desprendimento pela sua origem! Bem lhe certificava esse dito, que aquela gente não era de indagações nem de perder tempo com objetos sem utilidade imediata. A boa prática era essa: olhar para diante, que é onde se pode encontrar tropeços. Caminho andado, caminho perdido. Adeusinho!

Da cadeira de braços, Francisco Theodoro atirava a sua última bomba contra a República, lamentando este grande país, tão digno de melhor sorte...

Rino levantou-se; ele tinha outras opiniões e uma fé sincera nos destinos da pátria. A alma nova da América só podia agasalhar sentimentos de liberdade. A monarquia era a poeira da tradição acumulada com o correr dos séculos, em velhas terras da Europa. Lá teria a sua razão de ser, talvez; mas não aqui! Concluiu ele.

Farfalharam as saias das senhoras, que se punham de pé, já cansadas da discussão, abominando a política...

Fora, no tombadilho, o sol estendia a sua luz clara, feita de ouro. Seguiram então para debaixo do toldo.

– Que maravilha!

Ruth lançou-se à amurada agitando o lenço. Passava uma barca de Niterói repleta de passageiros, branca, ligeira, com a sua cauda de espumarada. Toda a superfície do mar, paletada de luzes, tremia como a pele moça a um afago voluptuoso. Ao longe, a Serra dos Órgãos desenhava no céu os seus contornos de um azul de ardósia. Para os lados da barra havia montes de prata fosca em que o sol, cintilando nas pedras, escorria laivos de prata polida, e rochedos cor de violeta espelhavam-se n'água, entre montanhas de um verdor intensíssimo.

Houve uns instantes de pasmo e de concentração, e foi nesse silêncio que o médico percebeu um olhar de Camila para o capitão do Netuno.

Aquele simples movimento bastou para atear no peito do médico o fogaréu da ciumada. Estava feito, o outro venceria; soubera esperar e revelava-se a tempo. Era a primeira vez que sentia zelos da amante, sempre tão sua, tão submissa às arbitrariedades do seu gênio desigual de homem nervoso. Quem pode confiar na lealdade de uma mulher? Ninguém, e a justiça era que ela o enganasse e o traísse, como por ele traía e enganava o esposo...

Percebia bem que o capitão Rino era mais belo, mais moço, e essas duas qualidades só por si bastavam, a seu ver, para fazer preferido um homem aos olhos de uma mulher de quarenta anos...

– O senhor hoje está nos seus dias de *spleen*,[34] doutor? – perguntou-lhe de repente Ruth com o seu modo sacudido e imprudente.

Ele deu-lhe o braço e explicou-lhe que não; queria estar calado para ver melhor. Depois perguntou-lhe, sem rodeios, se não achava o capitão Rino muito diferente do que lhes parecera sempre, em Botafogo.

– Eu já disse isso mesmo a ele e descobri o motivo: é porque anda sempre de escuro,e hoje está de branco!

– E com uma flor ao peito!

– É verdade.

– Ainda há outra razão; é que ele está contente. Ruth, a influência das cores é grande nas criaturas, mas a das impressões ainda é maior. A alegria força a ser-se bonito. O capitão tem hoje a alma vestida de branco e perfumada como a sua rosa vermelha da lapela... Uma bonita flor!... Não creia que baste um alfaiate para dar a uma cara de pau a expressão que a dele hoje tem; a grande influência do alfaiate para no pescoço. A cabeça é...

– Do cabeleireiro?

– Da paixão. Não creio que as mais frívolas mulheres sejam tão frívolas que se contentem com o cheiro de uma pomada ou o bom corte de um fraque...

– Mas quem falou em mulheres!?

– Tem razão, ninguém! Veja como aquele barco de pesca vai bonito... Você gosta dessas coisas, faz bem. O amor da natureza e o amor da arte são os únicos salvadores e dignos das almas puras. Os outros, pff!

A mancha escarlate do vestido de Catarina apareceu diante deles; a irmã do capitão convidou-os para o almoço; repararam então que os outros já tinham entrado e logo o médico previu que Mila tivesse ido pelo braço de Rino...

---

34. *Spleen*: tristeza melancólica.

E fora; e lá estavam ambos em pé a um ângulo da mesa, em frente a Francisco Theodoro, que gesticulava, no calor de uma discussão ainda política.

À mesa sentaram-se ao acaso, à exceção de Camila e do marido, a quem o capitão designou lugares. O médico escolheu assento entre Catarina e Ruth.

Havia apetite; os primeiros pratos foram bem acolhidos. Catarina, julgando-se um pouco em sua casa, ajudava o irmão; foi ela quem temperou a salada de camarões e quem polvilhou os morangos de açúcar e de gelo; as suas mãos muito brancas mostravam-se bem atiladas no hábito de servir.

O criado ia e vinha do bufete para a mesa com a seriedade sobranceira de um ente necessário.

Na sala, longa e estreita, eles ocupavam uma das mesas compridas, a da esquerda, a mesma ocupada sempre em viagem pelo capitão; a outra, vazia e sem toalha, mostrando o verniz negro do oleado, dava um aspecto tristonho ao compartimento. Falou-se, a propósito de viagens, de quando naquela mesma sala não havia um só lugar vazio, o que ao rumor das vozes se juntava o tilintar das louças e dos talheres... Só nos dias de tempestade, em que o vapor era sacudido pelo furor das ondas, diminuía a afluência e apareciam, disseminados e tristonhos, só os passageiros fortes, de bom estômago...

Francisco Theodoro relembrou os episódios banais da sua única viagem, de Portugal para aqui, e olhavam quase todos para o capitão com certo interesse, como para um herói. Em casa, nas confortáveis salas de Botafogo, tão ricas e tão burguesas, nunca a sua profissão lhes parecera simpática; agora compreendiam-lhe os perigos e observavam-no com respeito. O mar é tão pérfido! – Qual é o ponto da viagem que mais lhe agrada? – perguntou Mila.

– A entrada no Amazonas – respondeu Rino; e descreveu, comovido, o aspecto formidável do rio, a grossa corrente; das suas águas profundas, o seu ruído sonoro, de ritmos novos, que nenhuma língua exprime e nenhum som musical imita; e os cambiantes deslumbrantíssimos dos poentes, derramando na água infinitas ramagens multicores, onde estrelejavam tons nunca dantes vistos, que apareciam para se apagar, e apagavam-se para reaparecer em outros pontos, igualmente luminosos e fugitivos.

– Que esplendor de poentes!

Depois as ilhas verdejantes, verdadeiros jardins, trechos de bosques emergindo da água profunda e refletindo-se nela. – Sinto ali – repetia ainda – um mundo novo, guardando virgindades e mistérios para uma raça de gigantes, ainda não nascida... Ah, as terras ardentes do norte são um deslumbramento!

Havia outro ponto da viagem que lhe fazia ainda maior comoção; era quando, já de volta, entrava na baía do Rio de Janeiro. A ampla poesia desse espetáculo adoçava-lhe o humor estragado pela monotonia do mar alto...

Doutor Gervásio punha afinal o dedo na alma do capitão. Era assim mesmo; os livros da estante pertenciam-lhe: havia ali um homem. O embarcadiço mercenário tirava o seu traje de piloto e aparecia cavalheiro e poeta. Por que se havia enganado tanto tempo? A explicação teve-a pouco depois, quando Rino afirmava que, apesar das suas queixas, ele só estava bem no Netuno; tanto se afastara da sociedade que se sentia bisonho nela, e que acreditava deixar sempre no seu navio um bocado da sua alma quando ia para a terra.

– Só em terra – disse ele – compreendo o amor que tenho ao meu barco, aos meus livros, ao meu cachimbo e à minha rede, a que a solidão e o hábito deram foros de amigos; entretanto, no mar, tenho saudades de terra, da família, das distrações, de tudo que conjuntamente a torna deliciosa...

Francisco Theodoro, a propósito do norte, falou na prosperidade do Pará, no comércio da borracha e discutiu as suas rendas e os seus costumes. Ali, sim, havia gente refletida, de bons exemplos. Aquilo é que é povo: patriotismo, critério, boas intenções. Falem-me disso.

Concordaram. Houve uma pausa em que se levaram à boca os copos cheios.

Veio o peru à brasileira provocar elogios ao cozinheiro do Netuno. Magnífico!

Francisco Theodoro afirmou logo que aquele prato parecia feito, de saboroso que estava, por uma mulher. – A brasileira tem um jeitinho especial para temperar panelas – dizia ele. – É verdade, verdade, assim como ela não devia ser chamada para os cargos exercidos por homens, também os homens não lhes deviam usurpar os seus. A cozinha devia ser trancada ao sexo feio.

Ele dizia isso como pilhéria, por alegria.

Catarina, fazendo estalar uma côdea de pão entre os dedos magros, perguntou sorrindo, com ar de curiosidade maldosa:

– O senhor é contra a emancipação da mulher, está claro.

– Minha senhora, eu sou da opinião de que a mulher nasceu para mãe de família. Crie os seus filhos, seja fiel ao seu marido, dirija bem a sua casa e terá cumprido a sua missão. Este foi sempre o meu juízo e não me dei mal com ele; não quis casar com mulher sabichona. É nas medíocres que se encontram as esposas.

O doutor Gervásio e o capitão Rino trocaram um olhar de relance.

– E que são as outras? Mulheres que um homem honrado não deve consentir perto das suas filhas.

Camila fez um sinal afirmativo. Ela era da mesma opinião.

– Não são sérias – concluiu.

– Lá por isso – replicou Catarina –, de quantas mulheres se fala na sociedade e que mal sabem ler?

– De poucas.

– De muitas, senhor Theodoro; faz favor de me dar o vinho?

– Ora, as senhoras não conhecem o mundo! – exclamou Theodoro, passando a garrafa ao médico, que encheu o copo de Catarina e disse rindo:

– Elas não conhecerão o mundo e nós, meu amigo, não as conhecemos a elas! A mulher mais doce e mais honesta dizem que dissimula e engana com uma arte capaz de endoidecer o próprio Mefistófeles.

– Homem, que ideia faz você da honestidade das mulheres!

– Faço ideia de que deve ser bem mais difícil de manter do que a nossa.

– Bom; eu, quando disse honestidade das mulheres, não foi com o pensamento de que houvesse duas honestidades.

– Pois se tivesse tido tal pensamento, tê-lo-ia com muito acerto. Há duas.

– Temos outra! Se está de maré – explique-nos a diferença.

– Não estou de maré, mas explicarei: é pequena. Materializemos as comparações, para as tornarmos bem claras. Suponhamos, por exemplo, que a nossa honestidade é um casaco preto e que a das senhoras é um vestido branco. Tudo é roupa; têm ambos o mesmo destino, mas que aspectos e que responsabilidades diferentes!

Assim, o nosso casaco, ora o vestimos de um lado, ora de outro, disfarçando as nodoazinhas. O pano é grosso, com uma escovadela voa para longe toda a poeira da imundície; e ficamos decentes. A honestidade das senhoras é um vestido de cetim branco, sem forro. Um pouco de suor, se faz calor, macula-o; o simples roçar por uma parede, à procura da sombra amável, macula-o; uma picadela de alfinete, que só teve a intenção de segurar uma violeta cheirosa, toma naquela vasta candidez proporções desagradáveis. Realmente, deve ser bem difícil saber defender um vestido de cetim branco que nunca se tire do corpo. Eu não sei como elas fazem e, francamente, não me parece que a vida mereça tamanho luxo.

– Você é o homem das divagações; tratava-se de uma questão positiva. Dizia eu que as mulheres vulgares são mais sérias do que as outras, pelo menos parecem.

– Porque não lhes esquadrinhamos as nódoas do cetim. Passam despercebidas.

– Adeus!

– Agora é sério; vou repetir-lhe o que disse há pouco à sua filha, a quem, aliás, o senhor educa para a arte. Foi mais ou menos isto:

– Não cabem na alma humana muitas paixões, e as melhores são as que nos desviam dos nossos semelhantes, sempre enganadores. Só os ideais de arte não pervertem, antes purificam e ensinam o bem. As mulheres devem cultivá-los com especial carinho. Acompanho, pois, as opiniões de dona Catarina e bebo à sua saúde, minha senhora!

Enquanto ele bebia, Camila observou-o com pasmo; sabia que ele não tinha aquelas ideias. Sempre lhe ouvira que a mulher devia conservar-se no seu lugar de submissão.

– Então, a senhora lamenta não ser eleitora? – perguntou Francisco Theodoro à irmã do Rino com um sorrizinho de mofa.

– Eu? Deus me livre! Tomara que me deixem em paz no meu cantinho, com as minhas roseiras e os meus animais. Nunca falo por mim, senhor Theodoro. Eu nasci para mulher.

– Então, pelas outras?

– Pelas outras que tenham atividade e coragem.

– E a casa, minha senhora? E os filhos? A este argumento é que ninguém responde!

– É velho.

– Mas é bom, prova que a mulher nasce com o fim de criar filhos e amar com obediência e fidelidade a um só homem, o marido. Que diz também a isso o nosso doutor?

– Que ela talvez tivesse nascido com essas intenções, como o senhor disse, mas que as torceu depois de certa idade. Não seria sem causa que Francisco I disse:

Souvent femme varie.

Francisco Theodoro não entendeu, mas sorriu.

O médico dizia aquilo para Camila, que lhe evitava o olhar agudo, percebendo-lhe a perfídia.

– Isso é que se chama falar para não dizer nada – observou alguém.

Catarina serviu o café; quando passava a última canequinha, disse:

– As mulheres são mal compreendidas. Vejam aquela gravura. Está ali um homem desafiando o perigo, avançando na treva com a espada em punho, e a mulher mal o alumia com a luz da vela, cosendo-se amedrontada às suas costas!

– O que prova que a mulher é medrosa! – exclamou Theodoro com modo triunfante.

– Mas não é verdade; pelo menos no Brasil. Nós não nos escondemos atrás do homem que procura defender-nos. Se ele avança para o inimigo, sentimos não ter asas, e é sempre com ímpeto que nos lançamos na carreira querendo ajudá-lo a vencer ou evitar-lhe a derrota. Este é que é o nosso caráter; que me desminta quem puder!

O doutor Gervásio observou Catarina com atenção.

Ela estava de pé, com as narinas arfantes, as faces abrasadas.

Sim; agora era o sangue caboclo que lhe saltava nas veias: era uma brasileira. A tal avó dinamarquesa dava todo o lugar à outra avó indígena, descendente de alguma tribo selvagem.

Duas horas depois, os visitantes deixavam o Netuno; o capitão Rino e a irmã conduziram-nos até o cais, onde se separaram. Foi então um grande alívio para o doutor Gervásio, a quem a presença do outro irritava terrivelmente.

Francisco Theodoro não se cansava de elogiar a ordem e o asseio em que encontrara tudo; começava a venerar o capitão Rino: achava-o eloquente, superior, lembrava detalhes insignificantes, muito agradecido às cortesias do moço. Catarina desagradara-lhe com os seus modos independentes. Achara-a feia. Mulher quer-se com carne – bons volumes – dizia ele olhando de esguelha para o vulto redondo da esposa.

À rua IV de Março despediu-se do grupo. Aproveitava a ocasião para visitar um colega doente; e encarregou o doutor de acompanhar a família.

Foram então os três, Ruth adiante com o seu modo distraído, de queixo erguido e passos firmes; Camila ao lado do médico, através das ruas quase desertas, de domingo. A princípio nada se disseram. Camila adivinhava tempestade próxima, sem lhe atinar com a causa. Estranhara as frases do Gervásio à mesa; sentia ainda a dor dos remoques que ele lhe atirara disfarçadamente. Faltava-lhe coragem para uma pergunta; mais por submissão do que por indolência, ela esperava sempre que ele fosse o primeiro a falar e a agir, naquela torturante passividade de escrava a que o seu amor a lançara.

Ele falou. Disse ter surpreendido a doçura de um amor nascente; que não se espantava da vitória do Rino. Achava que se devia despedir, que a via bem entregue.

Camila compreendeu tudo de relance; as lágrimas subiram-lhe aos olhos sem que ela pudesse responder à brutalidade da ofensa. O rosto tingiu-se-lhe de vermelho numa onda de vergonha que a sufocava; vendo-a calada, ele insistiu baixinho, teimosamente, irritantemente, espaçando as palavras, extravasando todo o ciúme contido durante as horas de bordo.

Ela murmurou então, vexada, por entredentes:

– Eu não gosto do Rino... eu não gosto...

E para que falar assim, na rua? É uma imprudência.

– Não tive tempo de escolher lugar. Isso é bom para os calmos. Depois, vendo-me ameaçado de abandono, apresso-me em despedir-me. Isso tinha de ser já.

– Como os homens são orgulhosos e injustos!

70

– Serão. E as mulheres? Volúveis!

– Quase sempre a mulher ainda ama e já é considerada pelo homem como uma importuna! Está aí a nossa volubilidade.

Calaram-se; passava gente. Depois de uma longa pausa, foi ela quem disse primeiro:

– Que me importa a mim o Rino! Estou pronta a desfeiteá-lo, se com isso.

O médico interrompeu-a baixo, mas com vivacidade:

– Agora sou eu que lhe lembro que estamos na rua...

Ruth, sempre adiantada no caminho e sempre distraída, não percebia nada; os dois seguiam-na automaticamente. Foi ela que, de repente, vendo uma confeitaria ainda aberta, se lembrou de levar doces à Nina e às crianças e parou à porta, à espera do médico e da mãe. No momento em que eles chegavam, saiu da confeitaria uma mulher ainda moça, toda de luto.

Ao vê-la, o médico recuou bruscamente e ela, mal o viu, corou até a raiz dos cabelos e vacilou também. O choque foi rude e rápido. Ele ficou firme na calçada, muito pálido, com contrações nas faces, e ela passou séria numa rigidez contrafeita e torturada.

Camila sentiu roçar pelo seu vestido claro o vestido de lã da outra; aspirou com força o seu aroma violento de uma essência desconhecida; viu-lhe a alvura da pele aveludada entre a gola de crepe e a parte da face onde terminava o veuzinho do chapéu; apanhou, naquele gesto de surpresa de ambos, um mistério qualquer, uma traição, uma infidelidade, uma ignominiosa mentira à sinceridade da sua paixão.

– Quem é? Quem é?! – perguntou ela com avidez frenética, puxando imprudentemente a manga do médico.

O doutor Gervásio, ainda no mesmo lugar, olhava para a mulher de luto que seguia numa pressa de quem foge; à voz de Camila, voltou-se atarantado, sorriu com esforço evidente e depois, baixo, muito baixo, mas com modo sacudido e nervoso, disse:

– Não faças caso: uma mulher que amei e que morreu.

Uma nuvem negra toldou a vista de Camila e o coração apressou a sua marcha num batimento louco.

Ruth, com toda a pachorra, escolhia os doces que um caixeiro ia separando para um prato de papelão.

O doutor Gervásio pediu a Camila que serenasse o seu espírito. Ele lhe contaria tudo mais tarde. Descansasse que aquilo era uma coisa passada, perfeitamente extinta.

Ela fingiu aceitar a promessa; no fundo duvidou dela, mas para que tentar uma recriminação se a sua língua fraca não lhe sabia traduzir os sentimentos fortes? Ficaria no seu papel de mulher: esperaria calada.

VII

O comércio de café nadava em ouro. Casas pequenas galgavam de assalto posições culminantes; havia por todo o bairro cafezista um perene rumor de dinheiro. E a maré do ouro subia ainda com a magna abundância das enchentes que ameaçam inundação.

O preço do café chegara a uma altura a que antes nunca tinha atingido. Era um delírio de trabalho por todos aqueles armazéns de São Bento.

No de Francisco Theodoro, o movimento era enorme.

Seu Joaquim não parava um minuto, num vaivém incessante, realizando milagres de atividade, observando, colhendo, dirigindo, mandando, rápido no expediente, seguríssimo nas suas previsões e nas suas ordens. Ele sabia de tudo, adivinhava tudo, sem que ninguém o visse arrancar uma confidência ou uma denúncia dos seus amigos ou dos seus subordinados. Era nele que parecia encarnada a alma daquele casarão da rua de São Bento, porque era o nome dele que andava de boca em boca, no ar, desde o caminhão, na porta da rua, até o fundo, o pátio dos ensacadores, onde as pás do café, caindo em ritmo, davam ao trabalho um acompanhamento de música.

Seu Joaquim, pequeno, com o seu ar atrevido, podia, de um momento para o outro, fazer cessar todo aquele giro vertiginoso, armar greves, paralisar a vida, fechar a porta ao dinheiro que quisesse entrar.

Era dele todo o prestígio à vista dos trabalhadores boçais, das formigas do armazém que negrejavam por ali num movimento incessante.

Francisco Theodoro descansava nele, deixava-o agir – conhecia-lhe o pulso –, dizia; não fizera ele o mesmo no princípio da sua carreira? Agora, bem assente na vida, aristocratizava-se, dava-se ares de grande personagem.

Havia uma hora em que o gerente subia ao escritório do patrão para alguns esclarecimentos, e nesses curtos minutos, roubados à atividade de baixo, Seu Joaquim achava jeito de expor a situação do dia, dar as notas pedidas e ainda falar do movimento das grandes casas próximas, fazendo de relance, num quadro comparativo, o realce do armazém de Francisco Theodoro.

E, nesses dizeres simples, havia entre os dois homens como que uma chamazinha brilhando tonta, faísca de ambição assanhada pelos sucessos próprios e alheios.

Ambos amavam a casa, ambos a queriam ver no plano mais alto.

Seu Joaquim, lá consigo, atribuía a prosperidade do negócio ao tino da sua gerência, esperta e positiva. A seu ver, a gente do escritório era inepta e não contribuía em nada para o êxito do negócio.

Julgava-se figura predominante, indispensável, e usava por isso de impertinências, que Theodoro tolerava em desconto do serviço.

Quando o gerente descia a escada do escritório e voltava para o armazém, Francisco Theodoro reclinava-se na sua cadeira e ficava pensativo. Na sala próxima as penas dos empregados rangiam nos livros e o rumor das folhas que viravam era às vezes o único que se ouvia.

Naquela grande paz da fortuna conquistada, Francisco Theodoro sonhava então com viagens demoradas, largos períodos de abstração.

Vinha-lhe o cansaço.

Todavia, se refletia nisso, recuava, com a certeza de que lhe seriam inaturáveis os dias sem aquela confusão de trabalho, longe daquela atmosfera carregada e das tantíssimas preocupações do seu comércio. A esse desejo indeciso, que com tanta justiça o seu corpo e o seu espírito fatigado reclamavam, mesclava-se agora uma febrinha nascente que o incitava a novas empresas e que ele combatia com ânimo e juízo.

Oh!, se o Mário fosse um homem, se tivesse jeito e coragem para aquela vida... com que satisfação ele o sentaria no seu lugar e lhe mostraria o caminho já feito, fácil de percorrer!

Fora bem castigado o seu desejo de ter um filho, não pelo filho, mas pelo orgulho da continuação daquela casa, que levaria o seu nome a outras gerações. Viera o filho e voltava as costas à fortuna.

A casa passaria a mãos estranhas ou teria de morrer com ele...

Era o que lhe custava, deixar a melhor obra da sua vida, em que tinha concentrado tamanhos sacrifícios, sonhada nos seus tempos de tropeções pelas ruas, e executada depois aos bocadinhos, no esforço de uma vontade enérgica, a gente que a pagasse; como uma coisa qualquer, e lhe mudasse o nome.

Como era bem soante aquele "Casa Theodoro", um ritmo de ouro!

Naquela rua, de casas ricas, ela seria a mais rica se o Gama Torres não se tivesse posto adiante, ajudado pela mão do diabo, que a de Deus só auxilia os homens de longos trabalhos e belos exemplos.

O que dera fortuna ao Torres? O jogo. Sabia-se agora, por toda a cidade, que ele jogava na bolsa como um doido. O resultado aí estava – magnífico; mas não poderia ter sido péssimo?

Certamente, concluía ele consigo, não é a isso que se chama ser bom negociante; obra do acaso, nem mais nem menos...

Chegara a hora do café. O primeiro a entrar nesse dia foi o Lemos. As carnes pesavam-lhe; sentou-se logo.

– Então, como vai isso, Seu Theodoro, han?

– Bem. Muito trabalho.

– É o que se quer. Eu também não paro. Mas quer saber quem vai mesmo de vento em popa? O Inocêncio. O ladrão tem mão certeira; não erra o tiro! Vi-o hoje fazer grandes transações com a maior fleuma. O dinheiro não lhe escalda as mãos. Ele vem aí; deixei-o lá embaixo a conversar com um sujeito. É um finório de marca.

– É esperto, é.

Minutos depois o Inocêncio Braga entrou, trêfego e alegre, em companhia do Negreiros, que subira para tratar de um negócio, e, enquanto este se entretinha com Theodoro, o Inocêncio dizia, voltando-se para o Lemos:

– Hoje é para mim um dos dias mais felizes da minha vida! Imagine que recebi carta do meu procurador dizendo já ser minha uma quinta lá da minha aldeia e que eu ambicionava desde rapazinho.

– Terras de trigo?

– Não é por isso. A propriedade só dará despesas. Comprei-a por vingança. O dono era um fidalgo desses velhos, de raros exemplares. Por uma questão estúpida maltratou meu pai. Eu era pequeno, mas não me esqueci da ofensa. Os dias passaram; o fidalgo arruinou-se, e o filho do meu velho ganhou o bastante para fazê-lo assinar, ainda que de cruz, as escrituras que lhe dão direito à posse da sua quinta. Meu pai já se instalou no palácio; o diacho é que, pelos modos, ele não se acostuma à ociosidade e vai para o campo mondar[35] o linho com os empregados... não faz mal, é o dono.

– Realmente, foi um ato de amor filial muito digno – murmurou o Lemos, assoando-se com estrondo.

Isidoro entrou com o café e a conversa generalizou-se.

– Então, senhor Theodoro, é verdade que o Joaquim é seu interessado?

– É.

– Inda bem. Você não parecia português, homem; você parecia inglês!

– Por quê?

– Por não querer sócios. Um casão destes pode enriquecer muita gente. Olhe que é um erro isto de querer tudo para si.

– Sim – pensou Francisco Theodoro –, a vida é curta, e uma fonte cavada com tanto esforço é justo que dê água com abundância para muitas sedes.

Já o Isidoro recolhia as xícaras quando entrou o João Ramos a bufar de calor. Pediu notícias da saúde de todos e mesmo antes de ouvir as respostas vazou quanto sabia acerca dos negócios. Vinha da casa do Lessa, que auferira lucros extraordinários de uma especulação de café. Ele também se metera em grandes empresas; sacou papelada que lhe enchia os bolsos e representava muitos contos de réis.

Inocêncio Braga citava nomes de pobretões tornados em milionários, com a alta, quando João Ramos o interrompeu, consultando os amigos se deveria aceitar a presidência de um banco. Ele hesitava.

---

35. Mondar: tirar ervas daninhas de um campo cultivado.

Inocêncio aconselhou-o a que acedesse. O cargo era de prestígio. Depois, o tempo efervescente do jogo tinha passado. As transações agora faziam-se com mais segurança. Também ele tinha em formação um grande projeto...

Theodoro sufocava; não ouvia falar noutra coisa. O seu vizinho da esquerda e o seu vizinho da direita passavam quantidades fabulosas de libras para a Europa, ganhas no azar do momento. E ele?

As suas reflexões tomaram um curso tristonho. Trabalhara tanto para, afinal, alcançar o que os outros adquiriam com um gesto!

A pouco e pouco os seus amigos mais circunspectos iam-se atirando à voragem da bolsa. Afortunados, como se mão invisível os guiasse, ganhavam quase sempre. Só ele resistira, firme nos seus princípios de moral e de economia. Mas o contágio da febre manifestava-se já nos primeiros arrepios da tentação.

Francisco Theodoro refletia.

Quando os amigos saíram, ele caminhou maquinalmente para a janela.

Olhou: embaixo, a pretinha velha varria pressurosa a calçada, ajuntando o café da rua. Carregadores saíam-lhe da porta, vergados ao peso das sacas. Os carroções passavam cheíssimos, com estardalhaço, chocalhando ferragens, e um rumor compacto de vozes levantava-se no ar espesso, engrossado de pó.

Era o trabalho, que passava ardente e esbaforido.

Daquele esforço surgiria a redenção do povo. É com suor e lágrimas que se fertilizam os melhores campos.

Da enxada, que fatiga o braço e rasga o seio do barro, é que deriva o bem da humanidade, a água que mata a sede e a árvore que dá sombra e se desmancha em flores.

Abençoados os que não fraqueiam e podem ao fim da existência erguer bem alto a cabeça sem respingos de vício. Esses não terão patinhado na enxurrada enganadora, esses dirão aos filhos:

– Olhem para a minha vida e façam como eu fiz.

Era o que pensava Francisco Theodoro, querendo agarrar-se à sua fé antiga, que temia caísse agora, abalada pela ventania daqueles dias de loucura.

VIII

Na saleta de engomar, Noca, com o ferro na mão, sabia do que se passara em toda a casa. Neste dia ela trouxera uma braçada de roupas para cima de uma cadeira junto da tábua. Lia e Raquel interromperam-na depressa.

– Noca, você corta um vestido para a minha boneca? – pediu Lia.

– E outro para a minha, Noca?

– Vão-se embora. Hoje não tenho tempo para conversas.

– Um só, Noca, sim?

– Não faço nada! Amanhã seu pai está aí gritando que não tem roupa!

Mas as meninas ficaram, trouxeram a rastos uma esteira, sentaram-se nela e a Noca não teve remédio senão cortar os vestidos das bonecas e ainda dar-lhes agulhas, linhas e retalhos. Distribuído o serviço, levantou-se. Nina passava a caminho da despensa e sorriu-lhe, mas a mulata mal correspondeu ao cumprimento, enjoada pela bondade daquela criatura.

A culpa era do sangue, da sua raça, que menos estima os superiores quanto mais estes a afagam. Por isso ela morria de amores por Mário, um rapazinho atrevido, de gênio autoritário e palavras duras.

Começava a alisar a primeira camisa do patrão quando o Dionísio se acercou da tábua.

– Agora é que você está chegando, Dionísio?!

– É. Fui levar um recado de seu Mário... A senhora já sabe que ele deixou a francesa? Esta agora é mais bonita; é uma carioca de se lhe tirar o chapéu!

– Ora, veja só como Dionísio está tolo... – Ela apontou as crianças, que poderiam ir mexericar lá para dentro. E depois:

– É loura ou é morena?

– Morena, altinha, muito chique.

– Bem. Vá arrumar o quarto de Mário, ande.

Mal saiu o Dionísio entrou a criada Orminda, uma caboclinha de olhar sonso.

– Olhe aqui, dona Noca, o que eu achei embaixo do travesseiro de dona Nina.

– Que é? – perguntou a mulata sem levantar a vista do trabalho.

Um retrato.

Noca olhou; era um retrato de Mário. Guardou-o sem dizer nada. Orminda continuou:

– Minha ama está escrevendo uma carta lá no quarto.

– É para Sergipe.

A cabocla sorriu.

– O professor de música está aí.

– Já sei. Vai pedir ao jardineiro um pouco de hortelã, anda, para eu botar de infusão.

Noca tinha ascendência sobre a criadagem, que a tratava por dona. Mesmo entre os brancos a palavra da sua experiência era ouvida com acatamento. Ela era a mulher desembaraçada, a doceira dos grandes dias de festa, a única das engomadeiras capaz de satisfazer as impertinências do dono da casa; ninguém sabia como a Noca preparar um remédio, um suadouro, nem dar um escalda-pés sinapisado, nem tão bem escolher o peixe, preparar um pudim ou vestir uma criança.

Alegre, forte, faladora e arrogante, com o gênio picado e a língua pronta para a réplica, não admitia admoestações nem conhecia economias. As suas roupas, muito asseadas, cheiravam bem; andava de cores claras e fitas alegres, pisando com todo o peso do seu corpo volumoso e encarando as criaturas de frente num bom ar de sinceridade.

Exímia na tradução e interpretação dos sonhos, era de uma imaginação lantejoulada de pequeninas ideias extravagantes e concepções originais. Para o mais insignificante fato, tinha uma explicação misteriosa, embrulhada em névoas e superstições curiosíssimas, que saíam da sua boca como lemas fatais, de uma verdade indiscutível.

E aquela influência estendera-se pela família toda. Camila consultava-a; Nina contava-lhe os seus sonhos, pedindo-lhe explicações; Ruth ouvia-a com enorme interesse, de alma aberta para tudo que tivesse ares de fantasia; e a criadagem pedia conselhos, rezas, remédios, palpites de jogo e consolações de desgostos.

Noca acudia com prontidão a todos, gabando-se, sem hipocrisia, de gostar de ser útil e servir de muito a muita gente.

Ela andava agora desconfiada com a tristeza mal disfarçada de Mila. Desde aquele passeio ao Netuno deveria haver por ali grande novidade... O doutor Gervásio, entretanto, desfazia-se em cuidados, e o pobre do capitão Rino era recebido com certa secura, que o estúpido parecia não compreender!

A Nina, coitada, emagrecia como um arenque, e só Ruth passava sem ver nada, como se a música a levasse por outros caminhos... O patrão... esse também ruminava qualquer coisa...

Quem provocava confidências indiscretas da mulata era Nina, que, com o pretexto de passar uma gravata ou alisar uma fita, ia à saleta do engomado logo que dela via sair o Dionísio.

A mulata percebia tudo e não tinha escrúpulos em repetir a verdade.
– Ora, aquilo talvez curasse a moça – pensava consigo. – Se os amores não passassem, que seria da gente? O coração quer-se à larga. Sofrer por causa de um homem? Não vê!

Nina, com os olhos úmidos, as mãos curtas, de dedos ligeiramente achatados, espalmados na tábua ainda quente do ferro, escutava tudo muito caladinha e, quando a última palavra caía dos beiços grossos da Noca e a mulata começava a assoprar as brasas, ela voltava para dentro, sentava-se a coser, achando-se mesquinha, feia e muito desgraçada. Todos os esforços que fazia por agradar eram inúteis; Mário nem parecia vê-la e mal parava em casa... A outra era bonita; morena e altinha. Era pouco o que sabia, mas o bastante para a fazer sofrer.

Enquanto, no bulício da casa, todos se agitavam no trabalho ativo, Camila conservava-se no seu quarto, muda, encolhida em uma poltrona, com as mãos inúteis, o olhar febril.

A visão daquela mulher de luto, da manhã do Netuno, não a deixava nunca; sentia-lhe, como um castigo, a formosura, o perfume, e aquele ar discreto de honestidade e de elegância. O que a punha doente, e que a atormentava ainda mais, era a obstinação de Gervásio em negar-lhe uma explicação qualquer. Que haveria entre ambos?

No seu ciúme e ressentimento, Camila esquivava-se agora do médico; era em vão que ele a chamava para as suas doces e cruéis entrevistas. Mas toda a sua força em resistir ia afrouxando, e ela sentia bem que, apesar de tudo, chegaria um dia em que os seus pés a levariam para ele.

Foi ainda naquele canto do quarto que Francisco Theodoro a encontrou ao voltar da cidade.

– Estás doente? Olha que eu trouxe um camarote para a Aida. O Negreiros disse-me que vai muito bem por esta companhia...

– Que entende o Negreiros de música!

– Ele tem excelente ouvido. Acho bom desceres. O Gervásio está lá embaixo...

Mila desceu e, ao sair para o terraço, parou entre portas, escutando o que dizia o doutor Gervásio. Ele estava sentado, de costas para ela. Em frente dele, em pé, Ruth ouvia-o atentamente, com a corda de pular enrolada no braço e o rosto ainda vermelho pelo exercício interrompido.

– Você disse que a irmã da Lage é uma moça bem-educada querendo dizer que ela é uma moça instruída. Há diferença: educação e instrução não se confundem. Repare: por que considera você essa moça como bem-educada? Porque fala francês, inglês, toca e desenha, não é assim? Pois essas prendas, ainda que adquiridas com esforço, compram-se aos mestres; as outras dão-se ou nascem da boa convivência. Uma pessoa instruída não será de exterioridade agradável se não for educada. A instrução nem sempre transparece e nem sempre concorre para a felicidade. A educação prepara-nos para a tolerância e revela-se em tudo, na maneira por que fazemos um cumprimento, por que andamos na rua, por que nos ajoelhamos em uma igreja, por que comemos a uma mesa, por que falamos ou por que ouvimos falar, por que em discussões tonalizamos as nossas opiniões com as opiniões contrárias; por mil efeitos. Enfim, que, sendo imperceptíveis, realçam o indivíduo, porque o pulem e o tornam digno da boa sociedade. A instrução é a força com que aparelhamos o nosso espírito para a vida, lança e escudo para ataque e defesa; a educação é o perfume que os pais inteligentes derramam na alma dos filhos e que por tal jeito se infiltra neles, que nunca mais se evapora, seja qual for o ambiente em que vivam depois.

É bom não confundir as duas palavras, Ruth, porque essas confusões, à vista grossa dos indiferentes, não tem importância; mas alteram a verdade e não escapam aos ouvidos delicados.

– Não tornarei a trocar o sentido dessas duas palavras...

– O Lélio disse-me ontem que lhe tinha trazido uma valsa de Chopin. Ora, você pode tocar, mas não pode interpretar bem semelhante autor.

– Por quê?

– Porque ainda não tem idade para compreendê-lo.

Chopin é um músico perigoso, minha filha; é um torturador, um excitador de almas. Contente-se com os seus clássicos, mais sadios e mais frescos. A música, como a leitura, deve ser ministrada com prudência. Falarei ao Lélio. Sua mãe já desceu?

– Está aí, atrás do senhor.

– Ah.

Mila socorreu-se da filha para não ficar só com o médico, que a via muito esquiva. A palidez e a tristeza adoçavam-lhe a fisionomia, dando-lhe um encanto novo. O Gervásio observava-a calado, indeciso, com medo de resolver de chofre a situação com uma palavra só...

Todos os anos Francisco Theodoro celebrava os aniversários dele, da mulher e dos filhos com banquetes de três e quatro mesas, vinhos a rodo e danças até a madrugada.

Nesses dias o médico fazia apenas o seu cumprimento, oferecia as violetas e o brinde do estilo e retirava-se cedo para a casa silenciosa, lá para os lados do Jardim Botânico, onde ia fazer as suas leituras, comodamente reclinado na sua cadeira de balanço dentro do robe de chambre que lhe agasalhava o corpo magro.

Camila conhecia as suas antipatias por essas festas e não se lamentava por isso da ausência.

A imensa casa era então pequena para o número de amigos. Nos jardins iluminados a balões e a copinhos, nas salas, nos corredores, nos terraços, no bufete, nos quartos, em toda a parte havia povo, rumor de vozes e cheiro abafado de plantas pisadas, flores amornadas por luzes, essências diversas reunidas ao odor dos molhos e das carnes servidas no banquete. As camas sumiam-se ao peso de capas, mantilhas, chapéus e sobretudos. Os convidados varavam todos os aposentos, como quem anda por sua casa. Nina, as criadas e Noca atiravam para dentro de um quarto, o único fechado, tudo o que não devia estar embaraçando o caminho: tapetes retirados à pressa para as danças; mesas de centro, almofadões do sofá, que tomavam espaço; floreiras, etc. As crianças corriam pela casa espalhando passas e migalhas de doces; e um pianista pago dedilhava no Pleyel[36] do salão as polcas e as valsas do seu repertório.

A essas festas iam sempre os colegas e os conhecidos de Francisco Theodoro, o pessoal da sua casa de comércio, gente da vizinhança, alguns doutores, um senador do Império, a quem era dirigida a melhor das atenções, e amigas de Camila, do tempo do colégio, mulheres de posição e bem apresentáveis que só com as ricas ela topara depois, na balbúrdia da vida.

Nos intervalos da dança havia sempre quem tocasse dificuldades ao piano ou cantasse algum romance italiano.

Francisco Theodoro, jubiloso e amável, instava para que comessem, para que bebessem. Não se esquecia de ninguém, punha mancheias de balas nos regaços das crianças, ordenava que se abrisse champanhe, conduzia as senhoras idosas ao bufete, recomendando à Noca que distribuísse pela criadagem vinhos e doces.

Eram festas pantagruélicas, em que o riso se comunicava mais pelo barulho que pela intenção.

Camila dançava, roçando os seus maravilhosos braços nus pelas mangas dos comendadores ou dos empregados do marido.

À mesa os brindes sucediam-se atropeladamente. Para o fim, havia sempre uma voz alta, pausada, que se erguia à vitória do trabalho honrado e puro, e essa voz lembrava os maus dias de Francisco Theodoro, a sua pobreza, a sua energia e o seu triunfo.

O dono da casa respondia com palavras trêmulas e olhos umedecidos. Tilintavam as taças e a música vibrava com força na sala. Voltavam para as danças. Como Ruth não dançasse, o pai chamava-a de "minha estudiosa", gabando-a aos convidados, que olhavam um pouco espantados para ela. Ruth esquivava-se àquela curiosidade e fugia para fora. Iam encontrá-la depois no balanço, sozinha, voando à claridade das estrelas...

Só no dia seguinte ao do festim é que o doutor Gervásio ia ao palacete Theodoro saborear o peru quebrado do almoço e os fios de ovos, na quietação cansada da família.

Então eram por toda a parte vestígios da barafunda. Nina contava os talheres, que, espalhados entre a louçaria e os cristais, punham ondas de luz pálida na mesa do jantar; Noca varria as salas, criados lavavam os mármores da escada e do vestíbulo e o jardineiro guardava os copinhos e as lanternas disseminadas pelo jardim.

Era uma dessas festas que Francisco Theodoro desejava agora oferecer aos seus amigos. Desceu a consultar a mulher e o médico. Encontrou-os ainda no terraço, ao lado de Ruth, que as mãos da mãe prendiam nervosamente.

---

36. Pleyel: marca de piano.

Mila acolheu a ideia com frieza; o marido insistiu:

– Você está mole, anda diferente. Reaja, tome remédios. Que diabo! Eu tenho obrigação de obsequiar os homens. Eles vêm aí em nome da colônia. Não quero fazer figura triste.

– Alguma manifestação? – perguntou Gervásio.

– Sim. Uma tolice. Ideias do Braga, do Lemos e de outros. Avisou-me hoje disso o Negreiros. Foram até o ministro, e não sei mais o quê! Enfim, já disse, o que eu não quero é fazer figura triste. O engraçado é que minha mulher falava em dar um grande baile, e agora, que se apresenta a ocasião, faz cara feia!

Doutor Gervásio acudiu. Achava magnífica a ideia e procuraria auxiliá-la na execução. De si para si pensava que esse pretexto traria Mila ao movimento da sua vida habitual; arrancá-la-ia daquela obstinação de pensamento, daquela apatia física que o atormentava.

Pela primeira vez o viram interessado por uma festa. Francisco Theodoro pediu-lhe que a dirigisse. Desse dia em diante o médico punha e dispunha do palacete como senhor absoluto. Determinava como as coisas se fizessem. A ceia seria no terraço, ao fundo, sob um toldo de seda, entre bosquetes de avencas e camélias brancas; desenhava ornamentos, encomendava flores, substituía estofos, harmonizava cores, dava estilo e graça ao que só tinha peso e luxo; idealizava a matéria, arrancava uma alma delicada daquelas salas carregadas e mudas.

Mila assistia a tudo silenciosa, abatida pelas suas suspeitas; mas, pouco a pouco, Gervásio convencia-a de que a sua ciumada era uma doidice. Não tivera ele também ciúmes do capitão Rino? E aí estava: já nem pensava nisso!

Como o coração de Mila não comportasse rigores, afeito à felicidade, ela foi esquecendo.

IX

Uma tarde, Mário entrava na sala de jantar quando viu o doutor Gervásio à mesa; então tornou a sair sem dizer uma palavra.

Mila sentiu o coração parar-lhe no peito. Theodoro não ligou importância ao caso; para ele o filho voltara a buscar algum objeto esquecido, e tão entusiasmado estava a falar em negócios que só para a sobremesa disse espantado:

– É verdade, e o Mário? Então o Mário não voltou?

Nina murmurou, desculpando-o:

– Acho que está incomodado.

– Vou ver isso.

Theodoro levantou-se.

Calaram-se todos como se o mesmo fio de desconfiança os ligasse entre si. Camila tremeu. Que diria o filho? Como o ouviria o pai? No seu amor, de tamanhos suplícios, nenhum igualara nunca ao desse instante.

Tinha chegado a hora de o marido saber tudo, e pelo Mário!

Doutor Gervásio compreendeu-a e tentava sossegá-la de longe, com um olhar firme, de confiança, certo de que nada vale antecipar tristezas, que nem por isso as coisas deixam de vir, pelos seus pés ou pelas suas asas, quando têm de vir. Mas tudo o fazia esperar que não viesse a que ela temia...

E para afastar preocupações, falou de alegrias: anunciavam-se festas; abria-se uma exposição de pintura, excelente; e comentavam-se os brios de um tenor novo para o Lírico.

Ele sentia que a sua voz soava falso; ninguém o ouvia, nem ele mesmo, que, apesar da calma aparente, dizia aquelas palavras pensando em escutar outras, que viessem de fora, como raios, fulminando tudo.

Mila encostou-se ao espaldar da cadeira, muito pálida, com uma expressão interrogativa no olhar assombrado. Doutor Gervásio falava, falava...

Entretanto, Theodoro rompeu pelo quarto do filho.

– Então, seu Mário? Isso faz-se! Entra-se em uma sala para jantar e volta-se para trás sem satisfações, de mais a mais, diante de visitas?!

– Visitas?... Que visitas? O doutor Gervásio? Esse é de casa.

– Não é; mas que fosse; se não me consideras nem a tua mãe, devias ao menos respeitar o hóspede.

– Mas se é o hóspede que eu detesto! Não posso ver aquele homem, papai, não posso ver aquele homem!

– Tu estás doido! Por quê?!

Mário calou-se de repente, arrependido, de olhar esgazeado. O pai insistia furioso:

– Essas coisas não se dizem à toa; responde: por que lhe tens essa raiva?

– Não sei, desde criança que antipatizo com ele... por instinto. Aborreço aquele rosto pálido... aquele corpo esguio... aquela voz desigual, aquele sorrizinho de mofa, embirro com as suas mãos de mulher, com os seus ditos de pedante, com a sua assiduidade, com os seus sapatos, com a cor das suas roupas, com os vidros das suas lunetas, com as suas essências, com ele e com tudo que é dele. Não me pergunte mais; não posso dizer mais nada; talvez lhe pareça pouco. É muito. Por hoje desculpe-me. Estou doente.

– Se estás doente, trata-te; só mesmo um delírio de febre explica o que disseste. Fica bom que temos de ajustar contas! E que o caso não se repita, ouviste? Que não se repita!... senão... olha que eu não sou bom!

Francisco Theodoro saiu ameaçador, mas foi dizer ao médico que efetivamente o Mário estava indisposto.

Nessa noite, como nas outras, o moço foi para a rua sem um – até logo!

Era preciso ir buscar a felicidade onde a encontrasse; a casa aborrecia-o.

A família andava a passear pela chácara na doce pasmaceira costumada, vendo regar as plantas e nascer as estrelas. Fazia um calor bárbaro. Ruth voava agarrada às cordas do balanço, cantando alto, e atirando flores de cajazeiro à mãe cada vez que ela lhe passava por perto.

Camila recebia-as com ambas as mãos e sorvia-lhes o aroma ácido e leve numa deliciosa sensação, afagada pela homenagem.

– Cuidado, minha filha!

– Aí vai um beijo, mamãe!

O beijo voava com as flores, que se prendiam aos cabelos de Mila. E o passeio continuava, arrastado e feliz.

– Um dia esta menina leva um tombo!... Mas eu sei o que faço. Amanhã cedo mando cortar as cordas do balanço. Mais vale prevenir!

– Não, Theodoro, não! É o divertimento dela; e é tão inocente!

– Lá vens tu...

Ruth não os ouvia, voava no ar como uma pluma, cerrando os olhos à claridade que se difundia nas cores gloriosas de um crepúsculo ardente. De vez em quando, num impulso mais forte, a sua cabeça roçava na rama florida do cajazeiro, e o sussurro das folhas tinha para os seus ouvidos um rumor divino e ritmado, de música impecável. Toda a sua força se concentrava nas mãos, que a aspereza das cordas magoava, única parte então sensível do seu corpo, que ia e vinha na luz cambiante da tarde, como uma sombra movediça e impalpável.

Na vertigem do voo ela não via, em cima e em roda, senão claridades estonteadoras, onde anjos azuis abriam asas esgarçadas de nuvens fugidias, por entre barras de ouro e enoveladas fogueiras rubras. Embaixo, na terra cor de âmbar, o veludo verde das gramas e dos arbustos distendia-se num espreguiçamento voluptuoso e macio, à espera do sono.

Ia chegando a hora da consagração puríssima da natureza: a hora das estrelas. Não tardou que o alaranjado poente se concentrasse num roxo escuro, bipartido em ilhotas negras, sobre um mar de prata. De repente, a penumbra.

O calor aumentava; houve roncar de trovoada ao longe.

– Quer Deus Nosso Senhor que eu me vá embora – disse o médico.

– Sim, é prudente, nós vamos ter chuva... – respondeu Theodoro consultando o céu. E chuva de arrasar!

Camila ordenou a Ruth que descesse e fosse dentro buscar o chapéu do médico. Despediram-se.

Quando Theodoro entrou em casa, perguntou à Noca:

– Seu Mário?

– Seu Mário saiu...

– Hum... eu já esperava isso mesmo... Mas ele paga...

Camila e Nina entreolharam-se com ligeiro susto, seguiram caladas para a saleta, onde costumavam passar o serão. Mal se sentaram, Mila impacientou-se. Formigas de asas voltejavam em nuvem ao redor da luz e perseguiam-na a ela também, batendo-lhe no rosto e entrando-lhe pela gola do vestido.

– Tudo se junta quando a gente está aborrecida! – disse ela zangada.

Nina sacudiu as formigas com o lenço.

Pelas dez horas, Francisco Theodoro chamou de novo a mulata.

– Seu Mário?

– Ele ainda não voltou...

– Está direito. Você vá lá embaixo botar a tranca na porta. Quando ele vier, mesmo que bata, não abra. Percebeu?

– Percebi, sim, senhor.

– Agora chame o Dionísio.

E ao Dionísio, como a todos os criados, foi dada a mesma ordem.

Mila levantara os olhos do livro que estava lendo. Nina picava os dedos com a agulha, mal acertando com a costura.

Theodoro voltou-se para elas:

– Nos tempos antigos não havia chaves de trinco. Os filhos deitavam-se à mesma hora que os pais...

– Saíam pelas janelas... – murmurou Camila.

– Pois sim!

– E se chover? A noite está tão feia...

– Que volte para trás. Não vem a pé.

– Mas como despede o tílburi ao portão, terá de voltar a pé e debaixo d'água...

– Pois que apanhe chuva, se chover – exclamou Theodoro fora de si – ou raios, se caírem raios. Senhora, isto então é vida?!

– É a mocidade...

– Já me tardava. Muito obrigado! Eu pude passar a minha dobrado em dois ao peso do trabalho, e o senhor meu filho só sabe gastar o que ajuntei com o suor do meu rosto!

– Ele não tem a mesma saúde; Mário é fraco.

– Mais uma razão.

– Qual razão!

– Basta, resolvi, acabou-se. Daqui em diante, ou o rapaz me entra em casa a horas convenientes ou...

– Ou?...

– Ou que vá dormir para o diabo!

Camila olhou com desprezo para o marido, enojada daquela fúria. Quis replicar, mas veio-lhe de repente um grande medo de que Francisco Theodoro a fizesse de novo intermediária das suas ameaças, e fugiu da sala para não responder, batendo com a porta, num desespero.

– É por estas e por outras que o Mário está assim... – resmungou o negociante, percorrendo a sala com as mãos nos bolsos a tilintar as chaves.

Fora, a noite estava negra, abafadíssima. Vinha da terra e dos vegetais um cheiro intenso, morrinha de febre, que engrossava a atmosfera, corporizava-a, tornando-a irrespirável.

Ainda não eram onze horas e já se recolhiam todos para os quartos, amodorrados, bambos.

Pouco depois levantou-se a primeira lufada, que veio roncando de longe soturnamente.

Fecharam-se as janelas; a tempestade aí estava. Quando rezava para dormir, Noca teve um estremecimento: uma coruja passou cantando rente ao beiral do telhado.

A mulata persignou-se duas vezes e ficou à escuta.

O que passou depois foi o vento.

Ela deitou-se com um suspiro.

Quem não se deitou foi a Nina. Sozinha, no seu quarto estreito, abriu a janela e debruçou-se para o jardim, sondando a rua através do arvoredo.

Os lampiões de gás mal alumiavam as calçadas solitárias, envolvidos pelas nuvens de poeira que vinham de longe, varridas pela ventania, lambendo tudo. De vez em quando, um bonde passava, de oleados corridos, com tilintar de campainhas que vibravam timidamente no vozear medonho da noite.

Nina voltou para dentro, desabotoou o corpinho e atirou-o para uma cadeira; sentia-se opressa. O tufão descansava: ela voltou à janela, curiosa, com ansiedade, cosendo o peito nu ao peitoril largo. Não viu nada. A voz arrastada de um bêbado guinchava na esquina, em falsete, acompanhada por outra voz que falava na mesma toada. Uma nova lufada veio forte, terrível, abalando tudo.

A única janela iluminada da vizinhança fechou-se.

O bêbado foi arrastado para longe, perderam-se os seus queixumes a distância e só ficou o vento, cada vez mais forte, uivando, uivando.

Agora não parava; enchia tudo com o seu sopro formidável.

Sentia-se o estalar crepitante das folhas esturricadas pelo sol e o aroma das verdes, que ele ia levando pelo ar em revoada louca. Na inútil resistência da luta, as árvores contorciam-se, estalavam; caíam arbustos arrancados pelas raízes, e frutas verdes despenhavam-se sobre as telhas com estrondo.

Nina expunha a cabeça nua ao açoite da tormenta, enervada pela fixidez da sua ideia. Entretanto, sabia, o Mário não merecia aquilo, não a amaria nunca.

Havia uns quinze anos já que ela morava naquela casa, levada pelo pai, o Joca; era então muito enfezada, apesar dos seus dez anos. Entrara para ali como poderia ter entrado para um asilo qualquer: para ter cama e pão. Não ignorava isso, lembrava-se de tudo. Era obrigada mesmo a meditar no passado mais do que queria. Não conhecera a mãe, e em frente à mudez da treva pensava nela como se a tivera visto. Não compreendia por que rejeitavam o seu coração amoroso. Nem mãe na infância nem noivo na mocidade. Que triunfo!

Sabia pelos outros que a mãe fora uma mulher da má vida e baixa classe; mais nada; e não era pouco.

Criara-a desde o primeiro ano a avó paterna, dona Emília, sem muitos agasalhos, porque o dinheiro era escasso e a paciência já não era nenhuma. Por causa disso aprendera depressa todos os serviços caseiros, era a copeira da família, e aos nove anos já não se atrapalhava quando tinha de pôr uma panela de arroz ou de feijão no fogo. Lá teria ficado sempre em Sergipe se o Joca não se tivesse casado com uma viúva carregada de filhos e que não podia ver a enteada diante de si. Sempre as antipatias! Não era para tornar má uma criatura? Lembrava-se de que não fora também acolhida com entusiasmo na casa de Francisco Theodoro.

A princípio, amedrontada, Nina procurara a companhia dos criados, de preferência à da família, habituada aos serviços grosseiros e às palavras brutas, com o seu ar de cãozinho batido. Toda a gente tomava isso como o mais claro indício dos instintos baixos; aquilo era o traço da lama que ela trazia da mãe e que arrastaria pela vida fora.

Habilidosamente, Noca aproveitou-a para entreter Ruth, que dava então os seus primeiros passos. E nesse mister, a menina revelou a doçura do seu caráter e o engenho do seu espírito. Ruth em poucos dias preferia-a aos outros, atirando-lhe ao pescoço magrinho e pálido os seus dois bracinhos redondos. Aquela conquista foi uma glória para Nina. O amor de alguém nascia para ela, como a luz para um cego, e sentia nos beijos cor-de-rosa da criança gorda e bem tratada o aroma da vida, que até então ela só parecia ter espreitado de longe.

Mário era nesse tempo um rapazinho de cinco anos, alto e forte para a idade, muito lindo, arrojado e pouco amável para ela. Abusando da sua força e da sua posição de preferido, trazia-a fascinada, pronta a ceder às suas vontades absurdas.

De todas as pessoas, uma das mais indignadas contra a adoção da Nina em casa de Theodoro fora dona Joana, para quem a menina cheirava a pecado e era uma blasfêmia viva aos preceitos da moral religiosa. – Para essa classe há os asilos – afirmava ela. As plantas daninhas não são para os canteiros de violetas. A caridade faz hospícios, orfanatos, rodas, onde se apuram e aperfeiçoam os filhos da impureza e da vergonha; mas agasalhar no seio honesto um animal desconhecido era exporem-se a um veneno de efeitos imprevistos.

Mila não repelia a ideia, cheia de indignação pela origem da sobrinha; entretanto, a coitada ia pouco a pouco conquistando as boas graças de todos, devagar, pela sua docilidade e o seu préstimo.

Apesar de miúda e pálida, ninguém a via doente; tinha os músculos flexíveis como o gênio. Aos doze anos conservava o seu ar estúpido e humilde; não conhecia uma letra, mas ensinava as criadas novas a varrerem a casa e a porem a mesa com perfeição. Como o Mário lhe bateu um dia com os arreios do seu cavalo de pau, Francisco Theodoro resolveu pô-la em um colégio, de pensionista, recomendando uma instrução prática, nada ornamental. Bem orientado andou.

O colégio fora o seu melhor tempo. Do pai não sabia senão de longe em longe, quando ele participava à irmã sobre o nascimento de mais um filho, com umas lembranças murchas, para ela, no fim da carta.

A princípio, a ideia daquele irmão, que não veria talvez nunca, sensibilizava-a; depois deixou de pensar nisso. Para quê?

Foi só depois de mulher que Nina começou a amar a mãe; amor ignorado por todos e que ela cultivava como um segredo caro. Sondai bem o coração mais puro, que lá no fundo achareis um mistério, alguma coisa que existe e que se nega, ou porque faça corar ou porque faça sofrer.

Nina tinha vexame de perguntar pela mãe e ardia em desejos de saber dela. Onde estaria essa mulher repudiada?

Ninguém lho dizia; assim, ora a imaginava na sepultura, e era a ideia mais consoladora, ora regenerada, mas sozinha... ora em um desses recantos negros da cidade, já velha e ainda atolada no vício, batida, escarnecida, miserável.

No meio da treva, que ela interrogava com ânsia, pareceu-lhe sentir a alma impenetrável da mãe solicitando-a no agoniado suspiro do vento; então estendeu os braços, soluçando, no desejo da morte, para o encontro definitivo das duas almas e a fusão de um beijo eterno que redimisse uma e desse à outra a sua primeira alegria.

Reboaram os primeiros trovões com enorme estampido; um zigue-zague de ouro cortou o espaço negro, e à luz branca de um relâmpago a casaria muda bailou macabramente com o arvoredo escuro.

A convulsão passou para voltar depressa; na fosforescência móbil e ofuscante da luz, todas as coisas tomavam proporções extraordinárias, mas logo, nos intervalos, a treva da noite mais se condensava.

Aplacou-se o vento, e, então, só de um jato, a chuva caiu, pesada, brutal, ensurdecedora.

A água borrifava a janela. Nina procurou um xale, envolveu-se e voltou. Era tempo: através das torrentes da chuva, viu tremeluzir, indistinta no véu fosco das águas, a lanterninha de um tílburi.

Debruçada, alongando a cabeça, a moça gritou:

– Mário! Mário!

Mas a sua voz fraca perdia-se no dilúvio.

O primo abria o portão; ela tentou ainda dizer-lhe que voltasse, que o pai lhe trancara a porta, mas a lanterninha do carro movia-se já na sombra, ia-se embora.

Nina voltou para dentro, acendeu a vela e esgueirou-se para o corredor.

Com o coração aos saltos, foi resvalando pela alcatifa do passadiço com a precaução de quem vai para o crime.

Quando chegou embaixo, já o Mário sacudia a fechadura com impaciência, praguejando raivoso.

Ela tateou os ferrolhos e recomendou:

– Espere um bocadinho, Mário!

– Que estupidez!

– Não faça barulho... já vai! – sussurrava ela sem que ele a ouvisse de fora.

Enfim, a porta abriu-se. Mário esperava cosido ao umbral.

– Que ideia foi esta de deixarem a chave...

E ele interrompeu a frase e a cólera ao ver a prima ali. Por que seria ela e não qualquer criado quem lhe ia abrir a porta?

– Foi ordem do tio Francisco. Boa noite.

Nina quis subir logo, mas uma lufada de vento obrigou-a a proteger a chama da vela com a mão, e com o gesto desprendeu-se-lhe uma ponta do xale que a envolvia. Na meia oscuridade do vestíbulo, Mário percebeu-lhe a doçura do ombro nu, pequeno, redondo, um pouco de carne virginal guardada até aí em um recato que nem o baile afugentara nunca. E já ele não viu senão a pureza daquele ombro acetinado, saindo do meio das lãs, como um desafio aos seus sentidos num assalto impudico e voluptuoso.

Acudiu-lhe então a ideia perversa de haver um propósito malicioso naquela história. Não lhe afirmara Noca tantas e tantas vezes que a prima o amava?

A filha da mulher de má vida aí estava agora, como devia ser: livre de hipocrisias. Mário estendeu-lhe os braços.

Nina compreendeu.

Uma onda de sangue subiu-lhe ao rosto; segurou o xale com força e subiu correndo.

A vela apagou-se, os degraus da escada pareciam multiplicar-se debaixo de seus pés. No alvoroço, pisava sem cautela ora no assoalho, ora no

88

passadiço, sentindo as faces abrasadas de vergonha, feliz no seu desespero, supondo-se ainda perseguida pelos braços do Mário, que se quedara estupefato no mesmo ponto.

Um trovão estalou como se uma bomba tivesse rebentado em casa. Nina sentiu os joelhos vergarem-se-lhe, mas continuou no seu galope tonto até o patamar. No corredor, em cima, receou ainda errar de porta.

Com as mãos estendidas apalpava a escuridão, ouvindo só o estrondo da chuva, compacta, sempre igual. Temia que o primo a perseguisse e não se atrevia a voltar a cabeça para não esbarrar com ele, ali mesmo, junto aos seus calcanhares.

Os pés, habituados ao caminho, levaram-na direita ao fim; uma rajada assobiando pelas frinchas de uma porta fê-la reconhecer o quarto, de que deixara aberta a janela, e ela entrou arrebatada, forçando a porta que resistia. Fechou-se logo a chave, colou o ouvido à fechadura. Ninguém; suspirou de alívio, estava só. Um relâmpago conduziu-a à janela, de que fechou os vidros, alagando-se toda. Despiu-se à pressa, às escuras, deixando cair toda a roupa molhada no chão.

E foi à luz branca de um outro relâmpago que ela se viu toda nua, muito pálida, no grande espelho do guarda-vestidos. Escondeu o rosto de repente, como se vira um fantasma, e saltou para a cama enfiando a camisa de dormir, num movimento de louca, com medo da noite, com medo da sua própria imagem, que se lhe afigurava impressa para todo o sempre no vidro.

Envergonhada, prevendo grandes males, em uma angústia em que se fundia um prazer, adivinhando os pensamentos do primo, maldizendo-o e adorando-o, sentindo-se dele para a vida e para a morte, quase que se arrependia de se não ter abandonado, soluçando por aqueles braços de que fugira.

Era tal a sua confusão e a vibração dos seus nervos que não sentiu alguém andar pelo corredor de vela acesa e passos compassados.

Mário adormecia feliz, na melhor paz da vida; Francisco Theodoro voltava para o sono interrompido, tendo intimamente perdoado a quem abrira a porta ao seu rapaz, por tão feia noite de trovoada – e ainda Nina, na estreiteza da sua cama, com os olhos pasmados para o teto negro, sofria, sofria, sofria.

No outro dia, às oito horas da manhã, quando Francisco Theodoro entrou na sala de jantar para o almoço, comido sempre cedo e à parte da família, já lá encontrou a sobrinha retocando os arranjos do copeiro para a sua mesa.

– Bons dias, Nina; você passou bem a noite? – perguntou-lhe ele fixando-lhe os olhos pisados.

– Eu passo sempre bem – respondeu ela corando.

Ele teve pena; e mais baixo, para que o criado não o ouvisse:

– Você fez mal em abrir a porta a meu filho; ele não lhe merece esses sacrifícios... e mesmo isso não lhe fica bem; a sua intenção foi boa; realmente a noite estava pavorosa, contudo espero ser esta a última vez que sou desobedecido.

Nina estava hirta, encostada ao espaldar de uma das cadeiras arrumadas junto à mesa. Um vento de desespero sacudiu-lhe as ideias sem que ela atinasse com que palavra responder. Francisco Theodoro reclamou então dela, mesmo para a tirar do embaraço em que a via, que lhe partisse uma fatia do rosbife frio e que lhe fosse depois buscar o jornal, esquecido em cima, no quarto de toalete.

Aquela maneira polida e reservada não era a usada pelo negociante nos seus momentos de censura. Ao contrário, ele abusava dos termos violentos e atroava a casa com as suas mais altas vozes. E era uma dessas crises que a Nina esperava e que viu mudada num tom em que a admoestação era misericordiosa, e por isso mesmo mais comovedora.

Ela não respondeu e apressou-se em servir o tio.

X

Raras vezes as tias do Castelo apareciam em Botafogo. Dona Itelvina não se arredava de casa, espicaçando o serviço da Sancha, arreliada com os desperdícios e a beatice da irmã; esta é que, de longe em longe, ia sentar-se à mesa de Mila para uma palestra curta, no intervalo das suas devoções.

Nina, ainda atarantada pela advertência do tio, punha no terraço a gaiola da cacatua quando viu dona Joana atravessar o jardim com os seus passos vagarosos de mulher gorda e cansada.

– Que milagre! A senhora por aqui!

A velha sorriu-lhe e só depois de sentada num banco do terraço é que falou, com a blandícia[37] costumada, desamarrando com as mãos papudinhas o nó da mantilha preta.

– Mal imagina você por onde tenho andado! Olhe: às cinco horas já eu estava em São Bento, ouvindo a missa de Nossa Senhora da Conceição; depois dei muitas voltas pela cidade angariando esmolas.

– Tão cedo?

– Nos bairros pobres a vida começa de madrugada. Por falar em esmolas, ontem estive em casa das Bragas, da rua dos Ourives. Conhece-as?

– Não, senhora.

---

37. Blandícia: brandura.

90

– É pena; são umas almas muito tementes a Deus. Achei-as atrapalhadíssimas, preparando doces para oferecer ao vigário Alves, que faz anos hoje. Não imagina como elas são.

– Desculpe, tia Joana – interrompeu Nina; e voltando-se para dentro:

– Ó Dionísio, leve o café ao senhor Mário, ouviu?

– Ainda estão dormindo?!

– Tio Francisco já saiu.

– Triste pecado é a preguiça. Enfim, cá estou eu rezando por todos. Pois as Bragas entregaram-me dez cartões para um grande concerto que vai haver no Cassino, em benefício da igreja do Monte Serrate. Para o fim que é, ninguém se pode negar; Camila deve levar a Ruth a essas festas de músicos. Eu pago a minha cadeira, mas lá não vou, e as outras nove espero deixá-las aqui. Vocês vão a tantos espetáculos indecentes que não fazem nada de mais indo a este, que é para bom fim. Canta uma tal Marcondes, ou não sei quê.

– A senhora fale com tia Mila. Seu João! – chamou ela interrompendo outra vez a conversa, voltada para o jardineiro que passava. – Olhe! É preciso fazer um ramo novo para a sala de jantar; como não há rosas, faça de folhagens. Já reparou para as palmeirinhas da entrada?

– A chuva escangalhou-as, desfolhou as flores e abriu covas nos canteiros, que Deus nos acuda!

– Veja se remedia isso hoje mesmo...

O jardineiro passou; dona Joana disse:

– É pena que não haja rosas; eu gostaria de levar algumas ao vigário Alves. Ontem a mulher e as filhas do doutor Mendes passaram lá o dia pregando cortinas, tapetes, ajudando dona Maria a enfeitar o quarto do filho. Aquelas são também muito boas pessoas.

– Quer café, tia Joana?

– Aceito. Você é das tais que nunca vão à missa, há de se arrepender.

– Não tenho tempo... Quer mais açúcar?

– Quero. Qual não tem tempo! Pois olhe, você tem pecados atrás de si que deve purgar se quer merecer o nome de boa filha.

Nina franziu as sobrancelhas e, desviando a vista do rosto branco da tia, olhou para o jardim, ainda empapado d'água, muito verde, juncado de folhas arremessadas pela ventania.

Dona Joana saboreava o café sem reparar na moça, que continuava em pé, com o rosto contraído por uma expressão de raiva e de melancolia.

Ruth encontrou-as assim. Ela vinha toda fresca do banho, com o seu cabelo negro e ondeado solto sobre os ombros estreitos, e o vestido branco, de cinto largo, que lhe tornava a cintura grossa e lhe dava ao corpo um ar de anjo de catedral.

– Como está crescida! – exclamou dona Joana ao vê-la.

Ruth mostrou os dentes alvos num sorriso alegre.

– Bons dias! Sabe, tia Joana?, ainda ontem pensei na senhora!

– Por quê?...

– Porque ando com muita vontade de ir ao observatório do Castelo ver a lua e as estrelas.

– Que lembrança! Pensei que fosse para a levar a alguma festa de igreja...

– Não, isso cansa-me e, depois, já tenho visto tantas! Naquela da Sé, outro dia, os músicos desafinaram que foi um horror! Se ao menos cantassem bem. Quem me lembrou da ida ao observatório foi o capitão Rino. Ver bem a luz e a cor das estrelas é o que me preocupa agora. Leve-me lá, titia, sim?

– É melhor que você pense em conhecer o céu por dentro.

– Seria querer demais. Você já leu hoje a *Flor de Neve*, Nina?

Nina meneou com a cabeça que não.

– Que história é essa de flor de neve? – indagou dona Joana.

– É um romance do jornal, muito bonito. Estou morta por saber se a Madalena morreu. Também, se tiver morrido não tornarei a pegar no jornal!

Dona Joana ia reprovar a leitura quando Camila apareceu no terraço, bonita, de penhoar cor-de-rosa, toda rescendente, dando as mãos às duas filhas pequenas.

Nina tomou a benção à tia e, para fugir à presença da velha, que naquele momento se lhe tornara odiosa, entrou logo para a sala de jantar.

– Isto aqui está muito úmido; por que não foi lá para dentro, tia Joana?

– Este banco está enxuto. A Nina estava aqui.

Camila, depois de cumprimentar a tia, tirou da gaiola a cacatua e beijou-a no penacho.

Depois, para a velha:

– O que a trouxe tão cedo?

Dona Joana voltou à história das Bragas, da missa em São Bento, e apresentou à sobrinha as dez cadeiras para o concerto em benefício da capela do Monte Serrate.

– Como é para um motivo de religião, eu fico, do contrário, não; porque exatamente no domingo tenho convite para uma festa.

– Hoje faz anos o vigário Alves; você não lhe manda um bilhete?

– Posso mandar.

– Acho bom. Ele reza muito por sua intenção. É um santo padre e um perfeito homem.

– Ele é bonito e trata-se bem. Já tomou café, titia?

– Já. Por que é que você deixa Ruth ler jornais? Ela falou aí num folhetim; isso são obras impuras; é preciso zelar pela alma de sua filha.

– O pai não se importa, que hei de fazer?

– Ainda não fez a primeira comunhão?

92

– É cedo.

– Não é tal. Ela não quererá?

– Se quer! Ainda que não fosse senão para pôr coroa e véu. Todas as meninas sonham com a primeira comunhão. É um ensaio para o casamento.

– Heresias. E o Mário, como vai o Mário?

– Está um moço bonito.

– E mais ajuizado?

Camila corou levemente, roçou em um disfarce as faces pelas asas brancas da cacatua e respondeu com um sorriso:

– Como todos os rapazes de vinte anos...

Lia e Raquel tinham-se engalfinhado a um canto por causa de um pêssego verde derrubado pela chuva e que ambas disputavam. Mila chamou a Noca, que interviesse e levasse as contendoras para dentro. Dona Joana levantou-se com um gemido e foi sentar-se a um canto da sala de jantar.

Estava alquebrada, pesavam-lhe as pernas; soube-lhe bem a flacidez da poltrona, que a envolveu logo numa carícia de sono. Cochilou gostosamente, mal ouvindo as correrias e as gargalhadas das crianças, o tinir das louças que punham na mesa e os passos da criadagem em movimento. Através do sono tudo aquilo era sutil e bom como uma música a distância. Quando despertou, iam servir o almoço. Perto, em um vão de janela, o doutor Gervásio, com roupa clara e flores na lapela, conversava baixo com a Camila.

Dona Joana tossiu para preveni-los da sua presença; não se queria aproveitar do momento para indiscrições. Por fortuna, Nina entrou na sala, vinda da copa, carregando uma cestinha de uvas brancas.

Lá em cima Ruth atacava os graves e agudos do violino com frenesi.

– Louvado seja Nosso Senhor Jesus Cristo, parece o zurrar de um burro! – pensou consigo a velha espreguiçando-se disfarçadamente.

À hora do almoço, o Dionísio trouxe uma bandeja para servir Mário no quarto, visto que este só comparecia à mesa da família quando o doutor Gervásio não estava.

Camila mal encobria o seu desespero, velando aquela ofensa com desculpas frouxas só para que o médico não reparasse. E ele nem viu tal coisa; aceitou os pretextos sem desconfiança. Mário merecia-lhe pouca atenção.

Entretanto, Nina apartava para o primo o melhor bife, o pedacinho de pão mais fofo e os ovos mais perfeitos. Dona Joana notou aquilo muito calada, com medo de mexer em casa de marimbondos, arrancando do peito suspiros curtos, que afogava em *bordeaux*...

Doutor Gervásio observava a Ruth que os exercícios que lhe ouvira não estavam no andamento justo. Deveria repassá-los antes da lição; depois aconselhou a Camila que chamasse uma aia inglesa ou alemã para as gêmeas, que perdiam o tempo pervertendo-se com a linguagem de criadas boçais. Ele opinava pelas alemãs; são disciplinadoras, risonhas e mais acessíveis que as outras. Depois de dirigir uns dois gracejos a Nina, o médico fixou com atenção o rosto pálido e humilde da dona Joana, muito calada ao lado de Ruth. Lembrou-se de relance do encontro que tivera com ela no alto da ladeira de João Homem, sobre as pedras gordurosas da calçada, entre magotes de moleques curiosos e paredes sujas de prédios velhos.

Ficara-lhe no ouvido toda a censura dela, e houve então nele um ímpeto de agarrar Mila e de beijá-la mesmo ali, diante dos olhos castos e pudibundos[38] da velha.

Foi só depois do café, ao acender o charuto, que ele ouviu dona Joana, com o seu tom açucarado, queixar-se à sobrinha:

– Por que é que você não ensina ao menos as suas filhas a se persignarem quando se sentam e se levantam da mesa? Dar graças a Deus pelos bens que recebem não é vergonha nenhuma... A sua consciência, Mila, está muito perturbada por maus conselhos e exemplos de ateus sem caridade... Eu não queria falar, mas tenho-lhes muita amizade para ficar impassível; não lhe parece que está em tempo de ensinar a essas meninas a respeitar a nossa religião?

Doutor Gervásio sorriu; compreendera o remoque; Mila protestou:

– Todos em casa eram religiosos, ninguém deixava de ouvir a sua missa ao domingo, exceto a Nina, que nunca tinha horas para coisa nenhuma, e uma ou outra criada mais sobrecarregada de serviço; à noite também ninguém adormecia sem ter rezado pelo menos um padre-nosso. Ela não se esquecia dos seus deveres.

Isso foi dito em tom seco, que encrespou um tanto o gênio manso da tia; para vingar-se do médico, de quem supunha emanar toda a alteração dessa família tão sua, ela exclamou com ironia, voltando-se para ele:

– Aposto em como o doutor também reza todas as noites?

– Aos meus deuses – respondeu ele com toda a calma –, por que não?

– Como se chamam os seus deuses?

– Camões, Dante, Shakespeare... Nunca adormeço sem ter lido algum poeta, e de alguns recito mentalmente versos divinos. É a razão por que me explico ter tão belos sonhos, visto que este feio homem que aqui está, excelentíssima, tem sonhos que perfumariam a existência da mais formosa das mulheres. Ontem li Dante. Estive no inferno, dona Joana; e que inferno belíssimo!

– Vá trazendo para cá essas ideias...

– Descanse; esta religião não se ensina, é para os iniciados. A senhora já ouviu falar em Byron?

---

38. Pudibundo: excessivo pudor.

– Algum inimigo da nossa Igreja, como o senhor?

– Mas eu não quero mal à sua Igreja! Acho-a só muito triste, toda voltada para a morte... Não lhe quero mal, porque para sua glorificação ela tem criado catedrais que são verdadeiras apoteoses da arte.

– Só por isso?

– É uma das razões, e a única fácil de explicar-lhe.

– Julga-me muito bronca.

– Ao contrário, estou-lhe falando como a um literato! Agora, se quer, discutamos religião e filosofia. Conhece Comte?

– Algum danado.

– É o termo.

– Eu sei, adoram-no numa capelinha da rua Benjamin Constant. Que pecado!

– Ah!, já tem notícias. Estamos bem adiantados.

– O senhor é um dos tais que não perdem essas sessões?

– Eu nunca lá vou. Já lhe disse, detesto a filosofia. Para enfadar-me basta-me a medicina e para distrair-me, as minhas roseiras. A senhora conhece algum bom remédio para matar pulgões de roseira? Tenho uma Yellow Persian quase perdida!

– A sua medicina nem para as plantas serve?

– Nem para as plantas, a miserável!

– Tia Mila! – disse Nina apressada entre as portas do corredor.

– Que é?

– Estão aí a baronesa da Lage e a irmã.

– Meu Deus! E eu de penhoar!

Doutor Gervásio voltou-se e disse:

– Pois está muito bem; quem procura uma senhora a estas horas sujeita-se a ser recebido assim. Digo-lhe mais: para mim não há vestido tão bonito.

– Então vou assim mesmo.

Dona Joana sorriu com mágoa; até nisso a opinião do diabo do homem era seguida!

– Bem, Mila, ficamos despedidas – disse ela –, eu vou-me embora. O dinheiro dos bilhetes?

– É verdade! Nina! Dá cem mil-réis a tia Joana pelas dez cadeiras. Até outra vez, tia Joana. Lembranças.

– Adeus.

A moça saiu.

– Jesus! – exclamou logo a velha –, já passa de uma hora e Mila esqueceu-se de dar-me o cartão para o vigário Alves!

O médico voltou-se rapidamente com uma curiosidade transparecendo-lhe no rosto. Que desejaria Mila dizer por escrito ao padre Alves?

A velha percebeu-lhe a estranheza do gesto e voltou-lhe as costas antes que ele lhe pedisse alguma explicação, afogando o rosto flácido na juba negra de Ruth, com muitos abraços, ternuras e lembranças ao Mário.

Quando Camila entrou no seu salão, a baronesa da Lage, toda de cetim preto, estava de pé contemplando um quadro insignificante ricamente emoldurado.

A irmã, sentada perto do sofá, com um arzinho enfadado de loira anêmica, distraía-se brincando com os dedos enluvados nos berloques do seu cordão de ouro.

A dona da casa desculpou-se logo por se apresentar daquele modo...

– Mas está em sua casa, está muito bem. Olha, Paquita, este penhoar é quase igual àquele que eu comprei ontem no Raunier, não é?

A Paquita meneou languidamente a cabeça que sim.

– Adivinhe agora o motivo da minha visita! – disse a baronesa através de um belo sorriso.

– É fácil. Vem participar-me o seu casamento!

– Casar-me, eu? Qual!

– Por que não? É a viuvinha mais cobiçada deste Rio de Janeiro.

– Infelizmente. Imagine: tenho agora em casa uma senhora, espécie de dama de companhia, sabe? Só encarregada de receber e despedir os meus pretendentes... Não se ria, saiba que é verdade. Não é verdade, Paquita?

Paquita meneou a cabeça que sim.

– Bem vê. Mas onde ouviu dizer que eu estava noiva?

– Em um bonde.

– Já me tardava. O bonde é o eterno mexeriqueiro desta terra. Também vocês quando não querem comprometer os seus informantes, atribuem ao pobre bonde todas as indiscrições... Por isso o abomino. Só saio de carro... Não! Eu não venho participar coisa nenhuma; venho pedir à sua Ruth para abrilhantar um concerto que nós, protetoras do Sagrado Coração, pretendemos dar no dia quinze. Se não fosse coisa de religião, eu não me meteria nisso. Já me têm pedido para organizar festas em benefício de escolas e de hospitais para pobres, como se na nossa América houvesse pobreza. Creia, minha amiga, no Brasil não há miseráveis, há ateus. Precisamos de regenerar o povo com exemplos de fé cristã.

Camila concordou; Paquita atreveu-se a dar uma sentença.

Houve uma pausa.

– Paquita deu-me um dia destes notícias de seu filho; diz que está muito bonito moço.

Paquita atirou à irmã um olhar de reprovação, mas as palavras já tinham saído e nenhum poder as faria voltar ao ponto de partida.

– Está... mas um pouco vadio; não gosta de trabalhar.

– Oh!, nem precisa disso! É muito distinto. Eu, no caso dele, faria o mesmo.

– Sim, mas o pai é que não se resigna a isso.

Paquita esboçou um sorriso que não foi notado. A baronesa continuou:

– Já recebeu convite para o nosso baile?

– Já.

– Esperamos que seja Mário quem nos marque o *cotillon*. Papai gosta muito do Mário.

O pai da baronesa e da Paquita era um velho português, antigo cavouqueiro, que boas auras de fortuna tinham tornado capitalista. Toda a cidade conhecia as suas anedotas e simplicidades. Demais, ele gabava-se dos seus princípios rudes e pesados.

– Nós também preparamos um baile; somente a data é ainda incerta – disse Camila.

– Já se fala nisso.

A baronesa conversava com volubilidade, mal tocando nos assuntos. Falou muito e falaria ainda mais se a Paquita não a interrompesse de repente com uma frase seca:

– Vamo-nos embora.

– Sim, vamo-nos embora.

Quando elas se despediram, com a promessa de que Ruth tocaria no concerto, Camila ficou com as mãos cheias de bilhetes para a matinê.

A baronesa, no meio da vidrilhada do seu vestido de cetim preto, caminhava como se levasse música consigo; tinha os passos cadenciados, o busto bem erguido, um calor doce nos seus formosos olhos acastanhados de morena.

Paquita seguia-a com o seu modo vago em que tudo parecia escapar à observação. Camila notou, ao apertar-lhe a mão, a magreza do pulso, um pulso alvo, fino, de criança doente, entrevisto entre a luva e a manga.

Embaixo, no vestíbulo, as moças esbarraram com o doutor Gervásio, que saía também, cansado de esperar por Camila.

Houve então uma troca de olhares significativos entre a baronesa e a silenciosa Paquita, que fez ao médico um quase imperceptível sinal de cabeça. A irmã, muito expansiva, reteve-o, falou-lhe com alegria, achando jeito de lhe encher os bolsos com os bilhetes do seu concerto de religião.

Nessa tarde o capitão apareceu em Botafogo. Começavam a notar-lhe a ausência; Lia e Raquel, quando o viram, saltaram-lhe para os joelhos.

Ruth veio em alvoroço chamando-o de ingrato, pedindo notícias do Netuno. Nina acolhia-o sempre com simpatia, achando nele um ar de bom amigo a quem num lance de perigo ou de angústia o coração de uma mulher pode vazar uma confidência e pedir um conforto; Francisco Theodoro abriu-lhe os braços: Por que não aparecia havia tanto? Só Camila sorriu com esforço e reserva, estendendo-lhe a ponta dos dedos frios.

E era por isso que ele fugia agora daquela casa, onde o seu pensamento vivia encurralado como um animal teimoso. O seu amor por Camila crescia à proporção que ele se abstinha de a procurar, ou que se via maltratado por ela. Não achava explicação para aquela mudança; não a recebera ele no seu navio como a uma princesa?

As crianças abraçavam-no com entusiasmo.

– Meninas!, que é isso então?! – exclamava Francisco Theodoro rindo, muito fraco pelas denguices das gêmeas.

Camila olhou e teve pena. O capitão Rino estava mais magro; toda a sua roupa, escura e desajeitada, parecia dançar-lhe no corpo; havia uma tristeza resignada nos seus olhos garços. Ela levantou-se pretextando dor de cabeça e subiu para o seu quarto.

Rino pensou: – Ela foge-me, talvez seja melhor assim.

Ouvia-lhe desesperado o rumor dos passos pela escada acima e ninguém percebeu que ele estava com o ouvido à escuta e os lábios franzidos por um sorriso amargo.

Lia e Raquel balançavam-lhe os braços rindo muito, comparando as suas grandes mãos às delas, tão mimosas.

Capitão Rino, por que não nos traz nunca sua irmã? – perguntou-lhe Ruth.

Com toda a calma, como se nenhum desgosto o abalasse, ele respondeu:

– Catarina é uma esquisita; ela sai todos os dias, mas para andar lá pelo morro colhendo plantas. Raras vezes vai à cidade ou faz visitas. Somos uns insociáveis, nós dois. Meu pai era marítimo, minha madrasta foi sempre muito doente, e está nisso, julgo eu, a origem do nosso mal ou do nosso bem; quem nos dirá?

Fazendo uma carinha cômica, e apontando para o céu, Ruth respondeu com ar solene: – Só Deus!

XI

Era a hora do café no armazém de Francisco Theodoro. O escritório estava cheio; o Inocêncio, miúdo e trêfego, retorcendo com mão nervosa o bigodinho aloirado, com os olhos pequenos fulgurando-lhe no rosto pálido, dilatava as narinas, cheirando dinheiro, que lhe parecia andar esparso no ambiente de todo aquele enorme casarão de São Bento.

Percebia as coisas de relance e apanhava no ar as que lhe convinham.

A seu lado o velho João Ferreira, espadaúdo trigueirão, largo de faces e de gestos, comentava com benevolência os atos do governo, berrando às vezes contra a opinião dos outros, que o atacavam por todos os lados em vivas represálias.

O Lemos sorria calado, muito estúpido para entrar em questões de tal ordem. Que lhe falassem do preço da carne seca, que importava em grosso, e dos jacás de toicinho, e a sua opinião figuraria logo com todo o peso da autoridade. O Negreiros, em pé, com o seu enorme nariz de cavalete, que a mão distraída acariciava de vez em quando, era o único republicano naquele ninho de velhos portugueses aferrados às instituições tradicionais da sua pátria e desta que o seu amor e o seu bem-estar escolheram.

João Ferreira desculpava a fraqueza dos homens; palrador, como todo o minhoto, discursava por gosto, abafando com o seu vozeirão as ironias do Inocêncio, um ou outro aparte medroso do Lemos e os protestos de Francisco Theodoro, que não compreendia como um tão fiel monarquista pudesse achar desculpas para os desatinos desta "República de ingratos".

Negreiros sorria com a serenidade de um confiante. Ele fora sempre um republicano e um extremado e era por isso olhado por alguns dos seus compatriotas com estranheza e susto. Como João Ferreira no maior ardor de seu discurso esbarrasse com a expressão alegre do rosto de Negreiros, e lhe compreendesse o contentamento de o ter de seu lado, tergiversou e, com maldade alegre, achou logo também motivos de áspera censura ao mesmo governo que tinha gabado havia pouco. Não, que ele já estava maduro para dar o seu braço a torcer!

Os outros triunfaram, era assim que o queriam; e chegou a vez de Negreiros entrar na discussão.

Foi nesse instante, no meio da balbúrdia de vozes, que o capitão Rino apareceu no limiar da porta com o chapéu na mão e uma expressão interrogativa no rosto.

A chegada súbita daquele estranho, para quem Francisco Theodoro fez logo um lugar ao pé da sua secretária, abaixou o calor da conversa.

Dividiram-se os grupos; houve risos baixos, pancadinhas nos ombros, de reconciliação e amizade. Só os olhinhos do Inocêncio Braga ardiam na mesma febre, e os seus dedos magros torciam com maior nervosismo as pontas do bigode delgado.

– Que novidade é esta, o senhor por aqui?!

– Não lhe roubarei o tempo; é por curtos instantes.

– Ora essa! Tenho muito prazer com a sua visita; dê-me licença de o apresentar aos meus amigos.

Feitas as apresentações, o Isidoro entrou com o café em uma grande bandeja e houve uns segundos de silêncio. Depois, Francisco Theodoro perguntou baixo ao capitão se lhe quereria falar reservadamente.

– Não, senhor; venho apenas despedir-me e rogar-lhe que apresente os meus cumprimentos à sua família. Parto para o Pará.

– Por que não vai jantar conosco? O senhor não imagina como é querido lá em casa. A minha gente não lhe perdoaria isso! Bem sabe que não fazemos cerimônias.

– Obrigado, mas a minha viagem desta vez é mais longa, obriga-me a preparativos que não me deixam tempo para nada. Na volta levarei os meus respeitos a todos.

O capitão corava dizendo essas coisas. Todo o seu sangue, agitadíssimo, lhe bailava sob a pele de loiro.

– Bem, bem! As obrigações não se deixam por coisa nenhuma, dou-lhe razão; sou homem de négocios. Darei os seus recados à minha gente. Camila vai ficar triste, paciência... Pois quando quiser lá estamos às ordens como bons amigos. – E Francisco Theodoro estendeu a mão larga ao capitão Rino, que a apertou confuso e alvoroçado.

Seu Joaquim apareceu no escritório e pousou um maço de papéis na secretária, pedindo a Theodoro que lhe desse pronto expediente.

Aquilo equivalia a uma despedida; havia urgência de recomeçar-se a lida. Levantaram-se todos.

Inocêncio Braga deixou-se para último e, ao despedir-se do negociante, pediu-lhe uma entrevista em sua casa para negócio urgente, de alta importância.

No olhar de Theodoro houve uma interrogação pasmada. O do Inocêncio tinha lampejos de ouro. Seu Joaquim observava em silêncio.

O capitão Rino, que desceu na frente, topou com o caixeiro Ribas no corredor, junto às grades do armazém, de orelhas moles e ombros descaídos, ruminando ódios em silêncio contra o Joaquim, que o deprimia à vista de todos. O capitão levava os olhos cheios de outras imagens para atentar nele. O bafo quente da rua, cheia de povo e de sol, acordou-o do sonho. Na calçada, mesmo à porta do armazém, a velha Terência varria à pressa as pedras com a vassourinha de piaçava, e a cabecinha amarrada no lenço branco, pendente para o seu trabalho. Os carregadores iam e vinham, cruzando-se, serpeando entre os veículos repletos de café, numa gritaria medonha. O trabalho trombeteava a todos os ventos a sua força poderosíssima.

O capitão Rino seguiu, abrindo passagem através de grupos compactos e movediços.

Aquela multidão aturdia-o.

O mar limpo e vasto obrigara-o sempre a viver das suas próprias comoções, a ser um isolado e um melancólico, afeito a amar na natureza o que ela tem de maior e de mais simples.

A onda do povo rude com que esbarrava era bem mais complexa do que a do oceano que ele cortava com a proa firme do seu Netuno.

Talvez tivesse escolhido mal a sua profissão. A vida do homem era aquilo que ali estava: a agitação perene, o trabalho violento, o amor sem idealizações, o espetáculo renovado de tudo que a terra produz, mata e faz renascer para a fulguração do tempo, que é instantâneo e é eterno.

O próprio mar, que escolhera e a que se lançara na fantasia da adolescência, não era a orla branca da Terra que vinha atirar a sua grande queixa, a sua fúria formidável ou a sua voluptuosidade infinita?

A terra pálida dos areais, a terra cor de sangue das matas, a terra negra do ouro, a terra roxa dos cafeeiros, mãe da abundância, ou a terra clara dos laranjais, fonte de perfume, não é por ventura a parte do mundo, consagrada ao homem, onde o seu suor, em caindo, se transmuda em orvalho fecundo?

O capitão Rino olhava para toda aquela gente, marinheiros, soldados, vadios e trabalhadores braçais, negros ou portugueses, uma população de homens apressados, sem lhe fixar o desalinho do gesto ou a preocupação das vistas abrasadas. Eram homens, passavam em repelões, pensando no ponto da chegada. Ele ouvia-lhes a respiração, a ofegância dos peitos cansados e a cadência dos passos batendo dominadoramente as pedras duras do chão.

Aquele ruído era sempre para ele uma música de sonoridade nova.

Entrou na rua da Prainha, tomou depois a da Saúde, sem notar o aspecto desigual da casaria, os negros trapiches tresandando a sebos de carnes e meladuras de açúcar esparramadas no solo, onde moscas zumbiam desde a porta da rua até lá ao fundo do armazém, aberto para um quadro lampejante de mar.

Os trapiches sucediam-se, repletos de barricas, de sacos, de fardos e de pranchões, enchendo o ar de um cheiro complexo, que a maresia levava de mistura, e de sons ásperos dos guindastes suspensos sobre balanças. Lanchas passavam perto em roncos e silvos entrecortados, e aquela confusão louca de vozes, que lhe era familiar, dava-lhe agora a impressão de que a terra se debatia num delírio de febre.

Ele ia ao morro da Conceição dizer adeus a um antigo companheiro, agora padre. Para isso, enveredou por uma ladeira estreita talhada sobre rocha branca. A rua serpeava em curvas contrafeitas, elevando-se aqui para se despenhar acolá, acotovelando-se em ângulos de um lado para descer ao outro em escadarias toscas.

De casas velhas, abertas para a grande luz, saíam mulheres para estender ao sol blusas de marinheiros, enquanto lá dentro vozes frescas de moças cantavam modinhas ternas.

À beira dos precipícios, crianças quase nuas atiravam com os pés, dentre montes de lixo, latas vazias, que rolavam, tinindo pelas ribanceiras, e velhas, sujas, agachadas em uma ou outra soleira, cosiam trapos, entre gatos adormecidos e galinhas soltas.

O dia estava azul, e o ar do mar vinha, em grandes lufadas, acariciar a face quente e robusta da terra.

Capitão Rino atravessava uma rua de marinheiros.

Ao ver alguns rostos tranquilos e braços grossos de mulheres trabalhando ao ar livre, pareceu-lhe que o coração daquela gente era resignado e sabia esperar.

A grande virtude estava com ela, só os simples podem ser fortes.

Depois de várias voltas, por caminhos muito acidentados e sujos, ele viu-se na ladeira da Conceição, entre casas baixas, umas com as faces para as outras, mal abertas, de ar desconfiado.

Outra gente ali se movia nas ruas. Rolavam no cisco das calçadas velhos botões azinhavrados de fardas. Mulheres de soldados tagarelavam em língua áspera, com vizinhas de má compostura, e um fartum enchia a atmosfera da rua longa até as proximidades da velha fortaleza.

Em todo o comprimento do seu passeio, foi ali a primeira vez que o capitão Rino ouviu uma voz lamurienta a pedir-lhe uma esmola.

Aí estava uma coisa que ele não ouvia nunca sobre a onda inconstante...

Pouco depois bateu à porta do amigo, mas ele não estava em casa; só voltaria à noite. Rino continuou para cima até o pátio do forte e aí sentou-se um bocado na muralha olhando para baixo.

Que via ele? A casaria desigual, feia, derramada, brilhando aqui nas telhas novas de reconstruções, mostrando acolá outras, negras ou esverdeadas, sobre paredes encardidas? Reparava para o movimento contínuo da rua embaixo, cortando com uma linha larga e branca os prédios melancólicos? Não. Com os olhos fixos na água crespa da baía, coalhada de vapores negros, de navios brancos, de embarcações de todo o feitio, ele só pensava em Camila, tão rígida para com ele quanto dócil e amorosa para com o outro...

Fugia. Estava tudo acabado. Era adeus à sua mocidade, àquele sonho de amor que ele dizia através daquela infinidade de corações felizes, fortes, que esses telhados abrigavam por certo. Não haveria mais ninguém assim tão desafortunado.

Como seria bom viver, mesmo naquele imundo bairro de trabalho, com o coração tranquilo, com fé no amor!

Para ele, estava escrito: não tornaria a ver Camila. A humilhação da última visita queimara-o como brasas. Ainda se ela o desprezasse, mas não amasse o outro!

102

E toda a causa da sua desventura estava naquela preferência. Por que havia de ser o outro e não ele?

O sino da Conceição badalou com força. Rino voltou-se; dois padres moços, de batina, atravessavam o largo como dois pontos pretos de exclamação em um quadro vasto de sol.

Nesse instante o moço marítimo teve a visão de que, ao encontro da sua, vinham duas almas iguais, tristes na sua esterilidade. Ainda aquelas tinham o seu ideal, se guardavam intacto o óleo divino que todas as chagas suaviza e todas as misérias embeleza.

E ele? Sem fé, sem um fito qualquer que explicasse o motivo dos seus dias, com um amor renegado, cavalheiro sem dama e sem sonho, que valia neste mundo, onde o homem merece pelo que pensa, pelo que crê, pelo que combate ou pelo que amplia?

Os padres passaram; ele quis segui-los, mas o corpo, cansado, amolecido, ficou ainda. E o pensamento recalcava: por que havia Mila de preferir o outro? Parecia-lhe que todo o seu amor seria para sempre doce e platônico se ela fosse para todos uma mulher austera, bem encerrada no círculo de seus deveres.

Essa ideia trouxe a lembrança da mãe, morta a facadas pelo pai como adúltera. A imagem dela encheu-lhe o coração; ergueu-se bruscamente e começou a descer a rua, apressado com a ideia de fugir para longe, salvar-se do perigo que o solicitava.

Era preciso não tornar a ver Mila; nunca mais! Para algo lhe serviria o seu orgulho de homem.

A vontade domaria o coração rebelde. Não tornaria a vê-la.

A ideia da mãe lembrou-lhe a irmã; tinha ainda tempo de ir jantar com ela naquela silenciosa casa das Laranjeiras. Só no dia seguinte iria para bordo aprestar o Netuno.

Devia pensar noutras coisas; esforçava-se por isso. Desejar Mila, para quê? Não tornaria a vê-la.

Desceu o morro apressado até a rua dos Ourives e seguiu por ela, sacudindo os ombros no movimento bamboleado do corpo, num andar de quem nada quer ver, resoluto, acalmado por um esforço em que entrara todo o poder da sua vontade.

Fugir de Camila e para sempre, criar, talvez, lá longe, em terras do norte, uma família honesta, era o que devia fazer, o que faria, inevitavelmente e bem depressa, como remédio para esquecer.

O capitão atravessou ruas, passou por amigos como se ninguém visse e só ao desembocar na rua do Ouvidor parou de chofre, com um batimento forte de coração. Diante dele, majestosa no seu vestido preto picado apenas no peito por uma rosa escarlate, Camila sorriu-lhe, estendendo-

-lhe a mão enluvada. Era uma reconciliação e um apelo; ele não atinou com que dissesse. Ao lado da mãe, Ruth fixava nele aquele brilhante par de esmeraldas que Deus lhe dera por olhos. Trocados os cumprimentos, elas não se detiveram, e o moço seguiu também o seu caminho, enfraquecido, todo embebido no aroma dela, todo deslumbrado por aquele ar de deusa inatingível.

Dali até a Carioca já os seus passos se colavam às pedras, desejosos de parar para a seguirem depois, quando ela voltasse para o calor da sua casa; mas o capitão Rino obrigou-se a ter juízo e caminhou para um bonde das Águas Férreas, que era justamente o assaltado nessa ocasião.

Só depois de sentado reparou que estava junto da dona Inácia Gomes e das duas filhas, a Carlotinha e a Judite, ambas muito faceiras e risonhas nas suas toaletes claras.

Dona Inácia suspirava, cansada do esforço da tomada de lugar, com as mãos carregadas de embrulhos e o toucado já descaído sobre a orelha esquerda. Não a pilhariam tão cedo na cidade, afirmava.

Reconhecendo o capitão Rino, pediram-lhe logo notícias da família Theodoro: – Como estava a boa Camila?

Ele disse o que sabia, um pouco atrapalhado, corando.

A Carlotinha, sempre trêfega, debruçava-se sobre o colo da mãe dizendo-lhe com a sua voz maliciosa frases em que entrava mais atrevimento do que espírito. Tinham-se mudado para as Laranjeiras e ofereciam-lhe a casa. Dona Inácia vinha espantada com os preços dos objetos adquiridos; se não fossem as moças, ela não viria à cidade; gostava do seu canto, da boa paz caseira.

– E o senhor Gomes, como está? – perguntou o capitão, menos por interesse do que para dizer alguma coisa.

– Coitado, como velho cheio de trabalho. O senhor não imagina! Meu marido sacrifica-se pelos outros e o resultado nós sabemos qual é. Este mundo é de ingratos...

– Sim, é de ingratos – confirmou o capitão.

Até as Laranjeiras dona Inácia teve tempo de despejar todas as lamentações da sua alma atribulada; falou de tudo, até das cozinheiras e do mau serviço do açougue. O discurso, interminável, numa lenga-lenga ora lamurienta, ora resignada, tornava ao capitão insuportável a longura[39] da viagem.

Carlotinha perguntou pelo doutor Gervásio. Que era feito dele, que ninguém o via senão no palacete Theodoro?

---

39. Longura: característica do que é longo.

Rino encolheu os ombros; não sabia. Judite debruçou-se por sua vez e contemplou-o com curiosidade.

Tinham chegado ao termo da viagem e desceram com muitos oferecimentos, apontando o portão da sua residência.

O capitão Rino correspondeu às expansões com amabilidade discreta, admirado da exuberância daquela gente. Que lhe importavam as denguices da Carlotinha, de olhar gaiato e tez de jambo, ou as da Judite, pálida e pequena, se todo o seu pensamento estava na outra, naquela Mila de formosura opulenta, de quem guardava ainda na palma a doçura da mão enluvada?

A fatalidade daquela paixão bem se revelava em tudo; ele furtava-se a vê-la, saudoso e aflito, mas forte na sua resolução, e eis que ela lhe aparecia em uma volta de rua, inesperadamente! O bonde parara no ponto e o moço desceu, caminhando para diante até a chácara da madrasta; o portão estava aberto, entrou.

Nos largos canteiros, touceiras de canas-da-índia erguiam os seus penachos de flores vermelhas e amarelas; ele tomou a esquerda, por uma rua ladeada de girassóis e de magnólias cor de ouro velho. Era ao fundo dessa rua que aparecia a casa, de feição antiga, sólida e simples, com paredes brancas e largas janelas de guilhotina.

Sentindo gente, veio um cão enorme lá de dentro, aos saltos e latidos, e logo após apareceu Catarina no patamar de pedra da escada em semicírculo.

Ela desceu ao encontro do irmão muito risonha.

– Estás boa? – perguntou-lhe ele, segurando-lhe no queixo forte e ligeiramente quadrado e fixando-lhe de perto os olhos claros.

– Estou, dona Mariquinhas é que está doente, com uma das linfatites do costume.

– Chamaste médico?

– Chamei, e lá a deixei com a Hermengarda ao pé da cama.

– Que Hermengarda?

– Aquela enfermeira mulata, do nº 15, mãe do...

– Já sei.

– Dona Mariquinhas gosta muito dela. Queres ir vê-la agora?

– Depois; fiquemos por aqui. Os teus girassóis estão muito lindos.

– Não parece um jardim japonês? Repara. Temos crisântemos que nem os dos biombos, canas como as das ventarolas, lírios e girassóis... Dona Mariquinhas acha detestáveis todas estas flores e fala em mandá-las arrancar. Essa nossa madrasta tem singularidades. Não compreende o adorno e desconhece a graça das linhas. Só gosta das flores pelo cheiro.

– Que tens feito?

– Lido, cosido e jardinado; que mais hei de fazer? Quem me acompanha se eu quiser sair?

– Efetivamente estás muito só.

– Preciso casar-me.

– Casa-te.

– Tenho medo.

– Os homens assustam-te?

– Um pouco. São enganosos e eu sou franca. Imagina o conflito! Depois, a lembrança da nossa mãe faz-me odiar o casamento.

– Seja honesta.

– Quem pode saber hoje o que será amanhã?

– Tens razão. Fica solteira; serás mais feliz. Tens uma alma indomável. Conserva-te aqui. Esta casa é tão propícia a uma vida de calma e de reflexão!

– Minha madrasta, bem sabes, vive em guerra aberta comigo. Chama-me com malícia "doutora". Todos os meus gostos são assunto de mofa para ela e todos os seus são para mim de aborrecimento. E aí tens a calma dessa casa. Fresca tranquilidade!

– Tem paciência ou, então, dou o dito por não dito. Casa-te!

– Com quem?

– Comigo não pode ser.

– Nem tu quererias.

– Por quê?

– Porque amas a Camila Theodoro.

Tinham-se afastado de casa e seguido para as bandas do pomar. O jardineiro passou com o carro de mão cheio de folhas secas e cumprimentou o moço, que não lhe correspondeu à cortesia, tonto, pasmado para a irmã, que estacara também ao dizer as últimas palavras.

– Nega, se és capaz – disse ela.

– Não nego.

Quedaram-se mudos, contemplando-se de face.

Pela mente de ambos passou, dolorosissimamente, a lembrança da mãe assassinada pelo marido. Compreenderam-se através do silêncio. Catarina murmurou:

– À proporção que envelheço, mais se vincula em mim a saudade dela e não consigo desvanecer o meu rancor por ele. Não lhe perdoo.

– Nem eu; mas a sociedade absolveu-o.

– Os homens. Ela era tão boa!

– Enganou-o.

– Que monstruoso castigo! E o resultado, lembras-te? O teu afastamento de casa e o meu ódio. Em vão ele se fazia bom para agradar-me; era de uma humildade que comovia a todos, menos a mim. Não tornei a beijar-lhe a mão.

– Nem mesmo na hora da morte?!

– Nem mesmo na hora da morte. E eu quis; curvei-me, mas quase ao encostar a minha boca à mão dele, ergui-me com terror. Ele percebeu tudo. Que morte!

– Foste cruel.

– Fui humana. Tu o amavas?

– Antes? Muito!

– Depois?

– Não. Mas era nosso pai...

– E ela era nossa mãe!

– Tens razão. Para os filhos a mãe é sempre a melhor e a mais pura entre as mulheres.

Um sabiá cantou e eles ficaram a escutar, com os olhos rasos de água.

– Foi no Netuno que percebeste tudo, não foi? – perguntou Rino mudando de tom.

– Onde havia de ser?

– E só aquela vez bastou?

– Só.

– Manda calar aquele sabiá, Catarina!

– Deixa lá o pássaro; chora.

– Parto depois de amanhã. Dessa vez a viagem será longa... Entrego em Belém o comando do Netuno a outro, tenho substituto; está tudo combinado e resolvido. Bem resolvido. Devo fugir-lhe. Não era preciso que evocasses a lembrança do passado para me dissuadir.

– Não tive a intenção de te dissuadir; quer-me parecer que o amor não é figura de barro que se amolgue[40] com os dedos. Somente, como ela ama o doutor Gervásio...

– Por quem soubeste isso?

– Por nossa madrasta que, sem sair daqui, sabe sempre de tudo, benza-a Deus!

– Mas quem lhe diria a ela semelhante coisa?!

– Talvez o médico... talvez a cozinheira... talvez o vento. O vento traz-lhe aos ouvidos coisas que ninguém mais ouve. E é uma espada desembainhada para todas as faltas, aquela mulher!

– De mais a mais, é uma calúnia! Camila é discreta; mesmo que isso assim fosse, quem poderia adivinhar?

– João, amores são como luzes através de rendas: aparecem sempre.

– Não, não; é preciso convencê-la de que isso é falso. Mila não ama ninguém; não ama ninguém!

---

40. Amolgar: causar deformação por compressão ou esmagamento.

Catarina fechou os olhos por um segundo, depois recomeçaram a andar, um ao lado do outro, silenciosos, pisando o enorme tapete solferino[41] que as flores dos jambeiros-rosa alastravam no chão. A tarde descia clara e calma, toda azul com leves tons opalinos.

– Catarina?

– João?

– Precisava ter-te sempre a meu lado.

– Pois casa-te e chama-me para a tua companhia. Eu criarei os teus filhos. Procura amar outra mulher. Há tantas no mundo, há tantas!

– Há uma só: a que amamos. Só quero aquela.

– Sofres muito?...

– Horrivelmente, horrivelmente! Este desabafo há de fazer-me bem. Custa muito guardar um segredo desses! E eu guardo o meu há tanto tempo!

– Parecia-te. Bem viste que eu já o tinha comigo.

Sorriram ambos com tristeza.

Como tivessem dado volta ao pomar, passaram pelo recanto onde Catarina tinha o viveiro das rosas, mas não se detiveram. Tornaram a cruzar-se com o jardineiro e, tomando a larga rua dos girassóis, entraram em casa.

Antes de se sentarem à mesa, os dois irmãos foram ao quarto da madrasta, uma senhora muito gorda que se alastrava pela cama, com um lenço amarrado na cabeça e o rosto polvilhado de amido. A Hermengarda tinha cerrado as janelas e vigiava a doente, na penumbra. Sobre a mesa muitos vidros de remédios, e um cheiro de cânfora espalhado em tudo.

O leito rangeu ao movimento do corpo enorme, que se voltava a custo, e a enferma, fazendo uma voz débil, queixou-se de muitas dores e de muito frio.

Os enteados disseram-lhe meia dúzia de frases animadoras, recomendaram-lhe paciência e, sentindo que a importunavam, saíram em bicos de pés.

Antes de se sentarem à mesa, Catarina confessou ao irmão sentir-se aliviada com a ausência da madrasta. Teriam assim um jantar mais íntimo.

Ele perguntou:

– Afinal, tu a aborreces só por ela ser tua madrasta?

– Só. Se a morte de minha mãe tivesse sido natural, eu aceitaria depois a madrasta, se não com ternura, ao menos com respeito. Assim, quero-lhe mal porque, escolhendo meu pai, ela ofendeu minha mãe. Mas o mal está

---

41. Solferino: cor escarlate.

feito e é irremediável, não falemos nele. Supõe que eu sou uma esquisita, que ela é outra, e não penses mais nisso.

Ao jantar falaram-se baixo para não incomodar a doente, cujo quarto era na vizinhança.

Quando à noite o capitão Rino se despediu da irmã no jardim, sentiu, ao abraçá-la, que ela chorava. Era a primeira vez, entre tantas de separação, que isso acontecia. Ele beijou-a consolado, certo de que em toda a Terra havia um coração que o amava com firmeza, com sinceridade – o dela.

XII

Havia no palacete Theodoro um compartimento que raras vezes se abria: era uma sala, destinada naturalmente na sua origem à biblioteca, de que o negociante fizera o seu escritório.

Ficava embaixo, no rés do chão, ao fundo do vestíbulo, toda voltada para o silêncio do jardim, que formava perto das suas janelas grupos de plantas sem aroma, dentro de grandes relvados, onde a bulha dos pés morria.

Como o negociante não usasse de livros, o seu escritório não tinha estantes. A mobília, de canela e de couro, guardava ali, na sua atitude impassível, um cunho de austeridade que não desdizia do aposento, vasto e sóbrio.

Aquelas cadeiras e aquele sofá de braços estendidos tinham o ar das coisas a que a intimidade dos seres não deu ainda uma alma.

A melhor parede para uma armação era ocupada por dois quadros industriais, de ricas molduras lampejantes, e por um contador veneziano. Sobre esse móvel erguia-se, com ar de desafio, a estatueta de um cavaleiro de capa e espada e grande pluma ao vento.

Do lampião de bronze com abajur cabia uma luz bem dirigida, espalhando-se sobre a secretária em um largo círculo tranquilo.

Foi para junto dessa mesa que Francisco Theodoro levou o amigo, o Inocêncio Braga, oferecendo-lhe uma cadeira ao pé da sua.

A figura trêfega daquele homem miúdo, que com os seus quarenta anos não parecia ter mais de vinte e cinco, o brilho movediço dos seus olhinhos, perspicazes e mergulhadores, a sua palidez baça, os seus movimentos rápidos e incisivos, a febre dos seus gestos, a clareza da sua exposição, punham em evidência a pacata atitude do dono da casa, a calma dos seus modos, de satisfeito, de burguês que já da vida alcançou tudo e que se compraz em ver o mundo do alto do seu fastígio.

Com as mãos apoiadas na mesa, onde, a par de um vistoso tinteiro de prata maciça, só havia o *Código Comercial de Orlando*, Francisco Theodoro abria os ouvidos às palavras do outro, em quem presentia o desejo arrojado de grandes voos. Sabia-o tão inteligente quanto esperto, de uma atividade febril e fecunda. Esperava que aquela entrevista fosse para lhe pedir o nome e o capital para qualquer empresa.

Tinha-se aparelhado já com algumas evasivas e preparado para uma certa condescendência que o valor do homem o obrigava a ter. O seu capital, avolumado, podia com lucro tomar diversas derivações, fertilizando zonas e expandindo a sua força; tudo estava no crédito de quem lho pedisse e nas vantagens que lhe oferecessem.

E era só em negócio que Francisco Theodoro fazia caso do dinheiro. No mesmo dia em que assinava vinte ou trinta contos para um hospital ou uma igreja, numa penada rija e franca, recusava emprestar a qualquer pobre-diabo cinco ou dez contos para um começo de vida.

O seu dinheiro, adquirido com esforço, gostava de mostrar-se em borbotões sonoros que lampejassem aos olhos de toda a gente.

Queria tudo à larga. Era uma casa a sua em que as roupas, as comidas e as bebidas atafulhavam os armários e a despensa até a brutalidade. Dizia-se que no palacete Theodoro os cozinheiros enriqueciam e que a vigilância trabalhosa da Nina não conseguia atenuar a impetuosidade do desperdício. As próprias dívidas do Mário faziam vociferar o negociante, não pelo consumo do dinheiro, mas por causa da perdição daquele filho, que ele não conseguia dirigir a seu modo.

Gastar consigo, com a sua gente, era sempre um motivo de vaidade e de gozo; mas gastar mal em negócio, arriscar em comércio problemático, é que lhe parecia uma ignomínia.

Agora, com esse Inocêncio Braga, as coisas mudavam. A superioridade do homem obrigava-o a transigir um pouco.

Por isso ele fez entrar o Inocêncio para o escritório, onde mal chegava o eco das correrias das pequenas.

Sem preâmbulos, o outro atacou o assunto com a altivez de quem não pede, mas oferece favores.

Com o seu timbre de voz nasalada, como se toda ela só lhe saísse da cabeça, começou:

– Lembrei-me de organizarmos aqui no Rio um grande sindicato de café. O Gama Torres, que, aqui entre nós, deve aos meus conselhos a sua prosperidade, está pronto a entrar com grande parte do capital. Foi ele que me disse que o consultasse também.

Francisco Theodoro sentiu um arrepio, mas não pestanejou. Os olhos do Braga cintilavam na sombra.

Com elogios moderados, mas de infalível alcance, à argúcia e bom critério do negociante, Inocêncio expôs o seu plano, estudando-o, revirando-o por todos os lados, mostrando cálculos em cuja elaboração perdera noites de sono, assoprando-o devagar, com eloquência, fortificando-o com argumentos persuasivos.

Tudo aquilo aparecia como a irrefragável[42] verdade, singelamente. Nenhum artifício de palavras. Termos límpidos como água da fonte.

Francisco Theodoro, empolgado, reclamava repetições. Inocêncio prestava-se.

Todos os pontos obscuros eram esclarecidos, repetidos, como os compassos difíceis de uma música, até que se passasse por eles sem tropeço. O tino comercial do Inocêncio Braga confirmava-se.

Entretanto, Francisco Theodoro hesitava. A sua escola fora outra, mais rude.

O assalto assustava-o.

Sentindo-o escorregar medrosamente dentre os seus dedos nervosos, Inocêncio sorria e, com habilidade, sem querer constranger resoluções, retomava o fio d'ouro da sua proposta e estendia-a sedutoramente.

Não havia zona cafeeira, em África, na América ou na Ásia, de que ele não falasse com a autoridade de bom conhecedor.

Dir-se-ia que podia contar os grãos de cada árvore. Em algumas colônias o sol mirrava o fruto; noutras, chuvaradas tinham levado colheitas; em certos países de café, o café faltava, e só no Brasil, terra da promissão, os cafezais vergavam ao peso da cereja rubra. Tudo isso era documentado com trechos de jornais estrangeiros colados num caderno, anotado nas margens, com letra miúda.

Em toda a exposição não havia cálculo sem base, ideias sem argumentos. Tudo era saber aproveitar a ocasião propícia, essa incomparável época de negócios, para lançar a rede.

Francisco Theodoro resistia ainda ou, antes, queria resistir, por instinto; mas a verdade é que abria os ouvidos às palavras do outro e não achava termos com que defendesse a sua relutância.

O prestígio de saber traduzir um artigo para jornal vale alguma coisa. Inocêncio leu um artigo traduzido por ele do inglês sobre a propaganda e o futuro do café, obra sólida que Francisco Theodoro aprovou.

Reconhecia nos ingleses grande capacidade.

– Justamente, grande capacidade – atalhou o outro. – E sabe o senhor por quê?

– Superioridade de raça... Sim, é o que dizem.

– Não creia o senhor nessas balelas. Qual superioridade de raça! De educação, só de educação. Individualmente, o inglês não é mais forte do que nós, com toda a sua ginástica, com todas as pipas de óleo de fígado

---

42. Irrefragável: que não pode ser contestado ou refugado.

que tenha ingerido em pequeno. A vantagem deles é outra: veem melhor e fazem a tempo as suas especulações. Podem ter medo de fantasmas, mas não têm medo de negócios. Especular com inteligência, ganhar boladas gordas, encher as mãos, que para isso as têm grandes, de libras esterlinas, eis para o que o inglês nasce e se desenvolve. Por isso o comércio deles é tão forte. Como os ingleses se ririam de nós, meu amigo, se quisessem perder tempo estudando as tímidas especulações do nosso comércio de analfabetos! Não percamos também nós o nosso tempo; estudemos esse assunto.

Curvaram-se outra vez para a secretária coberta de artigos, tabelas, estatísticas.

Francisco Theodoro não se atrevia a uma resposta. Inocêncio disse, sem tirar os olhos dos papéis:

– Aqui só vejo um homem capaz de entrar nisto sem medo: o Gama Torres. É rapaz novo. E atiladíssimo.[43]

– Os negócios precisam ser feitos com vagar... À moda antiga. De todos os tempos.

– Não. Quando há febre é preciso saber aproveitá-la na subida do termômetro. As ocasiões fogem e não se repetem; o senhor refletirá; esperaremos alguns dias, poucos, bem vê que não devemos adiar isso para outra época. Esta é a melhor, é a única.

Deixo-lhe aqui a minha papelada: consulte-a. Aqui estão coisas melhores e mais convincentes do que palavras: cifras.

Francisco Theodoro acavalou no nariz a sua luneta de vista cansada e seguiu com o olhar os caracteres cerrados que os dedos do outro apontavam e percorriam rapidamente.

Como o rumor da enchente que se aproxima e vem até a inundação, assim aquele amontoado de parcelas ia crescendo e ameaçando de desabar em blocos de ouro.

Quando via uma abertazinha, Francisco Theodoro aproveitava-a para uma objeção, que Inocêncio repelia sem esforço, com mostras de quem já vinha prevenido para tudo.

À meia-noite ergueu-se dizendo:

– Amanhã é domingo; o senhor fique com esses papéis e leia-os outra vez, com o seu sossego. Segunda-feira eu irei procurá-los no armazém, das duas para as três horas. Estude e resolva. Boa noite.

Francisco Theodoro acompanhou a visita até o portão do jardim. Em cima, a casa estava toda fechada; a família dormia. O jardineiro, na soleira, esperava que a visita saísse para soltar os cães.

---

43. Atilado: perspicaz, sagaz.

112

– Que linda noite, senhor Theodoro, e como o seu jardim cheira bem!

– Sim. Camila gosta muito de flores. Deve ser das violetas.

– É dos jasmins-do-cabo – asseverou o jardineiro.

– Ou dos jasmins-do-cabo. Pois muito boas noites!

Nesta noite Francisco Theodoro mal pôde dormir. O seu pensamento girava, girava. Como os tempos eram outros! Percebia a razão do Inocêncio: o comércio do Rio já não tolerava o cansaço das obras lentas. A finura e a astúcia valiam mais do que os processos rudes e morosos do sistema antigo. Ah!, se ele tivesse tido instrução...

Quando no dia seguinte abriu o jornal, na frescura da varanda, percebeu que não suportaria a leitura. Os olhos teimaram e ficaram-se presos ao papel; mas o pensamento, insubmisso, embarafustou[44] por outros caminhos; foi preciso fazer a vontade do pensamento. Francisco Theodoro desceu ao escritório e engolfou-se na papelada do Inocêncio Braga.

E lia ainda, meio tonto, quando Ruth entrou com ar amuado.

– Sabe uma coisa, papaizinho?

– Não, não sei nada. Que temos?

– Uma desgraça.

Francisco Theodoro levantou os olhos assustado.

– Que dizes?!

– Digo que a Nina faz anos hoje e que ninguém tem um presente para lhe dar. De mais a mais é domingo: está tudo fechado...

– Então a desgraça é essa?

– Sim, senhor. Ela não se esquece de ninguém, não é justo que os outros, que podem mais, se esqueçam dela...

– Ora, não lhe falta nada.

– A mim parece-me que lhe falta tudo. Quando qualquer de nós faz anos, o senhor dá uma festa e mamãe arranja surpresas... Ela é como se fosse outra filha. Quando Raquel esteve doente, eu ia dormir para a minha cama e era Nina que se fazia de irmã, velando ao pé da doente... Entretanto...

Francisco Theodoro contemplou a filha com atenção.

– Acaba.

– Quando Raquel ficou boa, toda a gente se congratulava com papai, com mamãe, comigo, mesmo com a Noca, e ninguém se lembrou dos sacrifícios de Nina. O senhor diz: não lhe falta nada. É o que parece. Basta dizer que se quiser fazer a esmola de um vintém precisa pedi-lo ao senhor ou à mamãe. Foi uma maçada eu não ter-me lembrado ontem! Ela não tem chapéu.

– Quem te lembrou isso hoje?

---

44. Embarafustar: entrar impetuosamente.

– Lembrei-me eu mesma, quando tirei a folhinha...

– Bom; promete-lhe o chapéu.

– Só?

– Parece-te que temos sido ingratos para com ela?

– Parece-me que além do chapéu ela precisa de outra coisa.

– Que coisa?

– Outro dia, quando fomos à cidade, ela gostou muito de uma gravata que viu numa vitrine. Eu perguntei-lhe: mas por que é que você não compra essa gravata? E ela sorriu. Depois, passamos numa confeitaria e ela manifestou vontade de tomar um sorvete. Eu estava com tosse, não podia tomar gelo, mas perguntei: por que é que você não toma um sorvete? E ela foi andando. No bonde, quando voltamos, o condutor, vendo que ela era mais velha, pediu-lhe as passagens. Nina ficou que nem uma pitanga e indicou-me com um gesto. Foi então que eu percebi que desde que uma pessoa põe vestido comprido precisa de usar uma carteirinha no bolso.

– Queres então dar-lhe uma carteira?

– Não. Eu dou o chapéu; a carteira deve ser dada ou por papai ou por mamãe.

– Está dito. Vamos a ver agora se nos dão almoço.

Já toda a família os esperava na sala de jantar. O doutor Gervásio faltara, por isso o Mário se dignara de aparecer.

Foi logo no princípio do almoço que Francisco Theodoro, voltando-se para a sobrinha, declarou:

– Nina, como eu não entendo de modas, o presente que escolhi hoje para você foi uma casa. Com os aluguéis você poderá escolher todos os meses um vestido a seu gosto.

A moça, que fazia nesse momento os pratos de Raquel e de Lia, estacou com os olhos esbugalhados. Riram-se do seu espanto e fizeram-lhe a saúde. Ela começou a chorar.

– Homem, não foi para a ver chorar que eu disse o que disse. De maneiras que você...

Mas Francisco Theodoro tinha também os olhos luminosos. Camila aplaudiu a ideia e tocaram os copos, comovidos.

Depois, o negociante disse que levaria a sobrinha no dia seguinte ao tabelião para a transferência da propriedade, e acrescentou:

– A casa não é grande, mas é nova e bonitinha.

– É verdade, Mário – interrompeu Camila –, a baronesa tornou a escrever insistindo para que você não falte ao baile do pai.

Parece que a Paquita está apaixonada!

Mário teve um sorriso de desdém; Nina deixou cair o talher com que recomeçara a partir o bife das primas.

– Então convidaram só o Mário?! – inquiriu o negociante espantado.

– Não, a todos; vamos todos. Eu já mandei fazer os vestidos, mas do Mário é que fazem questão. Uma insistência esquisita! Eu só atribuo a querê-lo o Meireles para genro.

– Fresco genro, um frangote sem profissão. deixa-te de asneiras! O Meireles não é nenhum parvo.

Mário fixou o pai com ar atrevido e disse:

– Pois fique o senhor sabendo que mamãe acertou. A Paquita gosta de mim e já disse ao velho que não se casará com outro. Eu é que não quero.

Nina tremia.

Francisco Theodoro riu alto.

– Ora! A pequena, não duvido... agora, o pai! Há de casá-la como casou a outra, com um homem de peso.

– Pois sim!

– Verás. Bom casamento é ela, lá isso é... Quantas filhas são?

– Cinco, parece-me que cinco.

– Mesmo assim. O Meireles está podre de rico. Podre de rico! Também nunca vi homem tão agarrado; tinha até a alcunha de Chora Vinténs... Dantes eram muito frequentes as alcunhas... aí, no comércio. Alcunhas e bofetões. Hoje está tudo mudado.

– Assim mesmo ainda há muita brutalidade! – disse Camila com um arzinho de nojo.

– Que queres? Nem todos nascem para doutores.

Não havia alusão. Francisco Theodoro tinha na mulher a fé mais cega; todavia, ela corou e não se atreveu a voltar o rosto para o lado do filho.

Findo o almoço, a Noca cercou a Nina na copa para lhe perguntar:

– Que foi que eu lhe disse hoje?

A moça, aturdida, não se lembrava; a mulata explicou:

– Menina, pois eu não lhe disse que ver borboleta azul é sinal de boa-nova?

– Borboleta azul?

– Gente! Já se esqueceu que hoje de manhãzinha viu uma borboleta azul? Pois olhe: ela veio lhe avisar que você havia de receber este bonito dote. E ainda há quem não acredite!

– Sim, é verdade, você me disse.

E a moça sorriu; mas havia no seu sorriso uma mescla de ironia e de doçura.

Na segunda-feira, às duas horas da tarde o Inocêncio Braga apresentou-se a Francisco Theodoro no seu escritório da rua de São Bento para buscar a papelada; mas o negociante esquecera-se dela em casa, mostrando-se indeciso e renovando com disfarce perguntas em que transparecia a mais viva curiosidade.

O outro, percebendo tudo, muito correto, explicou com detalhes todos os pontos, sem insistir com Theodoro para que acedesse. O que tinha de dizer estava dito. Que passasse muito bem. Coube então a Theodoro prometer que iria ele pessoalmente levar os papéis à sua residência, na rua do Riachuelo, e conversar de novo sobre o assunto.

Nesta tarde o Ribas, balançando os braços moles, entregava ao patrão uma carta manchada pelos seus dedos suados. Era do velho Motta; a perna não o deixava ainda ir ao serviço; pedia desculpas com humildade, tressuando[45] miséria. Era o dia do vencimento do ordenado.

Francisco Theodoro deixou cair a carta na cesta dos papéis rasgados e, cofiando a barba, cogitou na melhor maneira de responder ao Inocêncio.

XIII

O palacete Theodoro preparava-se para o baile.

Desde manhã até a tarde era uma invasão de operários pelas salas e corredores, um contínuo martelar nas paredes, bulhas abomináveis de escadas arrastadas, de utensílios atirados ao chão, de lâminas raspando parquetes e de móveis deslocados.

Arrancadas todas as cortinas e reposteiros e atirados em monte para o desprezo do porão, o sol e o vento entravam pelas janelas escancaradas com inteiro desassombro.

Varado de ar e de luz, repleto de gente estranha, o interior da casa perdera o aspecto de intimidade e de conforto que torna o lar amorável e discreto.

Ruth sentia a impressão de estar numa praça pública. O baile não a interessava, e aqueles preparativos irritavam-na. Tinha uma salvação: fugir para o fundo da chácara, com o seu violino ou um romance qualquer. A música inebriava-a, o livro abria-lhe cismas e não raro ela adormecia estirada no banco do caramanchão, numa das suas longas estiadas de preguiça, entre o violino e o livro abandonados.

Os outros da família preocupavam-se com a festa.

Camila ideava o esplendor do baile pensando muito em si. Reclamara da modista um vestido com bordaduras luminosas, flores e asas espalmadas sobre tules, que dessem ao seu corpo o fulgor de um astro.

---

45. Tressuar: suar muito.

O bulício produzia-lhe febre, anseio de chegar ao fim, de ver as suas salas repletas de vestidos de baile e de casacas voejando no redemoinho das danças.

Outras preocupações iam-se desvanecendo, substituindo, escorregando para o esquecimento. Que valia já a tal mulher de luto? Gervásio não provava com a sua assiduidade ser só dela? Talvez tivesse visto mal, quem sabe? A gente ilude-se tantas vezes!

E repelia da lembrança as palavras, a meia-confissão do médico, que tornavam o fato positivo e doloroso. A visão esgarçava-se. Gervásio não a deixava tomar corpo.

Ele agora demorava-se no palacete dias inteiros. Fora ele quem determinara a transformação de duas alcovas inúteis em uma sala de música, em que essa aplicação fosse indicada por pinturas a fresco; foi ele quem contratou artistas, quem escolheu mobílias novas e harmonizou o conjunto em todas as peças. Tudo que saía das suas mãos parecia a Camila perfeito.

Nem à Noca nem à Nina sobrava tempo para descanso. Vigiavam tudo. As gêmeas, atiçadas pela balbúrdia, contentes com a novidade, atiravam-se por entre os utensílios dos enceradores e dos estofadores, rindo-se da desordem que provocavam.

Mesmo Francisco Theodoro parecia mais satisfeito.

Depois de um exame meditado, ele tinha resolvido: aceitaria a proposta do Inocêncio, daquele trêfego Inocêncio, tão perspicaz.

Livre de uma preocupação que o enervava, tornou-se mais leve e mais risonho. Já tinha determinado as coisas: um mês depois do baile a família partiria para Petrópolis, para o novo palacete que ali estava construindo, e que, como costumava dizer: engolia dinheiro que nem um avestruz.

Um belo dia, Ruth atravessava a sala de música para a escada, aflita por se ver ao ar livre, quando, relanceando o olhar pelas paredes, estacou surpreendida.

De um fundo nebuloso, de brancura opaca, surgiam róseos anjinhos nus soprando em longos flautins de ouro.

A maneira por que nascia da tinta aquela carnação[46] tenra e doce, por que a leveza do pincel chamava à tona aquele bando de crianças, que vinham de longe, as primeiras ainda mal entrevistas nos vapores da atmosfera densa, as últimas já batidas de sol, na irradiação límpida da luz, fizeram-na estremecer. Era uma arte que se revelava aos seus olhos, como que um mistério que se esclarecia ao seu entendimento.

---

46. Carnação: corpo humano representado nu e em sua cor natural.

Nunca pensara nisso. Os quadros que havia em casa vinham de fábricas. A máquina não produz almas, e só a alma impressiona e acorda instintos.

Em pé, com o violino mal seguro nas mãos, Ruth concebia agora como se podia pintar um quadro. Maravilhava-a que, de uma parede compacta e bruta, o artista fizesse o éter, onde nuvens se balançavam e asinhas de filó batiam trêmulas.

Aquela surpresa dava-lhe a ideia de ter posto os pés em país novo, um país de sonho.

Já não pensava em se arredar dali. Cada vez mais curiosa, punha a vista sôfrega nas mãos do pintor, tão grandes e tão leves, e nas tintas da paleta, que se desmanchavam noutras tintas mais suaves, ou em flechas de sol.

Tão embevecida ficou que, meia hora depois, quando o doutor Gervásio entrou e lhe bateu no ombro, ela respondeu sem desviar a vista da parede:

– Estou gostando de ver...

– A quem diabo teria saído esta pequena?! – pensou consigo o médico, ao mesmo tempo que examinava com vista curiosa o trabalho do pintor. E não lhe agradou completamente o trabalho; torceu os lábios descontente.

Mais tarde, quando Ruth lhe pediu a significação daquele gesto, ele respondeu:

– Não tive talvez razão; a minha exigência torna-me incontentável e injusto. Eu já sabia que o artista não é genial; portanto, não podia esperar dele uma obra perfeita. Que importa que um dos anjos tenha uma perna mais comprida que a outra e todos tenham o mesmo nariz? Não digamos isso aos outros, que os outros nada verão. A cor é bonita, o efeito é gracioso, basta. Já é uma felicidade haver alguma coisa...

– Eu, como não entendo, acho bonito. Estou até com vontade de pedir à mamãe que me mande ensinar pintura...

– Não se abstraia do seu violino; mesmo servindo a uma arte só, é raro haver quem a sirva dignamente. Estude só música, só música, e não pense em mais nada...

Passados dias dava-se por finda a decoração da sala e Ruth voltou a não encontrar jeito de estar dentro de casa, no meio da balbúrdia dos trabalhadores. Passava agora outra vez o dia no balanço ou no caramanchão das rosas amarelas, fazendo do parque o seu salão de música e de leitura. Ensinava as gêmeas a trepar em árvores ou coroava-as de flores e punha-lhes palmas nas costas, à guisa de asas.

Um dia, porém, a confusão chegou ao próprio parque. Abriam um novo lago e alteravam o desenho dos relvados para os efeitos da iluminação. Homens em mangas de camisa iam e vinham por entre os canteiros, falando alto, gesticulando afanosos e zangados.

118

Não tendo já para onde fugir, Ruth pediu à mãe que a mandasse com a Noca para o Castelo. Passaria dois dias com as tias velhas. A tia Joana prometera-lhe histórias de santos e levá-la às igrejas e ao observatório para ver a lua e as estrelas.

Era a ocasião.

Quando Ruth entrou em casa das tias Rodrigues, dona Itelvina contava, no oratório, os níqueis arrecadados pela irmã em esmolas para uma missa rezada.

Dona Joana tinha ido à novena do Rosário, nos Capuchinhos, e entoava a essa hora o *ora pro nobis* em coro com o povo e os frades.

Ruth sentiu frio naquele casarão do Castelo, de largas salas ensebadas, sem cortinas, quase sem mobília, com papéis sujos nas paredes desguarnecidas; mas a ideia de ir ao observatório tentava-a e valia todos os sacrifícios. Ficaria.

Quem lhe abriu a porta foi a Sancha, sempre de olhos inchados e a roupa em frangalhos. Mal deu com os olhos em Noca, a negrinha sorriu, perguntando pela sua encomenda.

– Que encomenda, gente?

– A senhora já se esqueceu – tornou a preta à meia-voz – o arsênico que eu pedi...

– Ué! Você está maluca! Eu já nem me lembrava disso! Tome o seu dinheiro; não foi quinhentos réis que você me deu?

– Foi; mas eu não quero o dinheiro, quero a outra coisa...

– Pra quê? Ora, veja só! Olhe que eu conto a dona Itelvina, hein?

A negrinha pôs as mãos em um gesto súplice.

– Não diga nada.

– Você é tola!

A negrinha suspirou baixo e murmurou uma frase que não pôde ser ouvida, porque dona Itelvina aparecera, de olhar desconfiado e narinas dilatadas, farejando mistérios.

Daí a instantes, no canapé da sala, Ruth respondia ao longo questionário da tia, que lhe apalpava a lã do vestido, achando desperdício que fosse forrado de seda, censurando-lhe o luxo de um anel de pérolas e a consistência das fitas de cetim do seu chapéu de palha. Das presentes passou às coisas ausentes, em perguntas miudinhas e torpes:

– O doutor Gervásio ainda vai lá todos os dias?

– Vai, sim, senhora.

– Hum. Diga-me uma coisa: Mário continua a fazer dívidas?

– Não sei.

– Camila sai sozinha?

– Às vezes sai.

– Por que é que você não vai sempre com ela, hein?

– Eu tenho que estudar.

– Não fica bem uma senhora sair só...

Ruth contemplou-a, estupefata.

– As más línguas falam. O palácio de Petrópolis está pronto?

– Está quase pronto. Nós vamos para lá este ano.

– Em quantos contos está?

– Não sei, não, senhora.

– O doutor Gervásio vai também?

– Acho que não.

– Hum. Quando se casa a Nina? Ainda não haverá por lá alguém de olho?

– Pra Nina? Não, senhora.

– Seu pai não há de gastar pouco, agora, para este baile, hein! Diz que estão reformando tudo! É verdade?

Inocentemente, Ruth contou o que se passava em casa; a intervenção do médico na escolha dos aparatos, as cores do toldo de cetim do terraço, as pinturas da sala de música, os lavores[47] dos jarrões para o vestíbulo...

Dona Itelvina ouvia, sem interromper a narração de Ruth, que ela animava a prosseguir com um gesto de interesse ávido. No fim, concluiu com um sorriso torto:

– Têm dinheiro, fazem muito bem em gastar.

Nisto bateram à porta. Sancha moveu-se lá dentro e veio pelo corredor. Sentindo-a, dona Itelvina correu para a alcova próxima e acendeu a lamparina do Senhor Santo Cristo, que assoprava sempre que a irmã voltava as costas. Ruth seguia-lhe os movimentos e foi com espanto que a viu mergulhar os dedos magros no prato das esmolas e sumir, quase que por encanto, uma meia dúzia de moedas no bolso do avental. A velha julgou que a sobrinha nada tivesse percebido, tão rápido e adunco fora o seu gesto, e voltou dizendo que o vento apagara a lamparina, e que embebida na prosa ela se esquecera de a reacender.

Ruth baixou o rosto, muito corada, arrependida de ter ficado. Noca rodara sobre os calcanhares; se bem andara, onde estaria ela!

Dona Joana entrou, gemendo de cansaço.

– Olha, maninha, quem está aqui! disse-lhe a irmã.

– Que milagre! exclamou dona Joana, abrindo os braços para Ruth, que se precipitou neles, morta por se ver livre da secura áspera da outra tia.

– Quem foi que trouxe você?

---

47. Lavor: ornato em relevo.

– Noca... ela vem-me buscar depois de amanhã bem cedo... mamãe não queria dar licença, tinha medo que eu incomodasse; mas tanto pedi, tanto pedi...

– Esta casa é muito triste. A alegria passou por aqui há mais de trinta anos, mas não deixou sinal. Sancha!, tira as minhas botinas. É muito triste esta casa... filha... Estamos tão velhas...

Sancha ajoelhou-se. Dona Joana estendeu dois pés inchados, calçados a duraque, e, quando a negrinha lhe puxou e tirou as botinas, ela gemeu: primeiro de dor, depois de alívio.

– Vai buscar as chinelas. Pois você fez muito bem em vir... Amanhã poderá ir comigo à missa, à tarde, à novena, e...

– E, à noite, ao observatório. Foi por causa do observatório que eu vim. Doutor Gervásio escreveu ao diretor apresentando-nos... Estou com uma curiosidade!

– Mas...

– Não temos mas, nem pera mas, mas, titia, faça a vontade à sua sobrinha, sim?

Pouco depois, como estivesse escuro, Sancha trouxe um lampião de querosene com um fétido horrível. Dona Itelvina saiu da alcova, atravessou a sala e sumiu-se na guela negra do corredor.

Ruth sentia-se mal naquele canapé alto, de assento afundado. Foi à janela, voltou; a tia rezava; quando a viu persignar-se, pediu-lhe histórias de santos e sentou-se a seu lado. Tia Joana não se fez de rogada.

As mesmas palavras que na alegria da sua casa risonha lhe enfeitiçavam a imaginação, arrepiavam agora Ruth, naquela meia sombra, num ambiente tão diverso do que lhe era habitual.

Os cilícios,[48] as caldeiras fumegantes, as fráguas[49] acesas do inferno, a nudez das virgens mártires, as cruzadas para a Terra Santa, lanças flechando o ar abrasado, exércitos comidos pela peste ou esmagando judeus, os grandes votos solenes, os ritos cruéis, as perseguições injustas, os gritos de misericórdia, todas as agonias e todos os êxtases que a velha relatava, para a vitória da fé cristã, assombravam Ruth, que toda se cosia à tia, olhando desconfiada para a vastidão sombria do aposento mudo.

Na parede do fundo, o bruxulear da luz fraca parecia desenhar formas indecisas de animais fantásticos; seriam talvez os porcos babosos das lendas satânicas, os dragões flamíferos[50] ou os magros cães de focinho erguido a uivar...

– Tia Joana, tia Joana!

---

48. Cilício: túnica, cinto ou cordão de lã áspera, às vezes com farpas de madeira e pontas, usada para penitência.

49. Frágua: fogueira.

50. Flamífero: que traz ou causa flama.

– Que é isso, minha filha?!

– Eu estou com medo... conte outra história mais suave...

– Não se espante, menina! São as grandes dores, o sangue e a morte que ensinam a Fé. Quem não sofre não compreende o céu, Ruth! Ainda ontem monsenhor Cordeiro disse essas palavras verdadeiras.

– Mas o céu assim é feio, tia Joana...

– Cale a boca!... espere... quero ver se me lembro de uma lenda muito antiga que já tem corrido mundo, mas que é bem verdadeira e bem simples.

– Em que não haja nem fogueiras nem sangue, sim?

– Nem sangue nem fogueiras: Foi um dia...

XIV

Foi um dia uma freira pálida, muito moça, muito linda, temente a Deus e devotada à Virgem. Vivia na Normandia, em um convento velho, de rígidas penitências, isolado em cima de um rochedo.

Da frecha gradeada da sua cela, a freira só via: embaixo, a pedraria negra, e além, charnecas brancacentas a perder de vista.

Uma tristeza.

No claustro, para onde deitava a sua cela, mesmo no ângulo perto da portaria, havia uma imagem de mármore representando Nossa Senhora, tão doce, tão humana, que mais parecia criatura viva. Sempre que soror Pálida deslizava pelo claustro, fazia à Virgem uma reverência profunda e murmurava:

– Ave!

E a Virgem sorria-lhe dentro do seu nicho azul.

Uma noite, soror Pálida, depois de rezar o Bendito, desabotoava o seu hábito branco para dormir um soninho inocente quando lhe pareceu ouvir o seu nome na janelinha. – Há de ser o vento... – pensou ela tirando a cruz e o véu.

Não era o vento; a mesma voz, mais distinta agora, repetiu-lhe o nome. Soror Pálida quis resistir, com medo, mas nunca o seu nome lhe parecera tão doce nem tão suspirado; assim, levada por curiosidade, ou não sei porquê, foi-se aproximando, foi-se aproximando...

Tão depressa chegou, Jesus! Que havia de ver?

Suspenso nos varões de ferro, o capelão do convento olhava para ela com dois olhos que nem duas estrelas.

– Senhor capelão, por que estais aí? – perguntou ela aflita, pondo as mãos trêmulas.

– Senhora freira, porque vos amo! – respondeu-lhe ele.

E logo de mil modos começou a tentá-la.

Tais coisas disse, tais coisas fez, que a pobre o escutava embevecida. Chamou-a linda, meiga, angélica e, por fim (vê a perfídia!), pediu-lhe que o beijasse, que o beijasse na boca ou que ele se despenharia no abismo...

A freira debatia-se: que não!... mas, para não o ver morrer despedaçado no rochedo, vá lá, condescendeu em beijá-lo. Louca! Que fizeste? Foi a tua perdição! Ele sumiu-se e ela ficou de joelhos muito trêmula, muito alvoroçada.

Em vão coseu cilícios às suas carnes, em vão se rojou[51] pedindo a Deus que lhe apagasse da memória aquele pecado doce e horrendo; em vão! O beijo ali estava sempre nos seus lábios, sentia-o quente, perfumado, embriagador.

Soror Pálida já não era a mesma; perdia o sentido das rezas, tinha delíquios,[52] abstrações.

O moço capelão voltou, mais uma noite, mais outra, induzindo-a a que fugisse: iriam viver bem longe, numa casinha branca, entre pomares cheirosos e águas cristalinas.

Ela recuava, com temor de tamanho crime; mas ele estendia-lhe os lábios e convencia-a de que o amor vale mais que o céu, mais que a perpétua bem-aventurança, mais que tudo!

E tornava a suplicar-lhe que fugisse: ele a esperaria junto à portaria, com os cavalos prontos, mais rápidos que o vento.

Sabe-se como essas coisas são: mal é dar-se ouvidos a primeira vez. A freira já não pensava senão em varar aquelas charnecas longuíssimas ao galope de um cavalo árdego,[53] sentindo palpitar o coração do seu cavaleiro enamorado. Mas, sempre que, altas horas da noite, sutil e trêmula, deslizava para a portaria com a tenção de fugir, esbarrava com a Virgem, fazia-lhe a sua reverência profunda, murmurando contritamente: – Ave! – e passava; mas, oh!, surpresa!, a grande porta do convento desaparecera, e na portaria, como em todo o claustro, só havia grossas paredes impenetráveis.

Soror Pálida voltava atônita, e a Virgem sorria-lhe do seu nicho azul.

Por serem sempre as flores presentes de namorados, o moço capelão levava todas as noites rosas à sua eleita. No outro dia toda a comunidade entoava:

– Milagre! Milagre! A Irmã da Virgem recebe rosas do céu. Os anjos trazem-lhe flores do Paraíso, como a Santa Doroteia!

Assim acreditavam, visto que só cardos e espinheiros bravos nasciam em redor, por aquelas penedias.[54]

---

51. Rojar: rastejar.
52. Delíquio: fraqueza.
53. Árdego: que é ardente ou se manifesta ardentemente; fogoso.
54. Penedia: lugar com muitas e grandes rochas ou penedos.

E entoavam hinos.

Cansado de esperar, por uma noite trevosa e triste, o moço capelão aconselhou a freira a que passasse de olhos fechados pela Virgem, rosto voltado para a outra banda.

Assim fez a louquinha, mas de coração apertado em muita agonia.

Dessa vez achou a porta do convento mal fechada: dir-se-ia que ferrolhos e trancas (e que tais eram elas!) se abriam de per si.[55] Foi por isso que a freira fugiu para a noite negra com o seu hábito branco...

Depois...

Só no fim de um ano, quando ele se cansara de a amar, foi que a mísera percebeu que o seu cavaleiro não era o capelão – mas o diabo em pessoa! Arrepiada, franzida de medo, fugiu por montes e vales, de cruz alçada, balbuciando preces, com o fito no convento e em redimir-se com árduas disciplinas. Andou assim, noites e dias, léguas e léguas, por mataria espessa, mal se sustendo nas pernas fracas e nos pés ensanguentados, até que à luz frouxa de uma madrugada viu um dia os penhascos abruptos do convento, e caiu de joelhos, persignando-se.

Finda a oração, ergueu-se. Passava então pela estrada um velho muito velho, de bordão e sacola, e ela perguntou-lhe se não ouvira falar em uma religiosa fugida do convento um ano antes.

– Nenhuma freira fugiu nunca daquele convento – respondeu ele –, são todas umas santinhas, louvado seja o Senhor!

– Amém! Entretanto, ouvi dizer que uma das irmãs, que recebia rosas.

– A do milagre!? Ah!, essa! É a mais pura... Ide vê-la, ide vê-la se sofreis. Essa até dá vista aos cegos e faz andar os paralíticos.

Com vivo espanto, a freira galgou a encosta pedregosa e, toda a tremer, com o coração aos pulos, bateu à porta do convento.

– Quem é? – perguntou de dentro uma voz dulcíssima.

– Uma pecadora arrependida, para a penitência – sussurrou soror Pálida, lavada em pranto. E confessou logo ali os seus desatinos.

A porta abriu-se sem fazer barulho: dir-se-ia que os grossos gonzos enferrujados estavam de veludo. E a rodeira mostrou-se com um sorriso à freira apoquentada.

Oh!, aquele sorriso bem o conheceu a religiosa que, vergando os joelhos, na profunda reverência antiga, murmurou com imensa compunção e infinita doçura:

– Ave!

A Irmã rodeira era a Virgem Maria, que, desde a noite da fuga, tomara a forma da freira e cumpria todos os deveres da regra que lhe competiam:

---

55. De per si: independentemente de outros, ou por si mesmos.

badalando os sinos, varrendo os claustros, acendendo as velas dos altares e arrumando os gavetões da sacristia.

Toma o teu hábito – disse-lhe Nossa Senhora – e vai para a tua cela. Descansa, que ninguém soube do teu opróbrio, ninguém!...

Soror Pálida prostrou-se e uniu humildemente a face à lage fria; depois, erguendo o rosto inundado de lágrimas, perguntou soluçando:

– E Vós, Mãe Santíssima?!

– Eu? Perdoo – respondeu-lhe a Virgem sorrindo, já dentro do seu nicho azul.

Eram nove horas; Sancha veio chamar para a ceia e levou para a mesa o lampião fumarento. Dona Itelvina só usava mate, que sempre era de maior economia. Sentaram-se. Ruth mal engoliu a sua xícara. Pensava em soror Pálida.

Nessa noite teve de sujeitar-se a dormir com a tia Joana. Lembrando-se das pernas inchadas da velha, teve um arrepio e saudades do seu leito branco coberto de filós delicados. A tia mexia-se, benzia todo o quarto, rezava a meia-voz, sacudia a roupa que toda cheirava a incenso, e com a vigília da velhice perturbava o sono da menina. Foi no meio do silêncio da casa que irromperam de repente, lá do fundo, uns gritos lancinantes.

Ruth sentou-se na cama com os olhos arregalados.

– Que é isto, tia Joana?!

– Não é nada... há de ser a maninha batendo na Sancha...

– Meu Deus!

– Não é nada, dorme, minha filha!

– Oh!... tia Joana, vá lá dentro... peça a titia pra não dar na coitada!

– Eu?!, não... a negrinha merece... maninha não gosta de intervenções... Sancha faz espalhafato à toa.

– Vou eu.

Ruth, em fraldas de camisa, de pernas nuas, saltou para o chão com um movimento de cólera e saiu para a sala de jantar; já não havia luz; guiada por uma claridade frouxa, do fim do corredor correu para a cozinha, onde a dona Itelvina surrava a pequena com uma vara de marmeleiro.

A negrinha mal se livrava com os braços, tapando o rosto e abaixando a cabeça. Ruth saltou para o meio do grupo e segurou a vara que ia descaindo sobre a carapinha da outra.

– Isso não se faz, tia Itelvina! Isso não se faz! – gritou ela com ímpeto, crescendo para a tia, que estacara boquiaberta.

– Você não tem nada com o que eu faço. Este diabo botou de propósito gordura na água do meu banho... eu sei porque dou. Ela merece. Ruth, vá dormir.

– Não vou; mande a Sancha deitar-se primeiro. A senhora não tem coração?!

– Ora, vá-se ninar! Sancha, praqui!

A negrinha tinha-se refugiado a um canto, perto do fogão, e exagerava as dores, torcendo-se toda, amparada pela compaixão da Ruth.

Dona Itelvina avançou os dedos magros e, agarrando-a por um braço, puxou-a para si; a sobrinha então abraçou-se à negrinha, unindo a sua carne alva, quase nua, ao corpo preto e abjecto da Sancha.

– Bata agora!, tia Itelvina, bata agora! – gritava ela em um desafio nervoso, sacudindo a cabeleira sobre os ombros estreitos.

Dona Itelvina atirou fora a vara e disse para a negra:

– Vai-te deitar, diabo! Foi o que te valeu... Mas nós havemos de ajustar contas...

Sancha esgueirou-se para um quarto escuro, onde os ratos faziam bulha, e Ruth, arrepiada, trêmula, voltou silenciosa para o quarto da tia Joana.

A velha amarrava um lenço na cabeça. A sobrinha interrogou-a:

– É sempre assim?

– Não... uma vez ou outra.

– Mas como podem viver neste inferno?!

– Ora, você não sabe! A Sancha provoca. Maninha anda desconfiada de que ela lhe deita vidro moído na água e na panela... é uma coisa ruim. E ladra, ih! Você sabe o meu gênio, não sei guardar chaves... Pois é raro o dia em que a Sancha não me fique com alguns tostões das missas... Maninha corrige-a para bem dela. É um sacrifício... Eu não teria paciência para a aturar.

– A Sancha vai amanhã comigo para casa.

– Está doida, menina! E quem nos há de fazer o serviço?

– Aluguem uma mulher.

– Ruth... você é muito criança... não pense na Sancha. Ela faz tudo quanto pode para excitar maninha... Eu, se digo, é porque sei. Ainda ontem queimou-lhe de propósito os chinelos novos com o pretexto de os ir secar ao fogo. A minha roupa, lava ela; a da maninha deixa-a apodrecer na beirada do tanque. É uma coisa ruim! Não pense mais nela. Durma.

Mas Ruth não podia dormir; e quando de madrugada a tia Joana se levantou para ir à missa das Almas, ela saltou da cama para ir também.

Antes de saírem foram à cozinha procurar café e lá encontraram a Sancha a acender o fogo, assoprando com força. Foi então que Ruth se chegou para ela e, pousando-lhe a mão no ombro, disse alto, sem medo que a tia Joana a ouvisse:

– Sancha, por que é que você não foge?

A negrinha ergueu o busto e fixou a mocinha com pasmo.

– Nhá?!

– Fuja!

A tia Joana, entretida a partir o pão da véspera, não percebera nada. Uma esperança vaga tremeluziu no rosto estúpido da preta.

– E depois? – perguntou ela assustada.

– Vá lá para minha casa; eu falarei a mamãe.

– De que serve! Me mandarão outra vez para cá...

– Não. Titia pode alugar outra criada... papai falará com ela...

A tia Joana acabara de partir o pão e chamava a sobrinha para o café da véspera, requentado.

Quando saíram era já dia, mas as névoas da manhã pousavam ainda nos telhados e nada se via da cidade, embaixo.

Pelo caminho do convento cabras saltavam, seguidas dos cabritos de pelo espesso e novo, e na grama molhada faziam correrias uns cachorros vadios. Tocou a matinas e a tia Joana benzeu-se. Ruth, pouco afeita a madrugadas, achava um prazer divino em ir assim rompendo as névoas com a pele refrescada pela umidade da atmosfera e os olhos cheios daquela luz branca, suave, que subia e se ia estendendo pelo céu todo.

Na igreja, a tia fez reverência a todos os altares, com uma oraçãozinha na ponta da língua para cada um; Ruth seguiu até o altar-mor e ao ajoelhar--se sentiu como nunca que havia na sua alma uma súplica, um apelo para a misericórdia de Deus. Entre o altar, onde um ramo de flores esquecidas se ia desfolhando, e os seus olhos sonhadores, foi-se esboçando pouco a pouco a figura angulosa e tosca da Sancha. De mãos postas, Ruth pediu à Virgem uma bênção para a negra, um pouco de piedade, um refúgio, uma consolação. Até ali que sabia das misérias do mundo? Nada. Aquela noite do Castelo, tão simples, tão monótona, fora uma revelação! Era bem certo que a lágrima existia, que irrompiam soluços de peitos oprimidos, que para alguém os dias não tinham cor nem a noite tinha estrelas! Ela, criada entre beijos, no aroma dos seus jardins, com as vontades satisfeitas, o leito fofo, a mesa delicada, sentira sempre no coração um desejo sem nome, um desejo ou uma saudade absurda, a saudade do céu, como dizia o doutor Gervásio, e que não era mais que a doida aspiração da artista incipiente que germinava no seu peito fraco.

E aquela mesma mágoa parecia-lhe agora doce e embaladora, comparando-se à outra, a Sancha, da sua idade, negra, feia, suja, levada a pontapés, dormindo sem lençóis em uma esteira, comendo em pé, apressada, os restos parcos e frios de duas velhas, vestida de algodões rotos, curvada para um trabalho sem descanso nem paga!

Por quê? Que direito teriam uns a todas as primícias e regalos da vida, se havia outros que nem por uma nesga viam a felicidade?

Sabia a história da Sancha: uma negrinha vinda aos sete anos da roça para a casa das tias com sentido no pão e no ensino. Era dos últimos rebentões dessa raça que vai desaparecendo como um bando de animais perseguidos.

E tudo dela repugnava a Ruth: a estupidez, a humildade, a cor, a forma, o cheiro; mas percebera que também ali havia uma alma e sofrimento, e então, com lágrimas nos olhos, perguntava a Deus, ao grande Pai misericordioso, porque a criara, a ela, tão branca e tão bonita, e fizera com o mesmo sopro aquela carne de trevas, aquele corpo feio da Sancha imunda? Que reparasse aquela injustiça tremenda e alegrasse em felicidade perfeita o coração da negra.

– Sim, o coração dela deve ser da mesma cor que o meu – cismava Ruth, confusa, com os olhos no altar.

Quando acabou a missa, tia Joana quis fazer a sua penitência, umas coroas de rosário que ela disse à meia-voz, de olhos cerrados.

Ao saírem do convento, dois frades retiveram a velha junto à pia de água-benta, interessados pela sua saúde, cobrindo-a de bênçãos e de boas palavras. Fora, já o sol irrompera vitorioso, estraçalhando os últimos farrapos de neblina.

A velha lembrou a Ruth que ainda teriam tempo de ir morro abaixo até a igreja do Carmo.

Ruth não respondeu; deixou-se levar. Mais valia andar de igreja em igreja do que voltar para o triste casarão da tia Itelvina.

– Você conhece a igreja do Carmo?

– Não, senhora. Ouço sempre missa na capela do colégio. Não gosto das igrejas grandes.

– Por quê?!

– Não sei.

– Ora essa!

– Tia Joana, há muita coisa que eu sinto e que não sei explicar. À senhora não acontece o mesmo?

– A mim? Não; nem a mim nem a ninguém. Quando a gente diz que gosta ou não gosta de uma coisa, sabe sempre o motivo por que o diz.

– A senhora reza da mesma maneira em uma igreja grande, sombria e fria, que em uma igrejinha clara e enfeitada de flores?

– Certamente. Deus tanto está nas grandes como nas pequenas igrejas. Ele está em toda a parte.

– Mas se Deus está em toda a parte, por que abandona certas pessoas?

Dona Joana estacou.

– Não diga heresias, menina! Deus não desampara ninguém.

– E a Sancha?

– Hein?

– A Sancha.

– Lá vem você com a negrinha!

– Negra ou branca, é criatura.

– Não digo que não. Mas que falta à Sancha?

– Oh, tia Joana! Pergunte antes o que lhe sobra...

– Você é muito impressionável. Creia que a pequena não é infeliz. Que seria dela se não estivesse lá em casa. Uma desgraçada, dessas da rua. Talvez que bebesse, ou que já estivesse com um filho nos braços.

– Estar com um filho nos braços! Mas isso seria uma fortuna, tia Joana. Tomara eu.

– Menina, que é que você está dizendo!

– Gosto tanto de crianças! Olhe, tia Joana, o meu desejo é ter vinte filhos, vinte!

A velha corou.

– Perdoo essas palavras porque você é inocente; mas não torne a repeti-las, ouviu?

Ruth cismava em que constituiria pecado o ter vinte filhos quando dona Joana exclamou, apontando para duas crianças, carregadas uma com uma harpa, outra com uma rabeca:

– Olha, Ruth; aquelas, sim, é que são infelizes: andam ao sol e à chuva e, se não levam dinheiro para casa, ainda apanham por cima.

– Não as compare à outra, tia Joana. Eu preferiria andar sempre ao ar livre, apanhando sóis e chuvas, tocando no meu violino, dormindo em qualquer soleira de pedra, do que viver no borralho como a Sancha. Ao menos estes têm a música.

Dona Joana riu-se.

– É verdade; quando você toca esquece tudo.

Chegaram à igreja; a missa tinha começado. Ruth deixou-se ficar sentada no banco sem atender aos puxões que a velha lhe dava para que se ajoelhasse. Para que, se tinha esgotado o ardor da sua alma na primeira missa do convento? Sentia-se agora cansada, apertavam-lhe as saudades da mãe e da alegria da sua casa. Como lhe pareceu interminável aquela missa, que a velha ouvia toda de joelhos num êxtase!

Findo o sacrifício, dona Joana quis levar esmolas a todas as caixas da igreja.

Ruth apressava-a, morta por se ver na rua, mas a tia nem parecia ouvi-la. No adro lembrou ainda:

– Já que estamos cá embaixo, vamos a Santa Rita saber notícias do padre Euclides, que está doente.

Ruth objetou:

– Mas titia, eu estou com fome.

– Tem razão, filhinha, mas é um momento só. O sacristão nos dará informações e seguiremos logo para casa.

Em Santa Rita, rezava-se uma missa de sétimo dia. Gente de preto cobria as naves como um bando de urubus. O sacristão procurado ajudava à missa e não havia ninguém na sacristia que soubesse do padre Euclides. Dona Joana deliberou esperar e empurrou a sobrinha para o corpo da igreja dizendo:

– Rezemos por alma deste morto, filha.

– Mas nós nem o conhecemos, titia!

– Não faz mal; foi um pecador, precisamos salvá-lo.

Tia Joana ajoelhou-se e ergueu o rosto gordo e pálido para o altar. Era tal a fé, a doce piedade que a sua expressão difundia, que Ruth deixou-se cair de joelhos e pediu a Deus perdão para a alma daquele desconhecido, por quem tantas mulheres choravam.

Que Deus lhe desse abrigo e eternos gozos!

Enfim, o sacristão afirmou à senhora do Castelo, como muita gente a chamava, que o padre Euclides entrara em convalescença e diria no domingo a sua missa.

– Bem, titia, chegou a minha vez de lhe pedir também uma coisa – disse Ruth.

– Peça, filhinha.

– Já que estamos tão perto, deixe-me ir tomar a bênção a papai. A estas horas ele está farto de estar no armazém.

Dona Joana hesitou:

– Olhe que não é tão perto assim.

– Parece-me que já estou há tanto tempo fora de casa...

– Vamos lá. Que pieguice!

Tinham andado meia dúzia de metros quando esbarraram com Francisco Theodoro, que vinha reçumando saúde e alegria pelas faces coradas, empertigado nos seus linhos e brins brancos, bem engomados, de que um paletó preto fazia ressaltar a alvura.

Nos seus olhinhos pardos, muito claros, faiscavam lampejos; ele estendeu as mãos à filha com uma exclamação de alegria:

– Senhora fujona, que faz por aqui?!

– Já engoli três missas, papai, mas ainda estou com fome! Íamos agora procurá-lo no armazém; eu queria tomar-lhe a benção para depois irmos almoçar. Se papai nos levasse a um hotel?

– Não posso. Tenho muito que fazer. Vou agora mesmo procurar o Inocêncio Braga, que já deve estar à minha espera. Adeus.

E, abreviando, ele meteu na mão da filha uma nota de vinte mil-réis, aconselhando às duas que comessem qualquer coisa em um restaurante.

130

E despediu-se à pressa, mal ouvindo os inúmeros recados que a Ruth mandava à mãe.

Dona Joana lembrou-se de que estavam perto da casa do doutor Maia e que mais valeria irem lá pagar-lhe o almoço do que entrarem sozinhas em um restaurante. Ruth sorriu-se do escrúpulo da velha, já contagiada pelas economias sórdidas da irmã.

– Tanto me faz, tia Joana; leve-me onde haja bifes e eu ficarei contente – respondeu-lhe a menina.

Ardiam-lhe os pés; uma fadiga enorme amolecia-lhe o corpo; e entregava-se, inerte, à vontade da velha. Por fortuna, a casa do doutor Maia era perto do largo, na rua dos Ourives, um sobrado antigo, de rasgados salões arejados, onde velhas mobílias bem espanadas atestavam o escrúpulo dos moradores.

O doutor Maia foi o primeiro a recebê-las, no corredor; muito velhinho, arrastando os chinelos bordados pela neta, com a gorra de veludo cobrindo-lhe a calva e um bom sorriso hospitaleiro iluminando-lhe o rostinho claro e murcho, onde os olhos azuis se iam velando da neblina da velhice.

Dona Joana era íntima da casa, recebida sem cerimônia; e como a Ruth tivesse ar de menina, ele foi empurrando a ambas para a sala de jantar.

Só estava em casa a velha, a dona Elisa; a filharada debandara depois do almoço, uns para o emprego, outras para o dentista e as compras. Mas no fundo das caçarolas ainda havia restos de arroz e de ensopado; dona Elisa recomendou que estralassem uns ovos, e em poucos minutos dona Joana e Ruth almoçavam ao som de um discurso do doutor Maia, que ia descrevendo com surpreendente entusiasmo o seu invento de um balão dirigível.

Ele não pensava em outra coisa; vivia em perpétuo voo, entre altas camadas de atmosfera. Desde alguns anos se fixara nesses estudos e para eles fazia convergir todos os seus cuidados.

A mulher sorria-se com resignação imposta pelos mil desvarios que se acostumara a conhecer no esposo. Desde rapaz que ele fora assim, metido a empresas opostas à sua competência. Tinha estudado para médico e abandonara a clínica para defender réus desamparados, escrever para jornais e desperdiçar forças e tempo na elaboração de grandes empreendimentos que não levava a termo. Agora era o balão.

Aquele velho de quase oitenta anos, achacado de asma, perdia horas de sono, curvado sobre a mesa, a desenhar, a escrever, a dar forma à sua ideia, em uma palpitação assombrosa de vida.

Havia em casa uma certa piedade pelas suas manias, um respeito pela inocência daqueles ideais. Dona Elisa dizia às vezes que se a alma, no seu último voo, tomasse forma visível, veriam, os que assistissem à morte do marido, que a dele lhe voaria do peito como uma borboleta. – E toda azul! – acrescentava ela com o seu sorriso simpático.

Dona Joana mal entendia as descrições do doutor Maia, mastigando com dificuldade a carne um pouco dura, batida à pressa. Ruth abria os ouvidos e via esgarçar-se a neblina que a idade punha nos olhos do médico e ir-lhe aparecendo nas pupilas azuis um brando fulgor de primavera. Ela percebia alguma coisa, via já o balão cindindo as nuvens, leve, airoso, vestido de cores luminosas. Como seria bom subir tão alto, tão alto!

– O meu balão será de alumínio, um metal levíssimo, explicava ele, e todo redondo, girará em grandes círculos, como se dançasse uma valsa; percebem?

Dona Joana fez que sim com a cabeça e espetou uma batata. Ruth murmurou:

– Assim, branco e redondo, será como a lua... que bonito!

Felizmente, uma nova visita veio interromper a exposição do velho, que se despediu das senhoras e lá se foi para a sala pigarreando pelo corredor.

Dona Elisa desabafou depois com a amiga as suas queixas domésticas. O marido esgotava os minguados recursos em livros e revistas. O que lhe valia era o filho mais velho, o José... A neta andava na Escola Normal e ganhava para os seus alfinetes; as duas filhas solteiras, já trintonas, coitadas, cosiam para fora... Aí estava a vida. – E é assim por aí; toda a gente trabalha – acrescentou ela com um suspiro.

Quando dona Joana e a sobrinha voltaram para o Castelo, quem lhes abriu a porta de casa foi a Sancha. Ruth recuou espantada. Quê! Pois a idiota da negrinha não ouvira o seu conselho?

Ao jantar, uma tristeza. Dona Itelvina aludia com escárnio mal contido às grandezas do palacete Theodoro e lamentava-se de só poder abastecer-se de gêneros baratos, espremendo-se em lamúrias. Dona Joana benzeu o pão, rezou de mãos postas e sentou-se à mesa com a sua consciência feliz e uma doce expressão de conforto. Para ela tudo era bom, estava tudo sempre muito bem.

Foi nessa noite que Ruth subiu com ela as escadas do observatório para ver as estrelas; e quando as viu a sua comoção foi tamanha e tantas as suas exclamações que a tia observou:

– Você é muito exagerada, Ruth!

Ruth nem a ouviu; olhava embevecida.

No céu, de um azul fechado, aqueles pontos de ouro tomavam formas e dimensões excepcionais. Esta estrela era verde, aquela azul, aquela outra violeta, e uma como um buquê de variados matizes, e outra pálida, e outra afogueada, e outra diamantina, e todas imensas e luminosíssimas. Oh! As estrelas, que beleza de céu! Sobretudo as do Cruzeiro eram formosas, límpidas como o clarão da fé. Depois, aqueles chuveiros de ouro e prata, aquele fervilhamento multicor da Via Láctea, raios de fogo dançando, cruzando-se, chispando em fagulhas de uma pirotecnia fantástica... Depois a lua...

– Nossa Senhora, que imensidade!... Como é bonito! Oh!, tia Joana, como é bonito!

– Bom, bom; divirta-se...

Ruth não respondia; com o olho colado à lente, esmagada pela poesia daqueles esplendores, ficava embevecida como se dos astros chovessem sobre ela aromas que a embriagassem.

– Filhinha, vamo-nos embora...

– Mais um bocadinho só... oh!, tia Joana!

Nessa noite, deitada ao lado da tia na alcova mal alumiada e que tresandava a azeite de lamparina, Ruth via na imaginação impressionada as estrelas, globos enormes de cristal cheios de luz e cheios de flores, fulgurando e espargindo aromas. Já ela adormecia e ainda a tia lhe ouviu em um murmúrio entrecortado:

– Como é bonito!

No dia seguinte, quando acordou, era tarde. Tia Joana saíra sozinha para as devoções; nem a pressentira. Tia Itelvina andava aos berros pela casa.

Ruth saltou da cama assustada e foi entreabrir a porta:

– Que é?

A tia respondeu-lhe com mau modo, em uma rebentina:

– A Sancha fugiu!

Um tremor de febre percorreu o corpo de Ruth.

Atirou-se para a cama, puxou os lençóis até a cabeça. Para onde teria ido a pobre, sozinha, sem conhecer ninguém? De quem seria a culpa se lhe acontecesse uma desgraça?... De quem, senão dela? Ora! Sempre seria mais feliz lá fora.

Quando nesse dia Noca apareceu no Castelo, Ruth lançou-lhe os braços ao pescoço. Era a sua libertação.

Dona Itelvina rabeava pelas salas e corredores culpando a irmã, que se levantava fora de horas para a carolice e deixava a casa escancarada, provocando a negrinha para o assanhamento da rua.

Foi ao fragor dessas invectivas que Ruth se despediu da velha, deixando-a sozinha no seu casarão, onde as catingas do rato e do mofo vagavam conjuntamente.

XV

– Crianças, venham lanchar! – gritava Nina para o jardim, às gêmeas, quando viu entrar a Terezinha Braga.

– Você chegou a boa hora, Terezinha, nós vamos tomar café. Entre.

– Estou com muita pressa; quero ver se vocês me emprestam o último figurino.

– Mas nós não temos disso. Tia Mila manda fazer tudo fora.

– Manda a Noca pedir ali à casa do doutor Nuno!

Nina vacilava, com vontade de servir a amiga; mas a mulata, que ouvira tudo da janela da copa, interveio com ar peremptório:

– Seu Theodoro não quer que se peça nada à vizinhança.

– Ele não precisa saber – insistiu a Terezinha, ainda no jardim.

– Oh, xente! Por que é que a senhora não manda pedir os figurinos em seu nome?

– Porque estamos mal com o doutor Nuno... ora, você bem sabe!

– Eu não. Eu só sei que temos ordem de não incomodar a vizinhança. Seu Theodoro não é para brincadeiras; quando põe a boca no mundo vai tudo raso! Crianças! Olhe só onde elas estão!

– Vai buscá-las, Noca, que o café arrefece. Entra, Terezinha, talvez se possa arranjar alguma coisa.

– Esta dona Nina não tem emenda! – murmurou por entredentes a mulata.

Servindo o café, Nina explicou à Terezinha:

– A baronesa da Lage está lá dentro; eu vou pedir-lhe que me mande logo os seus figurinos.

– É para o meu vestido de baile.

– Você mesma é que o vai fazer?

– Que remédio! Sabe de que cor são os das Gomes?

– Não.

– Amarelos! A Carlotinha pediu à modista que lhe decotasse bem o vestido atrás, para mostrar o sinal preto da espádua. É levada, a Carlotinha! Ninguém dirá, às vezes, que é uma moça de família: parece outra coisa.

– Está muito bonita, agora, depois que engordou.

– Mas cada vez mais maliciosa...

Nina não respondeu, mandava o copeiro servir o café à sala. Lia e Raquel entraram arrastadas pela Noca, tentando morder-lhe as mãos, muito pirracentas.

– Já viram só estas meninas como estão! Bem, dona Nina! Dê todos os sonhos a Ruth.

Nina elevou, sorrindo, o prato de sonhos em direção a Ruth, que se balançava em silêncio numa cadeira, e então as crianças avançaram para a mesa, à espera do café.

– Ora, graças!

Engolido o café, Terezinha declarou:

– Tenho muito que fazer; adeus, vou-me embora!

As gêmeas fugiram também, com as mãos cheias de sonhos, para o jardim; Nina e Ruth ficaram sós, muito caladas, ouvindo as moscas voejarem sobre os restos açucarados dos pratos.

De repente, Nina:

– Em que é que você está pensando, Ruth?

– Na Sancha.

– Que ideia!

– É que ninguém sabe! Fui eu que disse à Sancha que fugisse. Tive tanta pena dela! Tia Etelvina é má: batia na negrinha com vara. Eu vi. A Sancha nem parecia gente; suja, desconfiada, que estúpida! Não sei como ela podia aguentar aquela vida. Fui eu que lhe disse que fugisse; e, depois que ela fugiu, tenho medo que morra por aí à toa, que não ache emprego, que se embebede ou fique embaixo de um bonde. Até sonho com a Sancha. Que coisa horrível!

Nina consolou-a. A Noca já lhe contara que a pretinha quisera envenenar-se; era menos burra do que parecia.

– Você é muito nervosa; deixe lá a Sancha, pense em outra coisa. Tia Mila ainda está no terraço com a baronesa da Lage. Vamos lá?

– Para quê?

– Para falar nos figurinos. Eu ando um pouco desconfiada com tantas visitas daquela senhora... você tem reparado como ela cochicha com Mário?

– Não.

– Pois repare. A lesma da Paquita tem bom advogado!

– Mário não gosta dela.

– Quem disse?

– Ele mesmo, bem alto, outro dia na mesa. Você não ouviu?

– Ouvi.

– Então?

– Então? Quem sabe o que estará para acontecer!

Nessa tarde Camila participava em segredo ao marido que a baronesa da Lage viera declarar-lhe o amor da irmã por Mário, e lembrar-lhe que o baile seria uma bela ocasião para a apresentação dos noivos.

O negociante olhou boquiaberto para a mulher.

Ela disse:

– Eles desejam abreviar essa história, porque o velho quer ir para a Europa.

– Mas é incrível!

– Por quê?

– Por quê! Porque o Meireles é um homem prático; não há de querer entregar a filha a um rapaz sem profissão! Isso não pode ser. A Lage está doida.

– Você é injusto. Mário não tem profissão, mas pode vir a tê-la.

– Lá vêm cantigas! Pois sim! Aqui para nós: o rapaz não vale nada. Quem não trabalha, que garantia pode dar à família?

– Ele é rico, e a Paquita ainda o é mais.

– Por esse lado aprova. O dote dela é bom, e a família, excelente. Se o Mário soubesse ser o que sempre desejei, pouco me importaria que se casasse com mulher pobre. São as melhores; trazem a experiência da vida. A experiência da vida é um grande dote.

– Você fala com Mário?

– Eu?! Eu não. Não concorrerei com o meu conselho para semelhante asneira. Arranjem-se. Que diabo! Ele ainda não tem vinte anos. Fala-lhe tu, se quiseres.

Francisco Theodoro passeava pelo quarto com as mãos nos bolsos, fazendo tilintar as chaves.

– A Lage disse-me também que você entrou em uma grande negociata com o Inocêncio...

– Como soube ela disso?!

– Não sei. Diz que a sua casa vai ser uma das mais fortes aí.

– Tenho medo.

– Hein?

– Não é nada; está feito. Pois senhores, parece incrível, eles querem mesmo o casamento?

– Então? Logo que Mário queira, será coisa para uns quinze dias. O Meireles deseja levar os noivos consigo. Bem pensado, Paquita teve bom gosto.

– Muito fresco! Olha: eu lavo daí as minhas mãos.

– Logo vi... Mário já deve ter chegado; eu vou falar com ele. Por enquanto é bom não dizer nada a ninguém.

– A quem o dizes.

Theodoro ficou só no quarto, mudando de casaco e de calçado, vagarosamente, com sentido no negócio que o preocupava.

Como diabo teria a Lage sabido daquele negócio com o Braga?

Abriu a janela e encostou-se.

Debaixo, da sala de jantar e da cozinha, subiam o cheiro de gorduras e a música da cristalaria e da prata movidas pelo copeiro.

No grande lago do parque, de águas renovadas, patos gordos desprezavam as migalhas de pão que a Raquel e a Lia, deitadas de bruços na relva sobre os bordados bem engomados dos vestidos, lhes atiravam às mancheias.

Sob a jaqueira enorme, carregada de frutas grandes como ubres[56] túmidos, o cão de guarda preso à corrente devorava uma enorme posta de carne em um alguidar. Todas as plantas, bem tratadas, rebentavam em grelos viçosos ou se expandiam em flores, e pela rua de palmeiras, que ia ter à horta, o jardineiro vinha carregado com uma cesta de frutas e frescos pés de alface.

A terra suava de farta; não lhe faltava nem o adubo que lhe dá força nem o ornamento que lhe dá graça. Afigurou-se então a Theodoro, com clareza, que a vida é uma coisa bem boa para quem vence e faz cair sobre o terreno que o circunda a chuva de ouro fecundante.

No seu orgulho de homem saído do nada, aquele gozo material da riqueza enchia-lhe a alma de uma espécie de heroísmo.

Era como se ele tivesse feito tudo, desde as pedras dos fundos alicerces do seu palácio até as mais esquisitas frutas do seu pomar e as mais divinas flores das suas roseiras. Semente germinada à custa do seu dinheiro, era obra sua, envaidecia-o, como se a suprema perfeição da planta lhe tivesse saído de entre os dedos poderosos.

Em todo esse sentimento de conquista havia a bondosa ingenuidade de ter sabido criar para os seus uma felicidade perfeita.

Nunca os filhos saberiam o que era uma infância como fora a sua, desagasalhada, errante; nunca a mulher saberia o que era ter um desejo sem esperança de satisfação, e a todos envolveria sempre o luxo, a abundância e a alegria.

As copas das palmeiras desenhavam-se em fila na atmosfera límpida.

Uns passos rangendo na areia chamaram-lhe a atenção para baixo da janela: Camila e Mário saíam de casa para o jardim. Ela, alta, bem desenhada no seu vestido claro, andava devagar; ele, com o peito florido por um fresco buquê de miosótis, as mãos nos bolsos, parecia ouvir a mãe com atenção a que não era afeito.

Seguiram ambos para o jardim da frente e deram volta a casa; quando os perdeu de vista, Francisco Theodoro desceu à sala de jantar. A mesa estava pronta; Nina, com o seu aventalzinho bordado sobre um vestido escuro, dava uns retoques à fruteira.

– O doutor Gervásio almoçou cá? – perguntou-lhe o tio.

– Como sempre.

– Virá jantar?

– Creio que não.

– É o diacho. Eu precisava falar-lhe!

– O seu empregado está pior?

– Parece-me que sim. coitado.

---

56. Ubre: teta.

Nina suspirou, e da fruteira passou às flores da jarra, pensando no velho Motta, que mal conhecia, entretanto. Depois de uma pausa:

– Quer que eu mande tocar a sineta?

– É bom esperar um pouco; tua tia está em conferência com o Mário. De maneira que o Gervásio não voltará hoje por aqui?

Nina não respondeu, o coração batia-lhe com força. A ideia da Lage deu-lhe o pressentimento da verdade. Seria certo, Deus do Céu, que Mário se casaria com a outra? Conferência com ele. Para quê?

Francisco Theodoro recostara-se em uma cadeira do terraço, lendo um jornal da tarde a que pouca atenção prestava. O que estaria a mulher a dizer ao filho? Julgava do seu dever não intervir naquela criançada; se o fizesse, seria para despersuadir a moça de tal casamento: conhecia a frivolidade do filho; o que o espantava era o consentimento do intransigente Meireles: só explicava aquilo por caduquice; miolo mole. – O homem ensandeceu! Ora, ora! Dar a filha ao Mário! – resmungava ele de vez em quando com estupefação, como se fizesse um comentário ao artigo acabado de ler.

Nina, que se agitava de um lado para o outro, indo de armário a armário, de janela a janela, veio para o terraço e encostou-se à balaustrada muito abatida. De seus olhos pardos saía uma luz branca onde relampejavam fulgores frios.

Vira de relance a tia e o primo embaixo dos tamarineiros e fugira depressa da janela da copa para o terraço, com medo de perceber-lhes nos gestos a expressão exata das palavras que diziam. Adivinhava a verdade, mas temia ouvi-la, porque essa verdade não a magoaria só, ofendê-la-ia também. Era como que um ultraje à sua mocidade outoniça, à sua pobreza e à sua fé no amor. Sentia-se predestinada a ser na vida uma expectadora da ventura alheia, e uma revolta de sentimentos dava-lhe desejos maus.

A tia, contra o dever, não amava, não era amada, não sacrificava tudo pelo perfume de uma palavra amorosa, pela loucura divina de um beijo? Aquele livro de paixão, tão imprudentemente aberto diante dos seus olhos, não a fizera por tantas vezes estremecer de inveja e sonhar com as delícias do amor?

Até aí respeitara aquela paixão, sentia-a sincera, fazia-se cega, apiedada daquelas almas felizes. Agora tinha ímpetos de se vingar, de arrancar das mãos do tio o jornal, de gritar-lhe com toda a força a história daqueles amores que a humilhavam, porque entre ela e a tia, não era a outra, casada e mãe, mas sim ela, órfã e virgem, quem tinha direito àquela felicidade de amar e de ser amada.

Duas borboletas brancas passaram rente a ela, perseguindo-se.

Nina fechou os olhos, mas a visão da felicidade alheia lá estava dentro. Qual seria o interesse da tia em casar o Mário?

Lia e Raquel interromperam-na; vinham nas bicicletas a toda a força, reclamando o jantar aos brados. O pai sorriu, achando-as lindas, assim rosadas, com os cabelos ao vento.

Elas, já combinadas, atiraram-se para ele turbulentamente, pedindo-lhe ao mesmo tempo as mesmas coisas. Queriam um carrinho de verdade, puxado a pôneis, com o cocheiro vestido de azul.

Nina aproveitou para mandar servir o jantar, morta por interromper a conferência da tia.

E quando Camila e Mário entraram na sala, ninguém lhes soube ler nas fisionomias uma sombra sequer da verdade: falavam ambos do baile como se de outra coisa não tivessem tratado.

Foi só à noite que Mila disse no quarto ao marido:

– O Mário aceita o casamento. Assim como assim, ele não tem mesmo gosto para o comércio...

XVI

Na sua salinha da rua Funda, estendido no velho canapé empoeirado, seu Motta, emagrecido, com a barba crescida, as faces chupadas, olhava para as moscas que zumbiam, negrejando na cal da parede encardida.

Lá dentro, a filha cortava o silêncio de vez em quando com as suas passadas vagarosas, em que se sentia o cansaço.

Tinha razão: era só para tudo. O pai, apesar da impertinência da moléstia e das suas exigências de homem amigo da limpeza, resignava-se quase sem protestos àquela imundície em que se ia encharcando. Certo de que isto de se dizer que uma mulher pode fazer todo o serviço sem se enxovalhar é coisa de romance. A Emília andava com as mangas e o avental sujos de carvão, tinha as unhas impregnadas do cheiro da cebola e do alho; e as mãos, avermelhadas pelo uso do sabão da terra com que esfregava a roupa, tinham perdido o jeito para a carícia doce, macia, tão querida das crianças e dos doentes. A pobre andava escada abaixo e escada acima, do sótão para a cozinha e da cozinha para o sótão, com os ombros vergados ao peso da bacia cheia de roupas ensaboadas ou torcidas, para estender lá em cima no telhado, a um calor de rachar.

A paciência esgotara-se-lhe, ela andava aos suspiros, cada vez mais cor de cidra.

Quando se mirava no espelhinho do seu quarto, ela mesma se achava feia. O seu rosto alongava-se, tomava uma expressão de animal.

O pai chamou-a:

– Emília, olhe, veja se pode dar uns pontos nestas meias, estão-me incomodando. O paletó está sem botões.

Ela não respondeu, foi dentro e voltou:

– Estão aqui outras meias.

– Tenha paciência, minha filha, eu não posso dobrar a perna...

Emília agachou-se e mudou as meias do pai. Ele continuou:

– As minhas calças de brim estão muito encardidas, será bom alvejá-las enquanto eu estou em casa. Vão ser muito precisas. O meu terno de casimira está escovado?

Ela mal respondeu com um sinal de cabeça. O pai, querendo poupá-la, com remorsos de lhe dar semelhante existência, atrapalhava-a com exigências; eram os lenços rotos, as ceroulas sem nastros, ou porque as cadeiras tinham um dedo de pó, ou porque as plantas das latinhas morriam nas janelas à míngua d'água, torradas de sol.

Enfadada, Emília fazia os reparos exigidos, em silêncio, com ar rebarbativo. Então o velho voltava o rosto para a parede e fechava os olhos para reter as lágrimas.

Vinham-lhe à mente os seus bons tempos de Pernambuco e a alegria da sua defunta, tão ativa, tão pagodista e festeira.

Quem diria que de tal mãe.

À hora do jantar, a filha ajudou-o a ir para a mesa, em um canto da cozinha, ao pé de uma janela com vista para telhados.

De enfastiado, ele às vezes não se continha e suspirava:

– Que jantarzinho cangueiro.

Emília não respondia; punha-lhe no prato o feijão e a carne-seca, que ele engolia com esforço.

Nesse dia a tarde estava quente.

O papagaio da vizinha arremedava as vozes e as gargalhadas das moradoras de baixo, reunidas no quintal.

Motta sentiu vontade de palrar um pouco também, mas a companheira voltou-lhe as costas para ir lavar as panelas e o cheiro das banhas frias tornou-se insuportável.

Ele voltou resignado para o canapé da saleta, martelando com a bengala o chão roído pelo caruncho e pelos ratos.

O seu sonho era sair, voltar ao escritório, tatear as folhas dos livros, pensar em negócios, deixar de ver o rosto comprido da filha e de sentir a morrinha da casa suja.

Quem de vez em quando cortava aquela pasmaceira com um pouco de alegria era a baiana Bertolina, que lhes levava um resto de quitanda recambiada, fatias de mané-taiado ou cocadas com abóbora, sujeitas ao azedume. E então era só:

– Ioiô! Iaiá! – E gargalhadas frescas e: – É preciso paciência, atrás dos dias maus vêm os dias bons, não é, meu Ioiô? Tenham fé em Deus. E adeus, minha Iaiá, e adeus, meu Ioiô!

Seu Motta sorria lambiscando as cocadas, feliz por ver alguém rir.

Nessa tarde a Bertolina iria a propósito; mas quem apareceu foi o Ribas.

Seu Motta contava as moscas da parede, sem querer dar confiança ao rapaz, mas abria os ouvidos.

Ele estava mortinho por dizer o que sabia, e logo depois de uma meia dúzia de palavras:

– Ontem houve um baile em casa de seu Theodoro. Diz que a rua estava cheia de carros. Só o vestido da Dona Camila custou dez contos...

– Quem acredita nisso...

– O Mário vai casar-se com uma moça que tem para cima de mil contos. Foi ao baile coberta de joias. Seu Guimarães, seu Castro, todos estes turunas[57] do café foram lá.

– Como sabe você de tanta coisa?

– Foi o Isidoro quem me contou.

O Ribas, com os ombros descaídos e um sorriso nos lábios moles, falava em suntuosidades com a voz empapada em saliva.

O velho tossiu, fingiu querer dormir, negando confiança ao rapaz, sentindo-o abusivo. Vendo que o outro o não entendia, exclamou:

– Você não tem que fazer?

– Eu ainda não achei emprego...

– Veja lá, eu não quero que seu cunhado pense que o retenho em minha casa...

– Meu cunhado não me governa.

Seu Motta despediu o Ribas, mas logo que o viu descer a escada sentiu-lhe a falta. Ao menos aquilo era alguém, sempre trazia um eco de vida, um zum-zum de fora.

O Ribas desceu, enfarado[58] daquele velho cainha[59] que não escorrera nem um tostãozinho para o café; se pensava que ele ia levar as novidades só pelo amor dos seus olhos! Burro! Ele ainda haveria de ensinar toda aquela canalha a temê-lo e a chover-lhe dinheiro no bolsinho; era só falar com o Pirueta da Pedra do Sal, que lhe ensinasse a capoeiragem...

Na rua da Saúde parou à porta do armarinho da irmã, a Deolinda, que esmiuçava a grenha hirsuta de um filho de três anos, recostado sobre o seu ventre enorme.

Ribas fez-lhe sinal da porta, perguntando se podia entrar e observando ao mesmo tempo se o cunhado estaria ali; ela disse-lhe que não entrasse e, sacudindo-se a custo, foi à porta e falou-lhe em segredo.

---

57. Turuna: poderoso.
58. Enfarado: entediado.
59. Cainho: que age com mesquinhez.

– Você não tem vergonha? Vá-se embora! Ubaldino tá aí...

– Queria que você me emprestasse quinhentos réis.

– Onde é que eu vou buscar dinheiro, gente!

– Na gaveta do balcão.

– Na gaveta! Por você ter mexido na gaveta do balcão é que aconteceu o que aconteceu; vá-se embora!

– Não seja má, Deolinda.

– E o seu ordenado? Olhe: nós não fazemos negócio nenhum. Minha criança está para nascer e eu não tenho nem uma camisinha arranjada. Mal dá pra comer, sabe Deus como!

– Não seja sovina; depois eu pago.

– Ubaldino aí vem... vá-se embora.

– Ora.

E com arremesso o Ribas seguiu pela calçada até as docas; à porta, encheu-se de batata-roxa, cozida, que a Bertolina baiana vendia, tagarelando com uns marinheiros do Lloyd. Depois das batatas o Ribas ainda teve uns tostões para tangerinas. Só bem repleto foi que bateu as solas rotas pelas calçadas, a caminho da rua de São Bento.

Aí chegado, quis desafiar a paciência de seu Joaquim, postando-se como um basbaque à porta do armazém, vendo os trabalhadores na sua faina entrarem e saírem sem interrupção.

Em cima, no escritório, Francisco Theodoro, amolecido pela sua noitada de festa, narrava lealmente ao Meireles, pai da Paquita, a inaptidão do filho para o trabalho.

O Meireles sorria; que descansasse, ele encaminharia tudo – e acrescentava:

– Paquita, com aquele ar de songamonga, é de uma energia de homem. Não é de brinquedos. Tem um juízo notável. Eu agora levo-os para a Europa, faço o Mário observar o movimento das principais praças e na volta você verá, Theodoro, como o seu filho há de trabalhar! Será então tempo de você ceder-lhe o campo...

– E eu estou morto por isso...

– Então? Urge andar depressa, que eu não quero perder a viagem do Equateur.

Francico Theodoro começava a compreender que a Paquita, se era assim, seria a única mulher capaz de modificar o caráter do filho. Mário seria um instrumento nas suas mãos enérgicas. Não a supusera nem a cria ainda tal, tão frágil, tão esbranquiçada e inexpressiva a vira sempre na moldura dos seus cabelos louros.

Estava bem; Mário precisava de uma vontade firme, que o dominasse e dirigisse; nem com uma lanterna acesa encontraria coisa tão boa.

Paquita seria a salvação do seu filho, a garantia da sua casa comercial, que já não acabaria com ele.

Pensando assim, uma ternura desabrochava na sua alma para aquele filho perdido, que tamanhas desilusões lhe semeara na vida. Começava a sentir que lhe não perdera o amor.

Ele continuaria aquela casa, com tanto trabalho nascida, que teria com ele a mesma força, a mesma tradição... Seria sempre a Casa Theodoro, feita pela sua ambição, perpetuada na sua descendência...

XVII

Nina tinha voltado do casamento de Mário e despia-se devagar no seu quarto, com os olhos fixos na luz branca do espelho.

Era o fim, e nem por estar tudo consumado se resignava. Para bem dela, os noivos iam nesse mesmo dia para Petrópolis, e de lá só voltariam para bordo de um transatlântico. Como seria doce à Paquita cruzar os mares nos braços do seu amor.

Nina desprendeu do corpete as flores de laranjeira que a noiva lhe dera para casar depressa e contemplou-as com ironia... ia atirá-las ao chão quando alguém bateu à porta. Abriu.

Era a Noca, que vinha toda alterada.

– Nossa Senhora! Quebrou-se o espelho grande do salão!

– Quem foi que o quebrou? – perguntou Nina para dizer alguma coisa.

– Ninguém sabe. Veja só que desgraça estará para acontecer! Espelho quebrado: morte ou ruína.

– Morte! Se fosse a minha.

– Cala a boca, menina, não diga asneiras. Quem é que ama uma vez só na vida?

– Muita gente. Eu.

– Não acredite, deixe falar. A senhora é moça, verá. Mas venha ver o espelho; não presta a gente ficar calada quando está aflita. Parece arte do diabo, cruzes! Logo hoje!

– Vá andando, eu já vou.

Nina mudou de vestido à pressa e desceu.

Encontrou dois criados boquiabertos em frente ao espelho, prevendo desgraças, sugestionados pela influência da Noca.

– Que pena!, um espelho tão rico – murmurou Nina maquinalmente, pensando na Paquita.

– O caso não é o dinheiro. Eu cá não tenho pena, tenho medo.

– Agora que se há de fazer? Ter paciência e esperar – disse Nina com um sorriso pálido.

– Esperar! Diz você muito bem. Foi uma vontade mais forte que fez aquilo, temos que esperar grandes coisas. Noca não fala à toa. Vocês verão. É melhor não dizer nada a nhá Mila.

– É melhor.

No dia seguinte, quando o doutor Gervásio entrou no jardim de Camila, encontrou-a no terraço, rescendente e fresca no seu penhoar marfim pontilhado de ouro.

– Como estás linda! – murmurou ele pegando-lhe na mão, que ela deixou beijar à grande luz, como se a ausência de Mário cegasse todos de casa.

E o casamento de Mário fora um alívio para ambos. Estavam livres daquela testemunha importuna que tinham de respeitar. Mila bendizia aquele casamento, que a libertava de uma humilhação constante, levando-lhe o filho para as terras do luxo e do prazer. Separando-se, ele ia ser feliz. Que mais poderia desejar um coração de mãe?

Foi nesse mesmo dia, à tarde, que Francisco Theodoro chegou sombrio a casa e, em vez de subir, como de costume, encerrou-se no escritório, embaixo. Camila entrou da rua mais tarde, sacudindo-se à pressa pela escada acima.

Durante o jantar só ela falava, muito risonha, rescendendo à essência com que Gervásio a pulverizara pouco antes no chalezinho da Lagoa, onde escondiam o seu amor. Aquele perfume era como que a alma dele que ela trouxesse consigo.

– Que linda tarde! Olhem para o jardim – exclamou ela, apontando para fora com a mão fulgurante de anéis.

Era um pôr de sol maravilhoso.

– Tudo cor-de-rosa! Parece-me que o jardim nunca teve tantas flores. Como isto é bonito! E há quem fale mal da vida; e há idiotas que se matam!

Francisco Theodoro cruzou o talher sem ter comido.

– O senhor está doente? – perguntou-lhe Nina.

– Não tenho vontade de comer, mandem-me o café ao jardim.

Camila contemplou-o com mágoa e explicou aos outros:

– Ele está impressionado com o casamento de Mário. Meninas, vocês procurem entreter e distrair seu pai. Mande guardar um copo de leite para ele, Nina; seu tio não pode ficar assim. Deus queira que ele não me fique doente...

E um véu de tristeza passou pelos olhos, há pouco risonhos, de Mila.

Mas nada houve nessa tarde que entretivesse Francisco Theodoro; ele repelia a companhia de toda a gente para ir passear sozinho lá para o fundo da chácara. Ruth tocou em vão as suas melhores músicas: o pai nem parecia ouvi-las...

Na sala de engomar, a Noca comentava a tristeza do patrão como um fato anunciado pelo desastre do espelho... – A coisa está começando... Eu não dizia?

À noite, enquanto Francisco Theodoro folheava embaixo a papelada do Inocêncio Braga, Mila despia-se em frente do seu psiché,[60] namorando a própria imagem, milagre da juventude, sentindo em um frêmito a delícia de bem merecer um grande amor.

Como a Sulamita, toda ela era formosa. O peito farto, o pescoço alvo e redondo, as mãos pequenas, os pulsos delicados, e uns olhos negros e pestanudos de onde jorrava uma luz veludosa e doce que toda a vestia de graça.

Ao prender o cabelo, lembrou-se de uma comparação de Gervásio; ele dissera uma vez, ao vê-la pentear-se, que as suas mãos eram como duas aves luminosas esvoaçando na treva. Mila sorriu.

Foi só depois das orações, ao espreguiçar-se no seu largo leito, que se lembrou ter de levantar-se cedo no dia seguinte para ir a bordo despedir--se do filho.

Tudo era como um sonho. O Mário já casado! Parecia-lhe que ainda o estava a ver pequenino e gorducho engatinhando pela casa, aquele sobrado da rua da Candelária, onde a sua vida fora tão diferente. E foi com a visão daquele filho em criança, daquela carne de rosas, daquela boca inocente que a babava de beijos, que ela adormeceu, sentindo-lhe o peso amado do corpo nos braços saudosos.

Quando soou meia-noite, em toda a casa só havia de pé Francisco Theodoro, que folheava ainda no escritório a papelada do Inocêncio Braga.

Nessa manhã ele tivera o primeiro toque de alarma, num telegrama do Havre para o jornal, que afirmava ter descido o preço do café nos principais mercados.

Aflito, com a percepção de um desastre iminente e enorme, abalou logo do armazém para o escritório do Braga, que o recebeu entre duas risadinhas fanhosas, repimpado na sua cadeira de couro.

– Que é isso! O senhor é assustadiço... pois não percebe que isso tudo é jogo?

– Não compreendo... – balbuciou Francisco Theodoro com um enleio, em que entrava com um amargo desapontamento a doçura de uma vaga esperança.

– Não compreende porque é um nervoso; não tem a calma dos grandes espíritos empreendedores. Eu desejaria convencê-lo da certeza dos seus lucros; mas na disposição de espírito em que está, vejo que isso é coisa difícil. Verá que amanhã não teremos notícia alguma.

Aquilo é feito aqui, homem, garanto-lhe que é feito aqui!...

---

60. Psiché: móvel com espelhos grandes e gavetas.

– É impossível!

– Acredite.

– Não pode ser. O jornal, tão sério...

– Ora, não pode ser!... Que ingenuidade! Se eu lhe afirmo é porque sei. E se não fosse assim eu estaria calmo? Diga, seria possível que eu estivesse calmo?

– Penso de outro modo; tenho lá grande parte do meu capital!

– Ninguém diz o contrário... sei... é natural o seu cuidado; somente, afirmo-lhe que é infundado. Amanhã, ou haverá silêncio,ou há desmentido. Tudo isto é jeito. Olhe, o Gama Torres está satisfeitíssimo; saiu há pouco daqui. Está contente; aquele é um homem do tempo, há de ir longe...

– Pois eu confesso-me arrependido.

– Ora, não diga tal! Que barbaridade! O nosso triunfo é certo. E, já que se mostra assim apreensivo, façamos uma coisa: telegrafemos ao Lacerda. Eu por mim não telegrafaria, conheço a alma destas maquinações. Tudo é química. Digo-lhe mais: eu estou contente... Olhe, amanhã poderei provar-lhe com documentos irrefutáveis a veracidade das minhas afirmações. Venha cá às duas horas.

Francisco Theodoro saiu menos torturado; mas, à proporção que as horas avançavam, voltava-lhe a inquietação, a ponto de não poder trabalhar. Fugiu para casa e ali encontrou o mesmo desassossego.

Atirou-se aos papéis; leu-os, releu-os, tirou notas e cada vez sentia maior confusão naquele embrulho de problemas em que todo o seu bom senso naufragava.

Inquietava-se com pressentimentos. Era muito disso. Afinal, um telegrama isolado, discordando de tudo o que se dizia, podia não ser verdadeiro. Afligiam-no certos zum-zuns da cidade. Os boatos são como os corvos, aparecem no ar atraídos pela podridão oculta.

Todavia, forcejava por acreditar nas boas previsões do Braga. O homem era honesto e tinha nas mãos hábeis o fio da trama; logo, melhor seria esperar pelas tais provas irrefutáveis...

Eram seis horas da manhã quando Camila o chamou para irem ao Equateur.

Foi um alvoroço em casa.

Noca era a mais curiosa; queria ir também despedir-se do Mário e ver por dentro uma daquelas casas flutuantes onde não viajaria nem à mão de Deus Padre!

Apressou-se em vestir as gêmeas, que se faziam de tolas, exigindo os vestidos novos e os chapéus cor-de-rosa.

– Não – ponderava ela –, deixem os chapéus cor-de-rosa para passear na cidade... levem os brancos.

146

– Eu quero levar o chapéu cor-de-rosa – gritou Lia; e logo Raquel:

– Eu também quero levar o chapéu cor-de-rosa.

– Que tolice, gente! Um chapéu daqueles para o mar!

As meninas berraram, e Mila interveio:

– Pois que levem os chapéus cor-de-rosa; também vocês gostam de aborrecer as crianças.

Às dez horas embarcaram numa lancha. Ruth lembrou-se do passeio ao Netuno e, voltando-se para a mãe, perguntou:

– É verdade! Nunca mais a gente soube do capitão Rino.

Camila levantou os ombros.

– Quando ele voltar, hei de pedir-lhe que nos arranje outro passeio pela baía.

– Por uma noite de luar... – disse Camila.

Ruth acrescentou, para bulir com a Noca, que se agarrava às bordas da lancha:

– Ou mesmo por uma noite de tempestade, com muitos relâmpagos e trovões. Ainda há de ser mais bonito.

– Ué, que maluquice! – exclamou Noca. – Nossa Senhora da Penha! Eu com este sol todo estou com medo, quanto mais...

– É pena que Nina não tivesse vindo...

– Para quê? Para ver a outra?

Francisco Theodoro não ouvia nada; percorria com a vista ansiosa todos os telegramas dos jornais. Nada; não vinha nada; e com isso ele não sabia se havia de achar motivo de alívio ou de maiores apreensões.

Quando subiram ao tombadilho, já lá encontraram o Meireles, mais o Mário e a Paquita. Ela, sempre com o seu arzinho enjoado, contando as palavras que dizia, tratando a família do marido com cerimônias afastadoras. Mário ia e vinha, solícito, obedecendo com sorrisos às ordens que ela lhe dava em frases curtas:

– Que fosse ao camarote guardar-lhe a bolsa das joias. Que lhe fosse buscar a capa... Que verificasse quais as malas que iam para o porão e que mandasse a vermelha para o beliche.

Mal ele se lhe aproximava, logo ela o incumbia de qualquer coisa que o afastava: – Que contasse os volumes. Que entregasse a cesta das frutas ao *maître* do hotel, recomendando-lhe que as metesse na geleira. Que pusesse os seus cartões de visita nas costas das cadeiras para evitar confusões. Mário girava sobre as solas de borracha dos sapatos claros e lá ia lépido cumprir as ordens. Camila pasmava. Quem lhe diria que aquele era o mesmo Mário indomável, seco, tão imprestável sempre aos favores pedidos pela mãe e as irmãs? Vendo aquilo, subia-lhe do coração aos olhos uma tristeza ciumenta, mágoa de alma ferida a que nenhuma razão abafa a queixa.

Paquita percebeu tudo e redobrou de frieza, mal respondendo às perguntas da sogra.

Entretanto, Theodoro e o Meireles passeavam a largas passadas da proa à ré.

O velho Meireles era de opinião que o telegrama do jornal inserido na véspera era coisa séria, de alarme. Francisco Theodoro engoliu em seco; não teve coragem para lhe dizer que grande parte do seu capital fora atirado à voragem de uma especulação. Relatou, porém, as palavras do Braga e as suas afirmações.

– Não me fale nesse homem – interrompeu o outro com violência –, é um especulador sem escrúpulos. Quer mais claro? É um ladrão! Veio de Portugal, há coisa de seis anos, sem vintém, e sabe quanto já passou para Inglaterra em bom metal? Mais de mil contos! Vi a prova. O patife! Aquilo é lá da minha freguesia... conheci-lhe o pai, era outro marreco que tal! Homem, não se deixe levar pelas cantigas novas, nós antigos, verdadeiros pés de chumbo, caminhamos devagar e escolhendo terreno. Essas basófias e esses atrevimentos são bons para quem não tem nada a perder. Olhe, lá toca a retirada; avise sua senhora para descerem sem precipitação.

Ao abraçarem Mário, Francisco Theodoro, com a voz estrangulada, recomendou-lhe:

– Juízo, meu rapaz!

Camila, branca como mármore, apertou o filho com força ao coração; depois, sentindo-o frio no seu abraço, beijou-o no pescoço e na face e fixou nele em uma queixa muda os seus grandes olhos magoados. Foi só na lancha, escondendo-se dos olhares da Paquita, que ela desatou em soluços que ninguém tentou reprimir.

Havia em todos igual ressentimento. Noca chamava mentalmente a Paquita de lambisgoia, percebendo que ela roubava o Mário a toda a família, absolutamente. Ruth reconhecia que as separações são as reveladoras do amor. Cuidara ela nunca porventura que um abraço de despedida custasse tanta pena? Lia e Raquel abriam olhares curiosos para tantos rostos preocupados, e só Francisco Theodoro acenou para o filho com um lenço, pondo naquele adeus toda a sua ternura.

Quem lhe diria? Agora, na possibilidade de um desastre, a única pessoa da família que ele via salva era o Mário!

Chegando à terra, Camila e as filhas foram de carro para casa, e Francisco Theodoro, depois de almoçar à pressa num restaurante, seguiu impacientemente para o armazém.

À porta dele a pretinha Terência guinchava contra um italianinho que se lhe associara sem licença ao negócio, atirando-se à pilhagem do café da calçada.

– Há alguma novidade? – perguntou Theodoro ao gerente.

– Não, senhor. Ah! É verdade, o Motta parece que está moribundo.

– Pobre homem...

– A filha veio hoje procurar o senhor; vinha chorando.

– Há de ser preciso mandar recursos a essa gente.

– Arreda dali aquele saco, João!

– Coitado do Motta.

O gerente já não o ouvia: determinava serviços.

Chegado ao escritório, Francisco Theodoro tratou de remeter dinheiro ao Motta e informar-se do seu estado. O portador voltou depressa. O velho tivera uma síncope mas estava melhor.

– Coitado do Motta – murmurou Theodoro consultando o relógio, morto pelas duas horas. E às duas horas correu ao escritório do Inocêncio.

Em cima um empregado informou-o de que o senhor Inocêncio partira nessa manhã para Petrópolis a negócio urgente. Deixara dito que na volta iria procurá-lo.

Francisco Theodoro não conteve um movimento de raiva e saiu tonto, sem cumprimentar ninguém.

O ruído, o trabalho, o movimento alegre da rua fizeram-no sentir mais o seu cansaço moral. Ia cabisbaixo quando encontrou o Negreiros; deteve-lhe os passos e, quase sem explicação, perguntou-lhe:

– Diga-me cá: que opinião faz você do Inocêncio Braga?

O Negreiros sorriu, coçou o nariz enorme, e sibilou:

– Aquilo é um espertalhão; não é bom fiar, não é bom fiar.

– E que me diz você daquele telegrama do jornal de ontem, sobre a baixa do café?

– Que hei de dizer? Que anuncia catástrofe para muita gente boa. Sabe o que me consola? É que os Estados Unidos ainda levarão um rombo maior do que nós. Não lhe parece?

Que importavam a Francisco Theodoro as falências dos americanos! Ele só tremia pela dele, era na sua fortuna que estavam condensados todos os bens do universo.

Negreiros sentiu-lhe a mão fria, ao apertar-lha, e voltou-se de repente, fixando-o nos olhos:

– Homem, querem ver que você...

O negociante não lhe respondeu; simulando pressa, passou adiante.

Nessa tarde ele encontrou a casa cheia. Dona Inácia espalhava receitas de doces por todos os cantos onde encontrasse dois ouvidos pacientes. A Carlotinha, com o seu ar picante de morena desembaraçada, debicava as Bragas, que riam muito, aludindo aos namorados da Judite e da irmã, piscando para um estudante de medicina, o Oscar Pereira, que elas apresentavam nesse dia à família Theodoro, como um excelente recitador de monólogos.

Mas na casa pouco se apreciavam os versos e ninguém lhos pediu.

O doutor Gervásio jogava com o Gomes e o Lélio, Camila girava pela casa, esquecendo-se, no meio do ruído, da impressão de abandono dessa manhã no Equateur.

Lá dentro, Nina mandava acrescentar mais uma tábua à mesa e descia à adega para determinar ao copeiro os vinhos a servir.

Assim, aquele dia de semana parecia de festa.

Francisco Theodoro sentou-se ao pé do piano e olhou para todos como se olhasse para fantasmas. Que quereria dizer tanta alegria? Então toda aquela gente não teria mais que fazer, nem outras coisas em que pensar?

Não esteve muito tempo sossegado. Lia e Raquel saltaram-lhe para os joelhos, e ele, cansado, deixou-as trepar, e fez de cavalinho durante alguns minutos...

XVIII

Todos os dias era aquilo: logo pela manhã Francisco Theodoro saltava da cama com sentido nos telegramas do jornal. Desta vez, como das outras, sofreu o mesmo desapontamento. Lá vinha a notícia de que o café baixava de preço, pouco a pouco, invariavelmente.

Vestiu-se à pressa e desceu ao jardim, taciturno, como se os pesadelos da noite se prolongassem. E o sol estava lindo. As cigarras cantavam pelos tamarineiros.

Eram seis horas, e já Lia e Raquel andavam aos saltos, ainda de calções de dormir. Noca perseguia-as, chamando-as para o banho, com os enxugadores no braço e a saboneteira na mão.

– Então, crianças; que cacetes!

As pequenas, de queixinhos erguidos, sorriam para o pai, tomando-lhe o passo.

– Bons dias, papai!

– Bons dias, papai!

O pai nem sorriu, afastou-as com brandura e disse:

– Vão tomar o seu banho.

– Eu quero passear com o senhor.

– Eu também quero...

– Não façam esperar a Noca. Vão tomar o seu banho. Logo...

As crianças começaram então a desafiar a paciência da mulata, em correrias e negaças. Francisco Theodoro seguiu sozinho para o fundo da chácara. E por ali andou calado, sem atender aos cumprimentos dos empregados que passavam por ele.

Sentia-se opresso, como se carregasse nos ombros um fardo muito pesado. Era a primeira vez que atentava na pequena duração da mocidade: a falta da energia dos outros tempos doía-lhe na alma.

E as cigarras cantavam; felizes, as cigarras, que só têm vida para isso...

A Nina foi ter com ele.

– O senhor anda muito madrugador... Quer almoçar? Está tudo pronto.

Ele puxou pelo relógio.

– Sim, posso ir, são quase nove horas...

Entraram. As pequenas puseram-se aos lados do pai, que lhes metia na boca bocadinhos de pão com ovo.

– O senhor dá tudo às meninas e não come nada! – observou Nina.

– Não tenho fome.

– Depois fica doente. Por que não fala com o médico?

– Eu?! Para quê?

– Aqui está o café.

Engolido o café, de um trago, Francisco Theodoro saiu apressado.

Noca foi espiá-lo à janela e veio dizer à Nina que seu Theodoro parecia outro homem; até mudara de andar. Contemplaram-se as duas, e foi ainda a mulata quem murmurou:

– Quem sabe se alguém disse de nhá Mila, hein?

Às onze horas, quando se sentaram à mesa do almoço, já a visão de Theodoro se desvanecera. Deveria ser um mal passageiro.

A mesa era farta, o sol brilhante punha na sala manchas vermelhas através do toldo riscado das janelas; sobre a toalha havia os mesmos excelentes vinhos e o mesmo excelente aroma de manacá. Nas jardineiras, os tufos rendados das avencas davam, como em todos os dias, igual aspecto de frescura à sala; as crianças rebentavam de saúde... Que mais seria preciso para que as horas voassem na vida como num sonho?

Entretanto, o doutor Gervásio perguntou a Mila.

– Seu marido está melhor?

– Não sei; anda amofinado. Sentiu muito o casamento de Mário. Ele não quer que se diga que está doente. E efetivamente não está. Não sei o que é aquilo.

Gervásio calou-se, pensativo. As gêmeas começaram a rir uma da outra.

– Viu que bonito cróton está no vaso da entrada, doutor? – perguntou Ruth ao médico.

– Vi. O cróton é bonito, o vaso é que é medonho. Tirem aquele vaso de alabastro dali ou eu não volto cá.

– Acha feio?

– Horrível.

Nesse dia, Francisco Theodoro não achou um instante de alívio no trabalho.

Foi ao escritório do Inocêncio e maçou-o com interrogações, percebendo que o achavam fastidioso e que o evitavam disfarçadamente.

Já havia perto de três meses que os telegramas anunciavam regularmente, numa proporção de acinte, a baixa do café no Havre.

E ainda o Inocêncio conservava o seu risinho zombeteiro, de sentido esgarçado, fugitivo.

Francisco Theodoro, mais enfurecido nesse dia que nos outros, teve ímpetos de bater-lhe, tal foi a raiva de o ver sorrir; todavia, conteve-se, certo de que nada lucraria, e desceu a escada do outro com o protesto de ser a última vez.

Quando entrou no seu escritório, o guarda-livros estendeu-lhe um telegrama: A casa Mendes e Wilson, de Santos, declarava falência, arrastando na queda grandes capitães de Theodoro.

O negociante leu a comunicação em silêncio e em silêncio se conservou por algum tempo, branco como a cal, suando em grossas camarinhas, de olhar parado e o papel aberto nas mãos trêmulas.

Os empregados do escritório assistiam mudos e contrafeitos àquela cena. O Motta já lá estava, muito amarelo, de olhos encovados, mal escovado, com a gravata torta num colarinho amarrotado, com o triste ar de pobreza relaxada; também ele percebeu que pairava ali uma grande desgraça, e sacudiu piedosamente a cabeça, fixando o rosto transtornado do patrão.

Ouviam-se as moscas no ar zumbir com força.

Quinze dias mais tarde anunciava-se o fim de tudo – a grande casa Theodoro teve de declarar falência.

Na família nada se sabia; o negociante readquirira nos últimos tempos uma relativa serenidade. Tinha de se render à praça numa segunda-feira, e exatamente no domingo a sua mesa encheu-se.

A família Gomes chegou cedo.

Dona Inácia mudara mais uma vez o feitio ao seu vestido de seda cor de pinhão; que seda aquela!, parecia nova, com as rendas pretas do adorno.

– Então, como se passa por aqui? – disse ela alegremente, repimpando-se na melhor cadeira da sala de jantar.

– Assim, assim... tio Francisco não anda nada bom, está muito abatido – respondeu Nina.

– Isso é que é mal. E sua tia?

– Está lá em cima, já vem.

152

– Gostaram dos biscoitos que eu mandei?

– Muito, são muito bons.

– Eu trouxe a receita para Mila. Amanhã, se Deus quiser, hei de experimentar outros. Como a Ruth cresce! Aqueles são de polvilho. Perceberam?

– Percebemos.

– Com muitos ovos. Nas confeitarias não se fazem assim.

– Não.

Carlotinha tirava o chapéu em frente ao espelho da etagere cantarolando:

> No Brasil é doce de ovos,
> Chiquita!
> Um beijo dado em você.
> Um beijo.

e chilreou um beijo no ar, cumprimentando Ruth, que sorria para ela.

Judite, com o seu andarzinho saltado de mulher baixa, rabeou pela sala, sacudiu os braços numa tilintação de pulseiras e roubou Nina à mãe, puxando-a para o terraço:

– Você sabe duma coisa? Fui pedida em casamento. Ah, como é bom! Como eu estou contente!

– Foi o Samuel?

– Então, quem havia de ser?

– Seu pai não queria.

– Que remédio teve ele... Custou, hein? Ele há de passar por aqui. Você vem comigo para o jardim?

Pouco depois chegaram as Bragas com o estudante dos monólogos. O doutor Gervásio mesmo, que não costumava aparecer aos domingos, lá foi para o joguinho com o Lélio e o Gomes.

Francisco Theodoro mandou abrir cerveja. A criançada da vizinhança tagarelava pelos corredores. Fazia um sol!

– Gostou dos biscoitinhos que eu lhe mandei, senhor Theodoro?

– Muito bons... a senhora dona Inácia é emérita. Sabemos.

– São de polvilho. Eu trouxe...

Camila apareceu na sala. Vinha bonita, toda de azul. Dona Inácia remexeu-se nas sedas e levantou-se interrompendo a frase. Disse outra:

– Como ela vem! É um céu!

De vez em quando Nora aparecia na porta do corredor, percorria com a vista toda a sala e voltava risonha para dentro, contando aos outros criados, em arremedos alambicados, as pieguices enjoadas da Terezinha Braga com o estudante dos monólogos, pelos vãos das janelas.

– Credo, um mocinho tão aquele...

Às dez horas da noite começou a debandada. As primeiras a sair foram as Bragas, com muitos adeuzinhos e risadas. O doutor Gervásio carregou com o Lélio, dando-lhe hospedagem com a condição de lhe ouvir Chopin. As Gomes foram as últimas. As moças saíram carregadas de flores e mudas de plantas, e dona Inácia com o braço vergado ao peso da bolsa cheia de pêssegos inchados, bons para doce.

Com o pretexto da doçaria, ela passava sempre revista ao pomar de Camila. O marido dava-lhe o braço, com a cabeça erguida, para que não lhe caísse do nariz o pesado pincenê de tartaruga.

– Foi um dia bem passado! – disse depois Mila à sua gente.

Os outros concordaram.

Recolheram-se. Quando viu toda a casa silenciosa e fechada, Francisco Theodoro entrou no quarto das crianças.

Do gás em lamparina descia uma luz doce, atenuada por um globo de porcelana.

Em duas caminhas iguais, de ferro branco com varais dourados, e separadas apenas por um intervalo de um metro, as duas meninas dormiam profundamente, com os lençóis revoltos, as pernas nuas, os cabelos espalhados sobre as almofadas. Por acaso estavam ambas de papinho para o ar e lábios entreabertos.

Era a primeira vez que as achava semelhantes. Lia, batida de luz, parecia mais clara, tinha um joelho erguido, amparado pela aba da cama; a outra velava-se em uma meia sombra, com as mãos espalmadas no peitinho gordo.

Que dormir tão bonito. Quase que lhes lia os sonhos através das pálpebras mimosas...

Francisco Theodoro esteve longo tempo a olhar, ora para uma filha, ora para outra. Como eram bons aqueles leitos, como era espaçoso aquele quarto, como eram finos aqueles sapatinhos que descansavam vazios sobre o tapete e como cheiravam bem aquelas sainhas bordadas e aqueles vestidos brancos que estavam ali atirados para as costas de uma cadeira! E não poderiam crescer assim as suas filhas, com aquele conforto de luxo! Dias depois sairiam do seu palacete e iriam para onde? Que os esperaria a todos?

Francisco Theodoro curvava-se para beijar Raquel quando sentiu passos; voltou-se assustado. Era Noca que entrava com um copo de leite. A mulata, que vinha deitar-se, recuou espantada. O negociante explicou:

– Pareceu-me ouvir gemer: vim ver o que era.

– Tão sonhando... às vezes basta mudar de posição e ficam logo quietas.

– Sim, estarão sonhando, queira Deus que os sonhos sejam bons.

– Elas não têm nada! Tão frescas, apalpe só pra ver...

154

– Sim, deixe-as dormir. Olhe por elas, olhe por elas!

Francisco Theodoro saiu do quarto com um nó na garganta. Como seriam educadas aquelas crianças? As pobres ainda não sabiam nada, nem uma letra, nem uma! Em vez de subir para o seu quarto, onde Camila adormecia, ele acendeu uma vela, apagou o gás da saleta e desceu para o seu escritório, no rés do chão.

A uma hora da madrugada, Theodoro escrevia ainda. Do lampião de bronze descia uma luz calma, fixa, propícia à escrita. A mobília de canela e de couro lavrado, nua, bem arrumada, tomava uma feição de espanto naquela claridade muda.

Sobre o contador, o cavalheiro de capa e espada desenhava na parede cor de avelã a sombra da sua atitude arrogante e viva.

Na mesa, ao lado do código de Orlando, o tinteiro de prata tinha reflexos brancos; e só das quatro molduras douradas dos quadros saltavam lampejos luminosos que animavam a sala.

Francisco Theodoro escrevia cartas: acabada uma, começava outra. Dir-se-ia que as palavras eram em todas iguais. A pena corria dando as mesmas voltas e rangendo com força, como se fosse calcada por uns dedos de ferro. Terminada a última, colocou-as em um maço sobre a pasta e encostou-se na larga cadeira, ofegante, com os olhos no vácuo. Esteve largo tempo assim, imóvel. Depois, sem que um único músculo do rosto se lhe contraísse, abriu uma gaveta da secretária, tirou dela um revólver e examinou-o com atenção. Era uma arma nova, reluzindo ainda às últimas fricções da camurça; o negociante revirou-a entre os dedos, moveu o gatilho, carregou-a e tornou a guardá-la na mesma gaveta, que fechou a chave.

Estava ali dentro o descanso, a eterna paz.

Tinha ao alcance da mão o esquecimento de tudo.

No dia seguinte, depois de uma terrível noite de insônia, Theodoro desceu à hora do costume para a sala de jantar, reluzente de cristais e prataria, e sentou-se à mesa, em frente ao terraço que todo se via pelas largas portas abertas. Ao centro, uns degraus amplos desciam para o parque de relvas bem tratadas; junto ao ponto terminal dos balaústres irrompiam, de entre tufos de avenca, dois esplêndidos pés de manacá em flor. Francisco Theodoro olhava para eles sem os ver, absorvido no seu desgosto, quando a afilhada o interrompeu:

– Bons dias, titio!

– Adeus, Nina.

– Estava gostando de ver os manacás?

– Sim, estão bonitos.

– Lindos! Sabe?, tia Mila vai ter hoje um desgosto!

– Hein?! – perguntou Francisco Theodoro sobressaltado.

– Amanheceu hoje morta a cacatua e ninguém sabe por quê. Noca já está dizendo que é sinal de desastre em uma casa.

– Ah! Ela disse isso?

– Disse. Nós não nos importamos, mas o senhor sabe como tia Mila é impressionável!

– Não lhe digam nada. Quem foi que deu a cacatua?

– O capitão Rino. Quer que eu lhe sirva um pouco de fiambre?

– Não... Dê-me uma xícara de chá.

– Mas o bife e os ovos aí vêm.

– Não quero nada. Só chá.

– Coma então destas bolachinhas. Estão muito bem-feitas.

Nina foi ao armário, de onde retirou a biscoiteira de cristal. Enquanto o tio comia, ela sentou-se a seu lado e pediu-lhe lápis para escrever uma nota, nas costas de um cartão de visita. Ao mesmo tempo ia dizendo:

– Deus queira que eu não me esqueça de nada do que tia Mila recomendou.

Depois leu alto:

– Para o senhor fazer o favor de dizer a Madame Guimarães que mande trazer hoje os dois vestidos de seda e amostras de veludo turquesa. Dizer ao Bastos que faça, pela medida que tem lá, mais um par de sapatos de cetim preto. Há mais: um quilo de bombons e...

– Não diga mais; hoje não posso fazer nada disso.

– Então tia Mila irá à cidade... É melhor.

– Não! Que não vá – atalhou ele nervosamente. – Dize-lhe que voltarei cedo. Eu farei tudo; mandarei vir os vestidos de seda, os sapatos de cetim, os doces... Ah!, a Noca tinha razão! Sabes tu, Nina?

– Eu? – murmurou a moça espantada: – Eu? – repetia ela com assombro – eu não sei nada!

– Tens razão, cala-te e espera. Expliquem a minha mulher o significado da morte da cacatua. Não faz mal. Adeus, tenho pressa...

Nina ficou pensando:

– Tio Francisco estará doido?

Um lindo dia, quente e luminoso. Nas copas floridas dos *flamboyants*, as cigarras cantavam estridulamente. Os bondes vinham cheios e bandos de crianças passavam nas calçadas a caminho do colégio.

Francisco Theodoro é que não caminhava bem: tinha um grande peso derrubando-lhe os ombros e sentia as pernas amolecidas. Tomou o bonde já na praia. Adiante dele, no banco da frente, ia um portuguesinho recém--chegado, de jaqueta, chapéu de feltro de abas ensebadas e grossos sapatos enlameados. O pequeno volvia para tudo um olhar pasmado, entreabrindo os lábios secos e gretados numa expressão admirativa. Francisco Theodoro não podia desprender a vista daquela criança rústica. Veio-lhe à memória o seu desembarque, a sua pobreza, a crosta da terra pátria que trazia presa às solas brutas dos seus sapatos, e o espanto com que ele, também, nos seus primeiros dias, olhava para este céu, e estas árvores, e estas montanhas, em uma interrogação de esperança e de medo; e da saudade que tivera da broa, da aldeia, das águas claras daquele rio em que se banhava nas tardes de verão, daquelas charnecas onde ia à caça dos grilos, daqueles campos de trigo dourados ao sol, das cerejeiras onde trepava, dos ralhos da mãe, das caminhadas pelas brancas estradas atrás dos burricos do moleiro.

E, em um assomo, teve vontade de dizer ao ouvido do rapazinho: – Volta para a tua aldeia, contenta-te com o pão duro, com a sardinha assada, e a água do bom Deus!

– Onde há uma árvore há sombra onde um homem se deite. Não queiras a riqueza, que ela engana e mente. Mais vale ser pobre toda a vida! Volve; acostuma tua mulher ao trabalho e os teus filhos, a rolarem nus pela terra que um dia os há de comer... Se bem os vestires a todos... verás: pesarão ouro e valerão pó...

Eram dez horas quando o negociante entrou no armazém. Seu Joaquim andava azedo e mal-humorado, e até mesmo para o patrão tinha um modo rebarbativo e seco. Depois, o trabalho estacionara; não havia nenhum caminhão à porta e os caixeiros pasmavam-se para as rumas de sacos e para as aranhas do teto.

Francisco Theodoro chegou-se à mesa que estava à esquerda da porta de entrada, apanhou aí a sua correspondência e, girando sobre os calcanhares, entrou no corredor ao lado e subiu ao escritório.

Em cima estavam só o guarda-livros, que escrevia de pé, e o velho Motta, todo embebido no trabalho. Trocaram-se os bons-dias.

– O Leite Mendes mandou cá?

– Não, senhor.

– Está tudo direito, não?

– Tudo.

– Escrevi eu mesmo as cartas, veja se estão em ordem.

O guarda-livros fez um gesto de recusa.

– Não; já estou desacostumado dessas coisas... veja. Depois será bom mandá-las entregar – insistiu Theodoro.

– Julgo melhor esperarmos pela resposta do Sidnei, de Santos.

– Para quê?

– Adiaremos ao menos a catástrofe.

157

– Ora!, o Sidnei há de dizer o mesmo que os outros! Olhe, tenho aqui justamente uma carta dele que ainda não abri. Vou lê-la agora.

Francisco Theodoro sentou-se, muito pálido, e rasgou o sobrescrito com mão trêmula. O guarda-livros desviou a vista. Houve depois da leitura uma grande pausa, em que o silêncio pesava; ao fim de alguns minutos o negociante ergueu-se e começou a passear nervosamente de um lado para o outro. De vez em quando lançava uma pergunta pueril ou distraída:

– Que dia é mesmo hoje?

– Vinte e nove.

– Ah!, sim... vinte e nove, é isso... vinte e nove, vinte e nove... – repetia ele baixo.

Os outros calavam-se.

O sol entrava com força pela sacada aberta; Francisco Theodoro pôs as folhas da janela em fresta e, voltando-se, atravessou vagarosamente e em diagonal o escritório até o canto da talha, cujo barro começou a raspar com a unha.

Da rua vinha uma bulha ensurdecedora: rolavam conjuntamente carroças e vozes praguejantes; os chicotes estalavam no ar e, em grossas nuvens de pó, o cheiro do café cru subia na atmosfera quente.

Súbito, Francisco Theodoro voltou-se para o guarda-livros e disse com voz segura:

– Mande as cartas. – E entrou para o seu gabinete.

O empregado releu os sobrescritos e, chegando-se à janela do fundo, que deitava para o interior do armazém, gritou para baixo:

– Seu Augusto!

Ninguém lhe respondeu, e como ele repetisse o chamado com mais força, o gerente voltou-se para cima com ar ameaçador e um outro caixeiro gritou:

– Seu Augusto ainda não voltou da rua!

Fechado o gabinete, Francisco Theodoro escreveu longamente ao Meireles e ao Mário, relatando-lhes o desastre, sem lamentações.

Fechada a carta, lembrou-se de que poderia talvez ter recorrido à Lage, mas levantou logo os ombros; era uma mulher, que podia entender de negócios? De mais, as coisas iriam em declive rápido, e um novo empréstimo seria um compromisso irremissível. Melhor fora não se ter lembrado dela. E as tias do Castelo? A essas pediria apoio para a família; ele já nada queria para si; poucos dias teria de vida: o golpe era muito forte para deixá-lo de pé. Mas a mulher? E as filhas? E, afinal, acreditava ele na fortuna das velhas? Onde a escondiam elas que ninguém a via? Riquezas, riquezas, vá a gente desencantá-las em cofres ávaros!

As cartas expedidas tinham marcado para o dia seguinte ao meio-dia a reunião dos credores no armazém para verificação do estado da casa. Francisco Theodoro tinha algumas horas diante de si para avisar a família, mas faltava-lhe a coragem.

Saiu do escritório mais tarde, fugindo do encontro habitual de um ou outro amigo. Logo no primeiro quarteirão teve um sobressalto; à porta da casa Torres estava um dos seus credores, o Serra; mal lhe adivinhou o corpanzil metido em alvejantes brins, com um fraque preto fugindo para trás e grossa corrente de ouro do Porto arqueando-se-lhe sobre o abdômen arredondado, Francisco Theodoro corou, teve desejos de ser engolido pela terra; e tocando com os dedos trêmulos na aba do chapéu, esboçou um sorriso e foi andando.

Já mal podia caminhar: um peso horrível nas pernas fazia-o retardar os passos, exatamente quando os queria acelerar; arrimava-se com força ao seu chapéu de chuva e remexia os beiços como se fosse a falar sozinho; era a secura, tinha um aperto na garganta, parecia-lhe ter engolido todo o pó das ruas.

Já não via ninguém, pouco se importava que o cumprimentassem; ia pensando em tomar o bonde na esquina, mas como não o visse ali em toda a extensão da rua, subiu pela calçada, rente aos trilhos. Tinha andado alguns metros quando esbarrou com o Negreiros.

– Então? Todos bons? – perguntou-lhe o outro com o ar constrangido de quem já fora informado do desastre e não quisesse aludir a ele.

– Todos bons, estou à espera do bonde.

– Isso às vezes demora. Eu não tenho paciência!

– Han, é aborrecido.

Pararam ambos e, chegando-se para a parede olharam para um cupê particular que roçou na calçada; dentro ia o Inocêncio, que os viu e os cumprimentou com um adeuzinho de mão.

Francisco Theodoro nem tocou no chapéu e murmurou com ódio:

– Cão!

– Vai para a Europa... segue diretamente para Londres, num paquete da Nova Zelândia, amanhã.

– Com o meu dinheiro...

Negreiros engoliu uma palavra qualquer, afagou o nariz e depois, corando um pouco, aproximou-se mais de Theodoro e murmurou:

– Se precisar de mim... os amigos são para as ocasiões.

Francisco Theodoro estremeceu e apertou-lhe a mão com força; houve nos olhos de ambos como que o brilho passageiro e eloquente de uma lágrima. Vinha um bonde; o negociante tornou a sacudir em silêncio a mão de Negreiros e partiu.

No largo da Carioca, ao esperar outro bonde que o levasse a casa, Francisco Theodoro topou com a baronesa da Lage, farfalhante nas suas sedas e vidrilhos; quis evitá-la, não pôde; a moça estendia-lhe a mão enluvada, sorrindo-lhe através do veuzinho.

– Sabe? Papai escreveu-me. Paquita parece outra, tem engordado muito. Mário está deslumbrado; comprou belos cavalos de raça em Londres; se não fosse a mulher, diz papai que ele poria em poucos dias todo o dinheiro fora.

– Ah.

– Eu tenciono também partir em breve; vou ter com eles em Paris. Irei abraçar a nossa Camila qualquer dia destes. Mário escreveu-lhes?

– Não.

– É noivo, tem desculpa. Lá está o seu bonde.

– E a senhora?

– Eu vou de carro. Saudades a todos.

Ela afastou-se ligeira, no frufru das saias de seda, e o negociante tomou lugar no bonde, repetindo mentalmente a frase da Lage acerca de Mário: – Se não fosse a mulher, ele poria em poucos dias todo o dinheiro fora.

Nunca a viagem da cidade à rua dos Voluntários lhe parecera tão curta.

Francisco Theodoro tinha medo de chegar a casa, medo dos beijos das suas gêmeas, à espera dele no jardim, ambas de branco, risonhas e saltitantes, e de Ruth, no patamar, com os seus olhos de esmeralda, que lhe faziam lembrar os olhos da mãe em uma vaga reminiscência saudosa; e, em cima, de Camila, em frente ao espelho, nos últimos retoques da toalete da tarde, com os braços arqueados e os dedos carregados de anéis, unidos nas ondas negras do penteado.

Que lhes diria ele? Que lhes diria?!

Lembrou-se então do doutor Gervásio: seria esse amigo quem se encarregasse de dizer tudo a Mila, no dia seguinte, à hora em que ele estivesse com os credores no armazém. No fim, absolutamente no fim!

Essa ideia animou-o.

Iria à noite procurar o médico à sua residência e confessar-lhe-ia tudo. Ao abrir o portão da chácara, viu as suas gêmeas voando nas bicicletas pelas ruas do jardim e ouviu os sons do violino de Ruth em uma sonatina fresca.

Nina fazia um ramo e Camila, já pronta, formosa no seu vestido cor de milho maduro, lia no terraço com o cotovelo pousado no jarrão das gardênias.

XIX

Com um avental atado sobre as rendas do penhoar, Camila executava, com a Noca, uma receita de doce dada por dona Inácia.

160

Era um pudim, um famoso pudim de nozes, muito apreciado e inde-fectível nos jantares de aniversário das Gomes.

A mulata pisava as nozes no almofariz. Mila acabava de observar a calda e voltava a consultar o papel, em que a caligrafia desleixada da Judite con-fundia os "as" com os "os", quando a Nina apareceu dizendo:

– Doutor Gervásio está aí. Entrou para a saleta. Quer falar com a senhora.

– A estas horas! Ele não disse por que não veio almoçar? – perguntou ela alvoroçada; e continuou logo: – Bem! Desamarrem-me o avental. Escuta, Noca, quando a calda estiver em ponto de espelho, despeja-lhe dentro as nozes; depois destas bem cozidas, retira o tacho do fogo e mistura ao doce doze gemas de ovo... torna a pôr tudo ao lume... Anda, Nina! Desamarra esse avental de uma vez!

– Deu nó; tia Mila! Tenha paciência.

– Depois? – inquiriu Noca enquanto Mila, para não perder tempo, la-vava os dedos melosos mesmo na bica da pia da cozinha.

– Depois? Espera, deixa-me ver a receita... Ah, depois de a massa estar bem cozida, põe-se no forno, em uma forma untada com manteiga. Manteiga fresca, ouviu! Lembre-se de que o doutor Gervásio não gosta de manteiga sal-gada. Pronto esse avental? Até que enfim! Fica em meu lugar, Nina.

Nina ficou, e Camila, tendo enxugado as mãos no avental, que atirou ao chão, dirigiu-se para a saleta, pondo em ordem as rendas da gola, que as mãos ágeis ajeitavam mesmo sem espelho.

Sentindo-lhe os passos, Gervásio foi-lhe ao encontro, mas com ar tão grave e desusado que ela logo o estranhou.

– Está doente?!

– Eu, não, por quê?

– Você está diferente. Que modo!

– É que eu tenho uma coisa muito grave para te dizer.

– A mim?!

– Sim.

– Que é?

Ele não respondeu imediatamente; contemplava-a em silêncio, segu-rando-lhe nas mãos como se a estudasse, a ver se lhe podia despedir o golpe em cheio. Mila impacientou-se.

– Que será, meu Deus! – E logo lhe ocorreu a ideia de que sucedera al-gum desastre ao filho, um naufrágio. Aterrorizada por aquele pensamento, balbuciou apenas: – Mário?

– Não se trata do Mário. É isto: vocês estão pobres... Theodoro faliu.

Camila tornou-se lívida. Houve um longo silêncio cortado só pelo zum-bir de uma vespa no resedá da janela. Ela não ouvia a vespa, não ouvia nada.

O seu rosto, que havia pouco refletia o fulgor das brasas, estava tão desbotado agora que o médico, inquieto, com receio de uma síncope, amparou-a dizendo:

– Compreendo a estupefação, mas agora, que a verdade está sabida, é preciso coragem. Camila!

Como ela continuasse imóvel, ele abalou-a brandamente, repetindo-lhe o nome:

– Camila! Camila! Julgava-te mais forte, muito mais forte! Olha para mim. Percebe o sentido das minhas palavras – falir não é morrer. Teu marido não morreu, faliu.

– É impossível! – murmurou ela, por fim, com uma voz de sonâmbula.

– Impossível por quê? A quanta gente tem acontecido o mesmo? Vocês mulheres não entendem dessas coisas. Só conhecem a vida pela superfície, por isso é que têm surpresas com fatos naturalíssimos. Hoje a falência é de Theodoro, amanhã será de outro e depois de outro. A série há de ser longa.

– Que me importam os outros!

– Importa como explicação: é uma consequência do tempo. Mas senta-te, estás muito fria; queres uma capa?

– Não quero nada. – E, como ele quisesse retê-la, ela desprendeu-se-lhe bruscamente dos braços.

– Descansa.

– Não posso.

Gervásio calou-se, à espera; ela começou a andar com passadas irregulares, como se buscasse uma coisa, uma palavra, uma ideia. A vida, há pouco suspensa, voltava agora com ímpeto. A reação escaldava-lhe o corpo. Ela ia falando, estraçalhando frases:

– Que horror! Como havemos de aparecer diante de toda esta gente. Que insensatez, naquela idade! Deixar-se falir! Não compreendo! Que vergonha, que vergonha! E as crianças?! Não pode ser! Não pode ser.

Subitamente parou com um relâmpago de esperança.

– Se fosse mentira?!

– Eu seria um miserável.

– Podiam ter-te enganado. Quem te disse?

– Ele.

– Burro!

Camila deu um puxão à gola, como se o vestido a sufocasse, e recomeçou logo no seu giro tonto.

O médico tentou acalmá-la:

– Escuta, Mila, tenho hoje, como direi... pudor em aludir à nossa felicidade; contudo é em nome dela que te peço que não faças a teu marido recriminações insensatas. Lembra-te de que ele é o mais desgraçado.

162

Camila sentiu as pernas vergarem-se-lhe e murmurou ainda:

– A culpa é dele.

– A culpa é de todos.

– Isso não podia ter acontecido de repente, e ele não me disse nada! Os homens pensam que nós não nos interessamos pela sua vida. Têm-nos só para o seu prazer! Só, só, só!

– Theodoro está muito acabrunhado.

– Quando foi que ele te disse?

– Ontem à noite, em minha casa. Chorou.

– Chorou? Foi a primeira vez; eu nunca o vi chorar!

– A dor é forte.

– Já perdeu uma filha...

– Uma criança apenas nascida... Agora perde a sua honra de negociante, que ele preza acima de tudo.

– A sua honra! Mas Theodoro não roubou nada!

– Não, mas empregou capitais em empresas de azar. A lei tem severidades. É preciso estar preparada para tudo.

– Quer dizer que ele pode ser preso?

– Quem sabe, não é provável, mas...

Os olhos de Camila, até então enxutos, encheram-se de lágrimas e ela disse, com os beiços trêmulos:

– Não! Ele não sairá de ao pé de mim. Vá buscá-lo.

– Tu o amas, Camila!

Ela fez que sim com a cabeça e foi sentar-se junto ao médico, olhando-o de face.

Por algum tempo foi só o zumbir da abelha no resedá o único rumor que se ouviu na sala. Gervásio desviou os olhos.

Camila vergava-se agora toda para os joelhos e chorava com o rosto escondido nas mãos.

A crise foi longa. Através da porta fechada sentiam-se passinhos indiscretos pelo corredor.

Gervásio consultou o relógio. Eram quatro horas. Que se teria passado em São Bento? Desejava apressar a situação, acabar com aquilo; sentia-se opresso, levantou-se, foi à janela olhar para o azul macio do céu chamalotado[61] de nuvenzinhas brancas.

Um belo dia perdido!

Camila soluçava. Ele voltou-se sem saber como cortar aquela agonia. Nunca o coração daquela mulher lhe parecera tão impenetrável, nunca a

---

61. Chamalotado: semelhante ao chamalote, tecido cujas tramas são de materiais diferentes e apresentam ondulações.

sua psicologia, tão obscura. Esperava vê-la raivosa, assustada pela perspectiva da ruína, reagindo com fúria contra aquela decepção tremenda. Era evidente que ela se tinha casado por interesse, não seria extraordinário que se julgasse agora roubada... Entretanto, só nos primeiros instantes Camila tinha pensado em si, no egoísmo a que a vida a acostumara; mas a dor da compaixão viera depressa e manifestava-se mais abundante.

Um pouco irritado, sem poder esconder um movimento de ciúme, doutor Gervásio perguntou baixo a Camila, fixando-lhe o rosto inundado:

– Mas sempre o amaste assim?!

– Não. eu comecei a amá-lo depois que o enganei. É amizade, é uma amizade muito grande!

O médico não respondeu; olhava para ela pensativo, e, depois de um largo silêncio:

– Enxuga os olhos. É tempo de chamar o resto da família.

Ruth e as crianças entraram acompanhadas por Nina e pela Noca, que o doutor Gervásio quis associar à família. E sobre todos eles a porta foi fechada com precauções, para que os criados não percebessem do que se tratava.

Doutor Gervásio expôs o fato em poucas palavras, ferindo o assunto sem rodeios. Lia e Raquel não o entendiam, embasbacadas para a mãe. As palavras para elas só tinham som, mas não sentido.

Ruth ouviu tudo sem pestanejar, depois beijou a mãe e disse:

– Não chore que isso aumentará a aflição de papai.

O médico olhou para a menina com assombro; e depois, voltando-se para Nina:

– E você, que diz?

– Nada; espero.

– E sei que há de esperar com firmeza. Muito bem.

Eram cinco horas da tarde, e ainda Francisco Theodoro expunha com voz trêmula os negócios da casa aos credores, reunidos no seu escritório.

Ouviam-no todos silenciosos, mal se atrevendo, de longe em longe, a uma ou outra pergunta, que a delicada compaixão do momento tornava tímida. O próprio Serra, afamado pela sua gordura e pela sua bruteza, fazia-se de leve quando andava, para que o assoalho não gemesse, e tinha artes de transformar, para um brando sussurro, o seu vozeirão de trovoada.

Embaixo, o armazém parecia outro. Seu Joaquim permanecia sentado ao pé da mesa, enquanto os caixeiros pasmavam, inativos, para as rumas das sacas e para as aranhas negras do teto, que se suspendiam de viga para

164

viga em grandes bambinelas[62] de fumo lutuoso. No chão nem um grão de café; tudo varrido como se fora um dia santificado. Só na rua havia ainda a bulha das últimas carroças e o ronco de alguns armazéns que fechavam cedo e que pareciam arrotar de fartos.

Do seu ponto, seu Joaquim não perdia de vista a casa do Gama Torres, agora a mais afortunada da rua.

Logo que recebeu o último aperto de mão dos seus credores, Francisco Theodoro refugiou-se no seu gabinete para que o não vissem chorar; mas as lágrimas que o enchiam não chegaram aos olhos, o coração absorvia-lhas todas. Envelhecido, exausto, encostou-se à sua velha secretária, companheira de tantos anos de trabalho, e ali ficou, como um viúvo ao pé da eça em que a amada dorme o último sono.

Já os credores estavam longe quando ele, tomando vagarosamente o chapéu, entrou outra vez no escritório.

O Motta chorava com os cotovelos fincados na escrivaninha. O guarda-livros levantou-se e disse:

– Eu esperava-o para despedir-me. Tenciono partir em breve para o norte. Vou tentar outra vida.

– Faz mal, não devia cortar a sua carreira. Seja feliz! – abraçaram-se.

Motta aproximou-se.

– E o senhor? – perguntou-lhe Theodoro.

O velho fez um gesto de ignorância; depois suspirou.

– Fico pra aí, à toa.

– Recomendá-lo-ei ao Negreiros.

– Será favor.

Os outros empregados não estavam; Francisco Theodoro agradeceu àqueles o seu concurso e desceu, olhando para os degraus carcomidos com saudade infinita de todas as vezes que por eles pisara, num longo período de trinta anos.

No armazém, apertou a mão dos caixeiros, desde o mais ínfimo, e deteve-se a falar com o Joaquim.

– O senhor que tenciona fazer agora?

– Senhor Theodoro, eu fui já há dias convidado para a casa Gama Torres. Devo entrar para lá amanhã.

– Muito bem, muito bem! – balbuciou em tom frouxo o negociante. E, relanceando o olhar triste pelo armazém, em um último adeus saudosíssimo, saiu para a rua.

Na porta vizinha a velha Terência, com a carapinha oculta no lenço branco e os bracinhos delgados estendidos para diante, sacudia os últimos

---

62. Bambinela: tipo de cortina interna para janelas.

grãos de café, peneirando-os na bacia de folha furada a prego. Já a sombra se estendia pelas calçadas, e só lá em cima o sol encarapuçava de ouro as platibandas dos prédios.

X X

À hora em que Francisco Theodoro entrou em casa já havia estrelas no céu. O doutor Gervásio e as meninas esperavam-no no portão. Logo no jardim ele sentiu-se abraçado pelas filhas e a Nina com demorada ternura. Desprendendo-se de todos, olhou à roda procurando alguém.

– Dona Camila adormeceu há pouco – acudiu o médico. – Noca está ao pé dela.

Francisco Theodoro não respondeu; sentou-se em um banco, com ar de extenuado, com a cabeça pendida para o peito; e, depois de uma longa pausa:

– Está desesperada, muito contra mim?

– Não – respondeu o médico –; está resignada. São todos fortes, acredite.

– Coitadas.

– Não diga assim, papai! – exclamou Ruth. – Não se aflija! Neste mundo então só há lugar para os ricos?

– Bom, só.

– Qual! Havemos de ser muitos felizes, descanse.

– Como recebeu ela a notícia? – tornou o negociante voltando-se para o médico.

– Naturalmente, teve um abalo, não esperava semelhante coisa, mas venceu-se com admirável coragem. Em todo caso, dei-lhe um calmante para obrigá-la a dormir e repousar os nervos.

– Fez bem; obrigado.

– Tio Francisco, o senhor deve estar muito fraco; venha tomar sopa, ao menos.

– Estou cansado.

– Por isso mesmo, tome um caldo e vá-se deitar.

Entraram. Na grande sala de jantar havia um certo ar de abandono. Nina esquecera-se de enfeitar a mesa com as flores do costume, e a gaiola vazia da cacatua punha a um canto uma nota de tristeza e de morte. Francisco Theodoro aceitou a sopa, tomou-a em silêncio e, logo depois, deixando todos à mesa, pediu licença para subir. O médico, receoso, acompanhou-o com a vista. Que se iria passar lá em cima? Como receberia Camila o marido?

Parecera-lhe ter sentido passos; deveriam ser dela, que já estivesse acordada e andasse nervosamente pela casa...

Lia e Raquel, tão turbulentas, encolhiam-se uma na outra, observando tudo pasmadamente.

Imperturbável, Nina servia a todos.

– Que idade têm mesmo estas meninas? – perguntou o médico de repente, apontando para as gêmeas.

– Seis anos – respondeu Ruth.

– É cedo para entrarem para o colégio – balbuciou ele, completando alto um pensamento qualquer.

Tinham acabado de jantar quando Francisco Theodoro desceu.

– Dona Camila?

– Quando eu subi, dormia ainda; mas soluçava de vez em quando. Depois acordou e fez-se de forte para tranquilizar-me. Talvez ela não tivesse compreendido todo o alcance da desgraça.

– Compreendeu, mas resignou-se.

– Obrigado por todos os seus cuidados, doutor; tenho ainda um favor a pedir-lhe: venha cá amanhã, cedo, às sete horas da manhã. Será possível?

– Virei.

– Obrigado.

O médico saiu, recomendando à Noca mil cuidados com Mila. Duas horas depois, a casa estava em silêncio; as crianças dormiam, e Nina, não vendo Ruth nas salas, julgou-a recolhida e desceu devagar ao escritório do tio, que achou escrevendo na sua larga secretária.

– Dá licença, tio Francisco?

O negociante encobriu depressa com o braço o papel em que escrevia e respondeu:

– Pode entrar.

E Nina entrou, embaraçada, percebendo o movimento do tio.

– Que quer você?

– Quero pedir-lhe um favor...

– Eu ainda os poderei prestar?!

– Oh!, tio Francisco!

– Diga lá.

– Tenho vergonha eu.

– Diga, diga.

Nina sentiu impaciência na voz do tio e resolveu-se:

– Quero pôr em nome de suas filhas a casa que o senhor me deu. Ela é pequena, mas caberemos todos lá, se...

Nina corou; o tio contemplou-a em silêncio, depois, sentindo que as lágrimas lhe corriam em fio pelo rosto, disse:

– Fez você muito bem em dizer-me isso; eu precisava de chorar. Bem vejo que não há só ingratos no mundo; você é um anjo. Aceito o seu agasalho; olhe por minhas filhas.

As gêmeas são muito pequenas, não têm educação, é o que mais me pesa! Ruth, essa tem talento e um recurso. Tenha também paciência com sua tia, é quem vai sofrer mais...

– O senhor há de lhe dar o exemplo de resignação.

– Sim. Você que entende disso? Vá dormir.

– Mas.

– Vá dormir.

Nina murmurou muito embaraçada:

– Boa noite.

– Adeus, minha filha. Que Deus a faça feliz.

Ela saiu sem compreender bem os gestos desencontrados nem o sentido das palavras do tio.

Ele queria estar só. A dor fazia-o desconfiado, temia que o amor da família não subsistisse à catástrofe.

Em que fizera ele até então consistir a felicidade e o seu merecimento aos olhos dela? No dinheiro, só no dinheiro. Ele era bom porque sabia cavar a fortuna, encher a casa de joias, de fartura e de conforto. Ele era bom porque, tendo partido de coisa nenhuma, chegara a tudo, visto que o dinheiro é o dominador do mundo e ele tinha dinheiro.

Ainda não compreendia como, tendo trabalhado tanto, juntado com tão tremendo esforço em tão largo período de sacrifícios, deixara agora ir tudo por água abaixo, em tão curtos dias. Desfazer é fácil!

Revoltado contra si, Francisco Theodoro cravou as unhas na calva, chamando-se de leviano e de miserável. Como toda a gente se riria da sua falta de senso. A culpa era dele. Deixar-se levar por cantigas com a sua idade e a sua experiência! Sentia ferver-lhe o ódio por todos os amigos que o tinham inebriado com palavras perigosas e fúteis. Então todos chamavam o Inocêncio Braga de honrado, perspicaz e arguto. Agora, depois de tudo feito e perdido, é que o diziam um especulador sem consciência. Mas agora era tarde; estava tudo perdido.

Recomeçar a vida? Como? Já nem o próprio exemplo da coragem antiga lhe valia de nada.

A energia gastara-se-lhe. Nem o corpo nem o espírito resistiriam à luta tremenda de recomeçar.

Pela primeira vez Francisco Theodoro percebeu que há na vida uma coisa melhor do que o dinheiro – a mocidade. Com o corpo vergado, o espírito amortecido, ele era o homem extinto, o fantasma do outro, que ficava boiando no passado, desconhecido por todos, só amado pela sua lembrança.

– Velho, estou velho! – pensava ele. – Já não sirvo para nada. E agora? Para onde há de ir essa gente que eu mesmo habituei a grandezas? Para o sobradinho da rua da Candelária? Nem isso. Camila naquele tempo contentava-se, agora já se afez a outra coisa. Camila! Camila sem sedas? Não, não se pode compreender Camila sem sedas. Onde tinha eu a cabeça? Miserável! Eu sou um ladrão, roubei a meus filhos. Eu sou um ladrão!

Como se quisesse fugir das próprias ideias, começou a andar pelo escritório com ar desvairado. Vingava-o a sensação de que tudo agonizava com ele.

A especulação, a fraude, a ganância, a traição e a mentira iriam roendo e corrompendo fortunas e caráteres. Enganados e enganadores seriam todos engolidos conjuntamente pela outra falência, de que a sua era uma das precursoras.

No fim, havia de aparecer a justiça punindo as ambições e as vaidades destes tempos e destes homens doidos, quando, depois de tudo consumado, não houvesse nada a refazer, mas tudo a criar.

A pulsação do seu sangue alvoroçado dava-lhe a percepção fantástica de que o Brasil seria arrastado vertiginosamente pela maldade de uns, a ignorância de outros e a ambição de todos, em voragens abertas pela política amaldiçoada.

Já não culpava o patrício, o Inocêncio Braga, como causa direta da sua ruína. A responsabilidade da sua perda caía em cheio sobre a República, que ele invectivava de criminosa, na alucinação do desespero.

Toda a sua vida de trabalho rotineiro, material, sem ideais, mas cansativa na sua brutalidade mesmo, parecia-lhe agora como um rio caudaloso que tivesse vencido a nado e de que, só depois de transposto, percebesse o volume e os perigos.

Entretanto, talvez não tivesse sido difícil percorrer aquilo de outra maneira e melhor... Não fosse ele um ignorante e não se teria deixado enfeitiçar por palavras!

Era pois também certo que a inteligência e a instrução valiam alguma coisa.

Resumindo os seus pensamentos de vencido, Francisco Theodoro disse alto, num suspiro:

– Trabalhei, trabalhei, trabalhei, e aqui estou como Jó!

Mas o som da sua própria voz assustou-o. Espreitou a ver se o viam. Foi à porta; não havia ninguém. Lembrou-se depois dos seus projetos de viagem: idas à Europa, regalados descansos.

– Era de justiça – diziam todos, e a justiça fizera-a ele por suas mãos; o homem nasceu para o trabalho, ele devia voltar para o trabalho.

E as forças? Onde estavam elas que as não sentia? Ah!, corpo miserável!, corpo miserável.

Afogueado, como se tivesse brasas na cabeça, Theodoro procurou a frescura do ar livre e foi encostar-se ao umbral da janela.

Fora numa noite assim, de lua clara, que o avô se enforcara numa amendoeira, fugindo, no seu delírio de perseguição, de um inimigo que lhe ia no encalço. Era um camponês rude, o avô; havia muitos meses antes desse ato que ele andava taciturno, agitado; depois, que tranquilidade!

Francisco Theodoro olhou para a noite:

O luar estava lindo, boiava no ar morno o aroma das esponjas e dos manacás, que a luz cobria de uma brancura sedosa e doce.

O aroma das plantas avivou-lhe também a sensação dos seus triunfos de outrora.

Aquela essência divina nascia da fertilidade das suas terras, trabalhadas por homens pagos por ele.

A criadagem! Como os seus criados, menos feliz do que eles, precisava também agora do salário de um patrão com que matasse a fome da mulher e dos filhos.

– Como Jó! – repetiu ele furioso, arrancando as barbas e unhando as faces. Não lhe bastava o arrependimento, a dor moral, queria o castigo físico, a maceração da carne, para completa punição da sua inépcia.

Não saber guardar a felicidade, depois de ter sabido adquiri-la, é sinal de loucura. Ele era um doido? Sim, ele era um doido. Tal qual o avô! Riu alto; ele era um doido!

Foi então que do fundo do jardim vieram os sons de um violino tocado em surdina.

Francisco Theodoro estremeceu, as pernas vergaram-se-lhe, olhou pasmado para o grande céu tranquilo, onde as estrelas palpitavam. Compreendeu; Ruth não quisera perturbar a tristeza da família e fugira com a sua música para fora! Aquela era uma forte, amava o seu ideal mais do que tudo, mais do que a vida! Que reservaria Deus àquela alma de êxtase e de sonho?

Os gemidos da música vagavam na noite clara como queixas de anjos invisíveis. Não pareciam vibradas por mãos humanas aquelas notas suavíssimas e repassadas de doçura. Trêmulo, vencido pela comoção, Francisco Theodoro ajoelhou-se e chorou copiosamente. O último benefício era-lhe ministrado pela filha, como um sacramento. Nem ele soube quanto tempo durou aquela crise de pranto que o sufocava. Quando Ruth acabou a sua música e ele lhe sentiu os passos leves e apressados na areia, teve ímpetos de chamá-la e cobri-la de beijos.

Mais forte, porém, do que o seu amor e a sua ternura, foi o medo de enfraquecer. Ele fugiu para dentro; tinha tomado a sua resolução.

Cada homem é criado para um fim. O dele tinha sido o de ganhar dinheiro; ganhara-o, cumprira o seu destino. Não podendo recomeçar, inutilizado para a ação, devia acabar de uma vez. Toda a energia da sua vida se concentraria num movimento único e decisivo.

Ruth subia a escada. Ele foi colar o ouvido à porta para escutar-lhe os passos. Beijaria o lugar em que ela punha os pés. Esteve assim longo tempo, depois voltou-se e foi sentar-se a um canto, esperando...

Pouco a pouco a casa adormecia, até que se encheu toda do pesado silêncio do sono.

A uma hora Francisco Theodoro levantou-se muito pálido, persignou-se e rezou, ali mesmo, entre o lampejar das molduras e o ar atrevido do cavalheiro de bronze. Finda a oração, caminhou resolutamente para a sua secretária. A bulha dos seus passos firmes abafou um sussurro leve de saias que deslizavam pela escada abaixo.

Francisco Theodoro tirou da gaveta o seu revólver, olhou-o um instante e encostava-o no ouvido quando a mulher apareceu na porta, muda de terror, estendendo-lhe as mãos. Ele cerrou logo os olhos à tentação da vida e apressou o tiro.

E toda a casa acordou aos gritos de Camila, que, com os braços no ar, clamava por socorro.

XXI

A morte de Francisco Theodoro fez sensação.

Amigos e conhecidos acudiram pressurosos à casa da família.

Negreiros levou a carteira cheia, pensando em fazer o enterro; a baronesa da Lage ofereceu-se para educar as gêmeas. Chamado de madrugada pelo jardineiro, doutor Gervásio determinara tudo: o enterro seria conforme disposições do finado, a expensas da sua Irmandade.

Toda a família soluçava à roda do cadáver. Camila tinha no olhar uma fixidez de loucura. A cena da morte reproduzia-se diante dela como se uma infinita sucessão de espelhos a refletisse consecutivamente.

Culpava-se de ter chegado tarde. Esperara o marido em cima por mais de duas horas, cuidosa, com medo de que ele fizesse uma loucura, morta por encostar-lhe a cabeça aturdida ao seu peito de mulher enternecida, sentindo que o amava na sua dor, mais do que o tinha amado na sua felicidade. Entretanto, por que só obedecera ao desejo de o ver e só viera procurá-lo no momento justo e inevitável da morte? Se ela tivesse adivinhado! E a sua obrigação não era ter adivinhado? Por que não tinha ela obedecido logo ao primeiro impulso de suspeita?

O descuido do pressentimento é uma falta que a consciência não perdoa. Sentia-o; revolvia-se em um grande remorso. Oh, se tivesse descido uma hora antes! Um minuto antes!

E agora, como caminharia na vida sem aquele companheiro de tantos anos? Que fariam todos ali sem ele?

Seus olhos eram duas nascentes de agonia, choravam sem cessar.

No meio de tanta gente, só o doutor Gervásio a compreendia. Os outros mal acreditavam na sua sinceridade.

As maiores condolências voltavam-se para os filhos, e só por etiqueta e dever de aparência cumprimentavam a viúva.

As Bragas tinham sido as primeiras, como vizinhas, a invadir a casa, e tomaram conta dela, afetando grandes intimidades, dispondo, ordenando, mostrando aos estranhos a sua interferência.

Dona Inácia Gomes foi também, muito chorosa, pelo braço do seu velho. Repetia a todos que a Judite ficara em casa com ataques; Carlotinha também tivera uma síncope. Eram muito amigas. Pudera não!

Era só gente e mais gente a entrar e a sair, pessoas curiosas da vizinhança que aproveitavam o ensejo para varar os jardins daquela casa de luxo onde nunca tinham entrado; ondas negras de povo, cruzando-se nas portas, escoando-se pelos corredores, num sussurro de passos e de vozes abafadas...

Dona Joana conseguira, pelos seus merecimentos, um padre para a encomendação do suicida. Com o rosário nas mãos trêmulas, os olhos inundados, ela não saía de ao pé do cadáver, defendendo-o do inferno na fé ardente e pura da sua prece.

Quem lhe diria! Um homem tão temente a Deus, tão digno do Paraíso!

E toda se debulhava em prantos por aquela alma perdida.

Por seu lado, sentada num canto, com as grandes mãos pousadas na seda russa do seu vestido preto, dona Itelvina considerava na fragilidade humana. Por que morrera aquele homem? Por não ter sabido guardar.

O instinto da vida é o egoísmo. Julgara-o mais precavido e mais forte; afinal era um bobo. Se tivesse o seu dinheiro aferrolhado, acontecer-lhe-ia aquilo? Não. Morreria de velho, deixando testamento.

Sempre pensara que ele havia de deixar testamento; seria então uma cerimônia completa e bonita, bem certo é que o dinheiro dá prestígio a tudo.

Empobrecer, suicidar-se, quem diria? Um português, um homem conservador e acostumado ao trabalho! Ainda o maior crime não estava em suicidar-se, estava em empobrecer, em deixar a família na miséria.

Na sociedade há só uma coisa ridícula: a pobreza. Vejam se os jornais inscrevem o nome dos miseráveis que vão para a vala.

Pois sim! Dizem que o dinheiro não vale nada, mas só dão notícia dos mendigos que deixam moedas de ouro entre as palhas podres do colchão.

Dona Itelvina relanceou os olhos pela sala e considerou-lhe o luxo, com asco. A seu lado caíam as dobras fartas de um reposteiro de veludo lavrado; ela apalpou-o, sentindo com um arrepio o pelo do cetim do forro agarrar-se-lhe à pele áspera dos dedos.

172

– Foi por estas e por outras! – murmurou ela de si para si.

Que fará agora esta gente toda? Talvez conte comigo.

Ah, mas eu não posso, eu não posso. Que trabalhem! Para isso Deus lhes deu cinco dedos em cada mão.

No meio dessas considerações acudia-lhe de vez em quando à lembrança o que estaria fazendo em casa a criada, não fosse ela dar entrada a alguém!

Ruth soluçou alto; D Itelvina não se mexeu, mas disse consigo:

– Coitadinha.

E consigo ficou no canto da sala, recebendo em cheio a onda dos soluços, que ora decrescia pelo extenuamento, ora redobrava pela violência da comoção. O cheiro da cera, a chama trêmula das tochas faziam-lhe mal à cabeça. Desculpou-se, com isso, de não ajudar ninguém; parecia-lhe que a hora do enterro tardava; mas devia chegar, e enfim chegou.

Paravam carros à porta, a sala encheu-se de gente. O Lemos e o Negreiros choravam. Cresceu o sussurro de vozes e de passos, era preciso fechar o caixão. Ruth desmaiou; as gêmeas bradaram pelo pai, Nina acudiu a todos com os olhos em sangue, e Camila, tirando o lenço da face do morto, beijou-o três vezes.

De volta do cemitério, doutor Gervásio entrou no palacete Theodoro. O gás da sala de jantar estava em lamparina, ele mal distinguiu uns vultos a um canto; aproximou-se. Era Camila sentada no divã, entre as gêmeas adormecidas. Ela, muito pálida, com uma brancura que saía do negror das roupas, num polimento de mármore, interrogou-o com o olhar.

Calado, o médico entregou-lhe a chave do esquife. Evitaram o contato das mãos: ela encolheu-se, ele recuou e foi sentar-se ao pé da mesa.

Era a primeira vez que se repeliam. Mila sentia na palma da mão a friagem daquela chave pequenina e pesada, sem saber onde guardá-la, com medo de a pôr no seio, achando irreverente guardá-la no bolso.

Gervásio considerava na dolorosa delicadeza daquela situação, que o obrigara a trazer do cemitério a chave da prisão perpétua do outro. Apoquentou-o a ideia de o terem escolhido por ironia, e, olhando para Mila, pareceu-lhe que nunca mais poderia beijar sem arrepios aquela boca, que tão repetidos beijos dera num cadáver

A única voz na sala era a do relógio; mal se ouvia a respiração das crianças bem acomodadas.

Gervásio quis falar, dar alguns conselhos a Camila; sabia-a muito inexperiente, mas conteve-se, sem atinar como tratá-la. A língua negava-lhe o tu, a que o seu amor o acostumara. Ela suspirava baixinho, de queixo caído para o peito.

Uns passos e um roçar de saias pela escada fizeram-na voltar a cabeça. Era a Noca. Vinha buscar as meninas. Tomou Lia nos braços.

– Como está Ruth? – perguntou Mila.

– Tá com febre. Dona Nina ficou perto dela. – Camila voltou-se para o médico:

– Vá vê-la, sim?

Ele fez um gesto de assentimento e acompanhou a mulata.

XXII

Só no fim de um mês foi que a família Theodoro tratou de mudar-se.

Nina despediu os criados, montou a casa nova com mobílias baratas, leitos de ferro, louças brancas, sem douraduras. Pensava em tudo, traçava planos, sacudia o torpor e a apatia dos que a rodeavam, indagava preços e discutia o valor dos objetos que adquiria.

– Você dá à própria dor uma forma de felicidade – disse-lhe um dia o médico –, é a mulher mais compenetrada dos seus deveres de mulher que eu tenho conhecido.

– De que serve?!

– Para fazer os outros felizes. A sua influência e a sua atividade têm realizado prodígios. E eu que já não acreditava em prodígios!

– Bem vê que fazia mal.

– Bem vejo. – Nina sorriu e depois continuou: – Falando sério: tenho medo da responsabilidade que vou assumindo, sem saber como. Tia Mila não está em idade de aceitar hábitos novos sem grande sacrifício; Ruth só há de querer saber do seu violino; para tudo mais foi sempre...

– Preguiçosa.

– Sim. As outras são tão pequenas!

– Eu estarei a seu lado.

Nina corou e não respondeu.

Dias depois Noca foi ao quarto da ama avisá-la de que iriam almoçar já na outra casa.

Mila apertou as pálpebras.

– A senhora torna a adormecer! Eu vou abrir a janela. Abro?

Camila não respondeu; sentiu o corpo pesar-lhe na cama e espalmou as mãos no seu largo colchão de clina. Como era bom!

O ócio tinha-lhe infiltrado no sangue a voluptuosidade, que embelezava a sua carne de pêssego maduro colhido ao sol de outono. O seu corpo redondo e róseo tinha o aroma expansivo da flor aberta e a maciez da fruta polpuda e delicada que não pode sofrer nem grandes baques nem grandes ventanias.

Noca insistiu:

– Abro a janela?

Camila calou-se ainda, procurando gozar mais um minuto o conforto do seu quarto cheiroso. Tinha criado fundas raízes no luxo, não se podia desprender por si, seria preciso que a arrancassem.

A culpa não fora sua. Seria a última vez, essa, que se estendia sob um dossel assim de rendas e de cetins? Só agora compreendia o valor das mínimas coisas na harmonia do conjunto.

Ali tudo era bom. A ideia da necessidade, do tacão acalcanhado, do chapéu feito em casa, do vestido forrado de algodão, irritavam-na até a doença. A pobreza tem morrinha; é suja.

Quis lembrar-se do seu quarto de solteira, buscando na humilhação do passado a resignação do futuro; dormira na mesma alcova que a irmã Sofia. Mal pôde reconstruir na memória o mobiliário barato desse aposento, em que havia roupas pelas paredes.

Noca andava pelo quarto; Camila olhou:

Era em frente àqueles grandes espelhos que o marido a encontrava quando voltava do trabalho, satisfeito dos seus negócios, pisando e falando alto, com as mãos carregadas de embrulhos de guloseimas e de jornais da tarde.

E não era para ele que ela picava nos seus vestidos claros uma flor, ou uma joia discreta. Era para o Gervásio que adoçava a sua beleza e se agarrava tanto à mocidade. A mocidade!

Vendo-a abstrata, com os olhos úmidos cheios de tristeza, Noca avisou, já impaciente:

– Olhe, nhá Mila, a gente não deve ir tarde; o carro daqui a pouco está aí.

– Ajuda-me a vestir.

– E as meninas, lá embaixo? Lia e Raquel agora é que vão tomar banho.

– Você tem razão. Eu estou mal acostumada. Vá, eu me arranjarei sozinha. Também, para este vestuário... Que saudade, Noca!

– Que se há de fazer?! Agora é ter coragem!

Duas horas depois Nina passava a última revista a casa, abria as gavetas verificando se todos os móveis estavam vazios e limpos, e percorria tudo, do salão à cozinha, da cozinha ao fundo do quintal; Noca ajudava-a na inquirição, remexendo as prateleiras e fechando as janelas e as portas.

No escritório, por mais que tivessem lavado, lá ficava indelével, em uma sombra no assoalho, a mancha do sangue de Francisco Theodoro. Nina ia passar por cima dela quando Noca deu um grito. A moça recuou, olhando aterrorizada para o chão:

– Pisei?!

– Quase.

– Meu Deus!

Contemplaram-se as duas por entre lágrimas.

– Foi uma grande desgraça, Noca!

– Se foi! Ainda me parece mentira.

– A mim também. Às vezes julgo mesmo que ele vem da cidade e que vou vê-lo abrir o portão. Pobre tio Francisco!

Pela primeira vez, pareceu-lhes que aquela mobília impassível lhes estendia os braços numa súplica.

Na secretária, ao lado do código de Orlando, o tinteiro de prata já vazio e em que a caneta sem pena pesava num abandono de corpo morto, havia cintilações frias.

Nas paredes chispavam as molduras dos quadros e desenhava-se a figura atrevida do cavalheiro de bronze, de chapéu emplumado na mão, em um aceno arrogante de adeus.

Disseram-lhe o último e fecharam a porta.

Na limpeza da casa, Nina encontrara em um caixote, no porão, entre um sem-número de objetos mutilados e antiquíssimos, o chicotinho com que Mário a zurzia nos dias de cólera, quando, pequena e magra, ela fazia reboar pelos corredores a sua tosse de cão que ele abafava gritando-lhe:

– Cala a boca! Cala a boca!

Calar a boca tinha sido todo o seu trabalho na vida. Com um triste sorriso desbotado, Nina separou, de todos os objetos destinados para a fogueira, aquele chicotinho revelador e profético, e guardou-o como relíquia.

Para que nascera ela senão para ser batida?

Depois de toda a casa fechada, foram para o jardim. Camila e as duas gêmeas esperavam-nas sentadas no banco, embaixo da mangueira. Atrás delas, muito magrinha e pálida, Ruth mal sustentava a caixa do seu violino, pasmando para as árvores amadas um olhar dolorido e longo.

Um minuto depois acomodavam-se no carro. Noca fechava o portão do jardim, entregava as chaves ao criado do doutor Gervásio, que esperava ali, na rua, para ir levá-las ao patrão. Subiu por último para a caleça. Ao primeiro arranco do carro de todos os peitos saiu um suspiro e todos os olhares se voltaram para a casa.

Ruth chorou; parecia-lhe que deixava ali o pai, o seu querido papai... Só Lia e Raquel gorjearam uma risadinha. – Enfim, iam para a casa nova!

Durante a viagem ninguém mais falou.

Para quê? Diriam todas a mesma coisa. Abafavam gemidos, disfarçavam lágrimas e iam assim, de negro, começar vida nova.

Eram dez horas quando o carro parou em frente à casa de Nina.

Na vizinhança, tocavam exercícios num piano desafinado. O sol irradiava com força no cascalho branco do chão.

176

A casa era pequena, em um trecho sossegado da rua de Dona Luísa, disfarçada por um jardinzinho mal cultivado. Dentro sentiram-se todos opressos; habituados à largueza de um palácio, parecia-lhes que aqueles tetos e que aquelas paredes se apertariam de repente, esmagando-os a todos.

O melhor quarto fora arranjado para Mila e as gêmeas; Ruth e Nina dormiriam na mesma alcova; Noca, num quarto ao fundo.

A sala de jantar, forrada de novo com ventarolas e japoneses no papel, abria para uma nesga de quintal por um patamarzinho de ladrilho que a desafogava. Tinham-na alegrado com um par de cortinas de cretone claro e uns vasos de flores na janela.

Nina explicava à tia como determinara as coisas, sujeitando-se a mudá-las se lhe não agradasse a posição delas.

Supusera melhor suprimir a sala de visitas e fazer dela, que era ampla e clara, a sala de trabalho. Em vez do sofá, do dunquerque[63] inútil, de uma ou outra cadeira preguiçosa, estavam ali a máquina de costura, cadeiras fortes, uma estante para músicas, um armário, uma mesa e uma tábua de engomar.

– Aquela tábua faz tão mal efeito aqui – murmurou Mila numa censura leve, sentando-se muito abatida.

A sobrinha explicou:

– A saleta lá dentro é muito pequenina, ficou vazia, para as crianças brincarem nos dias de chuva. Se a senhora quer, põe-se lá a tábua.

– Depois.

Quando acabaram de percorrer tudo, Lia e Raquel pediram para ver o resto.

– Onde estava a sala do piano? O escritório? Onde guardariam as suas bicicletas? A cozinha então era aquele cochicholo?[64]

A mãe anediava-lhes os cabelos, sem responder, com os olhos parados.

Tinham arranjado para cozinheira uma preta velha de trinta mil-réis mensais. Mila achou-a repugnante e disse a Nina que lhe pusesse ao menos um avental. E à hora do almoço não comeu; olhava para as gêmeas que iam devorando os bifes e o arroz da cozinheira nova.

Nina ofereceu Collares à tia, que bebeu pouco, sem nem ao menos indagar a proveniência daquele vinho, também, soube-lhe mal, bebido por um copo de vidro, e lembrou-se com pena das suas garrafas de cristal lapidado que atiravam sobre a toalha buquês iriados[65] e tremeluzentes. Eram como violetas e botões de ouro que nascessem da luz e se espalhassem sobre o adamascado do linho.

---

63. Dunquerque: tipo de armário com prateleiras geralmente de portas envidraçadas.
64. Cochicholo: quarto apertado, casa muito simples.
65. Iriado: com as cores do arco-íris.

O vinho viera da adega do doutor Gervásio; ninguém mais o bebeu. Lia pediu repetição do bife, Raquel exigiu batatas, e Nina, diminuindo a sua ração, encheu os pratos das primas.

O sol entrava pela janela numa larga toalha de ouro, rebrilhando no verniz novo dos móveis e nas roupas vermelhas dos japoneses retorcidos do papel.

A preta velha trouxe o café numa bandejinha, mal arrumada, que pousou brutalmente em um canto da mesa.

Camila fechou os olhos para não ver; quando os abriu, a sobrinha estendia-lhe uma canequinha delicada do último aparelho do palacete.

Mexendo o café, vagarosamente, a tia perguntou-lhe:

– Só veio essa canequinha?

– E uma xícara de chá; nós bebemos bem nas outras. Veio também um copo de cristal. Esqueci-me de o pôr na mesa. Quer mais açúcar?

– Não quero diferenças para mim.

Depois: – Realmente, custa muito a beber num vidro grosso!...

– Eu não acho.

– Ah, você!

Nina sorriu e foi abrir a porta ao criado do doutor Gervásio, que entrou trazendo a correspondência, jornais e uma carta para Francisco Theodoro que o carteiro levara ainda à rua dos Voluntários da Pátria.

– Você esteve lá em casa outra vez?! – perguntou Mila admirada.

– Sim, senhora. Fui lá com seu doutor, um homem gordo, seu Serra e mais o leiloeiro.

– Já! Andaram depressa! Olhe, é bom avisar o carteiro.

– Seu doutor já avisou.

– Bem; pode ir...

A carta era de Sergipe. O pai de Camila queixava-se de doenças e de atrasos; estava muito velho, pedia recursos ao genro. Dona Emília andava ameaçada de congestão; o Joca internara-se com a família para o interior, por míngua de empregos, a Sofia fora pedir-lhe agasalho por ter brigado com o marido e as outras duas filhas iam indo.

Desde a primeira até a última palavra arrastava-se um suspiro lamentoso de pobreza e de inércia.

Quando Camila acabou de ler a carta, deixou-a cair aberta sobre os joelhos e calou-se muito pálida. Ruth soluçava com a cabeça deitada na mesa. Ouvira as súplicas, mas o que a alterava não eram os cuidados do avô, era o destino daquele sobrescrito que ela tinha diante dos olhos, com o nome do pai, que, na ilusão da vida, viera de longe, impelido por várias mãos desconhecidas, e que, chegando ao final, não encontrava ninguém!

Releram a carta; vinha atrasada. Já por lá deviam estar fartos de saber a verdade. Como teriam recebido a notícia? Camila cerrou as pálpebras;

viu a mãe, tal qual era na primeira visita de Theodoro ao Castelo: faladora, animada, com aqueles grandes olhos trêfegos sempre reluzindo de esperança, deveriam estar bem amortecidos agora, aqueles olhos, bem cansados de chorar. E, como nunca, Mila sentiu saudades do carinho e do consolo materno. Estava tudo acabado! Que ventura, se pudesse voltar a ser pequenina, inocente e adormecer no colo da mãe! Seria tão doce... tão doce...

Os rigores do luto trariam a todos reclusos se a estreiteza da casa e o bom senso de Nina não reagissem contra as praxes. Depois, não bastava a economia, era preciso trabalhar, fazer pela vida.

Conheceram-se, pela primeira vez na família, as agruras do cálculo, o dever das restrições.

Mário escreveu lamentando ter de demorar-se em Paris, retido por uma doença de Paquita, cujo nome repetia em todos os períodos. A verdade é que na família ninguém contava com ele e que todos dissimulavam ressentimentos, fugindo de agravar tristezas.

Noca, pronta em expedientes, arranjou depressa freguesia para engomados.

Aquilo aborrecia Camila, que não gostava de ver trouxas de roupa atravancando a casa. O ferro, a fumaça, os peitilhos das camisas alvejando ao sol aumentavam-lhe o tédio e o mal-estar. A vida pesava-lhe.

Uma tarde a mulata entrou com uma novidade: tinha encontrado uma discípula de violino para Ruth, a filha de um empregado público da vizinhança.

Camila opôs-se. Ver a sua pobre filha andar na rua angariando dinheiro alheio? Nunca. Não tinham ainda chegado a tal extremo.

– Mas, tia Mila, a não ser que Mário lhe dê uma mesada, com que devemos contar? – perguntou Nina, estupefata daquela afirmativa, e acrescentou: – o que nós trouxemos, mesmo com economia, não dará para mais de dois meses.

Camila arregalou os olhos como se só então tivesse a percepção da sua desgraça...

Aproveitando a perplexidade da mãe, Ruth convenceu-a de que as lições seriam um meio de a distrair; já não aguentava aqueles dias sem fim.

Só a Nina não sobravam horas para trabalhos de interesse; precisava dividir-se em todos os misteres domésticos; as cozinheiras não paravam, umas porque bebiam, outras porque achavam o ordenado mesquinho... Era um vaivém cansativo e ela sujeitava-se a tudo, pondo o encanto da sua paciência nos trabalhos mais rudes e pesados. Cumpria a sua missão de mulher, adoçando sofrimentos, serenando tempestades e conservando-se na meia sombra de um papel secundário.

Corriam assim os meses. Os amigos escasseavam, mais pelo retraimento da família que pela sua mudança de fortuna. Os infelizes julgam os homens piores do que eles são e nunca veem em si a causa justificada de certos abandonos. Camila queixava-se às vezes das relações antigas sem cogitar que quem mais fugia era ela, envergonhada da sua nova situação.

Levado talvez mais pelo hábito que por outra causa, o doutor Gervásio continuava na assiduidade antiga; as suas visitas eram mais curtas, feitas de passagem; evitava, com escrupulosa discrição, os almoços naquele lar pobre e simples. De mais a mais, não podia falar nunca a sós com Mila naquela casa estreita; encontrava-a rodeada sempre da família, fechada no seu rigoroso vestido de viúva, muito arredia. Aquelas esquivanças não o atormentavam, ele sentia que a ia amando com menos amor e mais amizade; era como uma irmã, necessitada do seu amparo e do seu conselho, que ele não podia deixar de ver todos os dias; o calor da sua mão e o som da sua voz já não lhe alvoroçavam os sentidos adormecidos; e bem percebia que no coração dela a paixão estava também apaziguada, e que para Camila ele ia já sendo apenas o amigo.

E assim se passaram poucos meses, até que chegou um dia em que o olhar de Camila, irradiando, se trocou com o dele num fulgor de desejo. O fogo abafado pelas cinzas da tristeza irrompia subitamente como uma labareda de frágua. Ele espantou-se, ela conteve-se envergonhada, e separaram-se ambos inquietos e torturados.

XXIII

– Adeus, mamãe! Nós vamos levar estas sobras do jantar às crianças da Jacinta, ouviu? Nina disse que não vale a pena guardar para amanhã; é pouco e pode azedar.

– Mas que crianças são essas? – perguntou Camila às duas gêmeas, que lhe falavam do quintal com a trouxinha da comida num guardanapo.

– São as netas da Jacinta.

Ruth apareceu atrás das irmãs.

– Mamãe não conhece. Jacinta é uma velha paralítica que mora na vizinhança da minha discípula. Sempre que passamos por lá nos pede esmola. É tão velhinha que faz pena. Combinamos com a Nina que sempre que sobrasse alguma coisa do jantar fôssemos levar a ela. Quando me lembro do que se desperdiçava lá em casa! Por um lado, mais vale a gente ser pobre. Os ricos, não é por mal, mas, como não conhecem a necessidade dos outros, não consolam ninguém.

– Fala baixo! Bem, meus amores, vão, antes que seja noite.

– Anda depressa, Noca.

– Mamãe, como nós vamos acompanhadas, podemos depois fazer um passeiozinho?

– Sim...

As crianças saíram com a mulata. Camila sorriu. A Providência não a desamparava. Ainda na sua casa havia sobras para dar.

A tarde caía com lentidão; a viúva, derreada na cadeira de balanço da sala de jantar, olhava pela janela aberta para a grande amendoeira do quintal, cujas folhas cor de ferrugem caíam espaçadamente com um rumor tímido.

Invadia-a uma grande tristeza, um desejo vago de fugir, de sumir-se na transformação de uma essência diversa. A sua alma amorosa crescia-lhe dentro do peito na ânsia do calor do abraço e do sabor do beijo. Não podia mais, as roupas negras sufocavam-na, lembravam-lhe a todos os instantes aquele minuto inolvidável que se lhe fixara na vida, que se repetia sessenta vezes em todas as horas e de que ela não se libertaria nunca!

Nunca? Quem sabe? A sua carne forte acordava de um longo letargo com frêmitos de mocidade, capaz de todos os prodígios. Se a paixão que ela via arrefecer nos olhos de Gervásio se reacendesse! Se ele voltasse a amá-la com aquele amor antigo, todo de extremos... Se ele voltasse!

Na palidez da tarde moribunda, a grande amendoeira desnudava-se tranquilamente. Camila olhava para ela, invejando-lhe a serenidade, quando sentiu passos.

Voltou-se.

Gervásio sorria-lhe da porta.

– Vem! – murmurou ela então, num triunfo, estendendo-lhe os braços. Ele precipitou-se.

– Enfim, voltas a ser minha! A ser minha!

– Espera. Sossega. A Nina está em casa.

– Que importa a Nina?

– Cala-te! Oh, eu já não posso mais!

Muito juntos, com as bocas quase unidas, eles repetiam as mesmas palavras de outrora, que soavam agora aos ouvidos de Mila como novas.

O céu ia mudando de cor; as folhas da amendoeira desprendiam-se céleres e com frequência; dir-se-ia uma tarde de outono e era apenas começo de verão.

Camila, reentrada no seu sonho maravilhoso, parecia iluminada. O médico puxou-a para si, ia beijá-la, quando a Nina apareceu na sala com modo disfarçado.

– Querem luz? Como as meninas estão tardando!

Gervásio não respondeu; achou-a importuna. Camila disse com meiguice:

– É cedo, minha filha...

Ficou depois por muito tempo calada, recolhida na sua alegria. Era como se a tivessem encerrado em uma redoma luminosa e cheia de perfumes, em que houvesse outra atmosfera que lhe alterasse a natureza, isolando-a de tudo o mais. As roupas do luto não lhe pesavam, semelhavam rendas levíssimas; pela primeira vez a imagem do marido no último momento se lhe apagou na memória. Era já noite quando ela acompanhou Gervásio ao jardinzinho da entrada. Ele sentia-a trêmula, numa comoção de virgem, como se aquele velho amor pecaminoso fosse um amor nascente.

A sua voz, lenta e grave, tinha inflexões tímidas, e a brancura da sua carne, tantas vezes beijada por dois homens, parecia-lhe, na sombra, de uma imaterialidade puríssima.

– Agora és só minha, só minha! – dizia Gervásio, apertando-lhe as mãos com força, quando um homem se aproximou do portão e o empurrou. Olharam, com espanto, mas logo Camila deu um grito: reconhecera o filho e correu para ele.

Mário olhou para o médico com aborrecimento não disfarçado e recuou, dando lugar a que ele passasse para a rua, como a despedi-lo.

Trocaram um cumprimento rápido e cruzaram-se.

Foi só depois do portão fechado sobre as costas do outro que o Mário se voltou para a mãe com uma expressão que significava – ainda?!

Camila rompeu em soluços e então o filho abraçou-a docemente, e foi-a levando para dentro. Nina acendeu o gás, batendo os dentes num acesso nervoso; depois contemplaram-se todos, em silêncio. Foi ainda soluçante que Mila perguntou afinal:

– A Paquita?

– Está muito pesada, por isso não veio.

Camila sentiu o sangue sumir-se-lhe. Quê! Um neto! O seu Mário ia ter um filho!

– Demorei-me mais na Europa por esse motivo: os médicos acharam imprudente que a Paquita se metesse em viagens...

– Fizeram bem. Por aqui sofreu-se tanto! Quando chegaram?

– Esta madrugada. Desembarcamos às nove horas.

Outra decepção: todo o dia no Rio e só à noite o filho a procurava!

Ele explicou: tivera muito trabalho, idas à alfândega, uma trapalhada! E as irmãs? Onde estavam as irmãs?

– Já vêm, andam aí pela calçada. Vai avisá-las, Nina.

A moça saiu. Mário continuou:

– Por que não as entregou à minha cunhada? Ela escreveu-nos falando nisso.

– Tive pena. Não me quero separar delas.

– Sim, concordo que é penoso; mas é para o bem delas, e esta situação não pode continuar. Paquita é uma mulher sensata, mesmo a bordo determinou tudo da melhor maneira: Lia e Raquel vão para a casa de minha cunhada; Ruth irá morar conosco, isto até lhe facilitará um casamento, coisa sempre difícil para uma moça pobre, e Nina tem o recurso de ir para a casa do pai.

– E... eu?!

– A senhora, visto que agora é livre, por que não se há de casar?

Camila tornou-se rubra e escondeu o rosto nas mãos.

Mário não soubera reprimir-se e já agora prosseguia:

– Acho preferível o casamento à continuação desta vida. Perdoe-me que lhe diga, mas suas filhas merecem outros exemplos...

As mãos de Mila, geladas, apertaram com mais força o rosto em fogo.

Mário falou ainda.

Ele premeditara o seu discurso, ao lado da previdente Paquita; mas a língua recusava-se a repeti-lo inteirinho, no seu rigor de forma decisiva.

Vinha como uma espada, cortando todos os nós. Prevalecia-se da sua autoridade de homem.

A mãe teve nojo e num só grito explodiram-lhe todas as queixas. As faces, de vermelhas, tornaram-se lívidas, as mãos e os beiços tremiam-lhe; avançou:

– Vá dizer à Paquita, à sua prática e sensata Paquita, que eu não preciso do dinheiro dela, ouviu! Não se demore que ela é capaz de bater em você!

– Mamãe!

– Perversos! Vir de tão longe, o meu filho, para me dizer isto. O meu filho! E eu que tinha tantas saudades!

– Mamãe, a senhora é injusta.

– Injusta é ela, que me quer separar de todos os filhos e te ensina a faltar-me ao respeito. Acham que tenho sofrido pouco?!

– Acalme-se e reconhecerá que temos razão. Paquita é um anjo.

– Um diabo do inferno!

– A senhora está-me ofendendo.

– E ninguém me ofendeu? Diga! Ninguém me ofendeu?!

– Sossegue: tudo se há de arranjar; bem sabe que eu não tenho nada; a fortuna é de minha mulher, mas nós lhe daremos uma mesada, visto que...

– Recuso; não quero nada dessas mãos. O meu filho morreu no dia em que se casou. Se o envergonho é melhor fingir que não me conhece. Vá-se embora.

– Mamãe...

– Vá-se embora! Eu não preciso de nada. Suas irmãs saíram para dar uma esmola. Temos sobras em casa. Que castigo, meu Deus!

– Não tive a intenção de a ofender. Se eu não tivesse encontrado aqui aquele maldito homem, as coisas teriam caminhado de outra maneira. Compete agora a mim o dever de zelar pela sua honra. A senhora é viúva, o doutor Gervásio é solteiro, amam-se, casem-se. É lógico.

– Pelo amor de Deus! Mário!

– A senhora não é criança, deve perceber que desse modo compromete o futuro das meninas. O tempo lhe dirá se tenho razão...

– Que insistência! Uma vez por todas: basta, basta, basta!

– Bem, mamãe, calo-me.

– Enfim!

Era oportuno o ponto. As meninas entravam em tropel pelo jardim gritando:

– Mário, Mário!

Ele chegou à porta, agitadíssimo, e estendeu os braços a Ruth, que lhe pareceu muito magrinha, já de vestido comprido, como uma senhora. O abraço evocou em ambos a lembrança do pai. Mário semeou beijos e lágrimas nos cabelos da irmã, na sua primeira efusão de ternura.

Foi só depois de tudo acabado que a Noca, contemplando o moço de frente, murmurou:

– Gentes! Reparem como o bigode de Mário cresceu e como ele está bonito!

XXIV

Domingo de verão: as cigarras chiavam estridulamente no *flamboyant* da rua. Grande sossego em tudo.

Fechada no seu quarto, Camila tentava ler, mas os olhos fugiam-lhe da leitura para as caminhas vazias das gêmeas, entregues desde a véspera à baronesa da Lage. Cumpriam-se as ordens de Mário.

A família espalhava-se ao bruto pontapé da pobreza: uns para aqui, outros para acolá... Que imprevistas soluções tem a vida!

Numa persistência cruel, o conselho do filho fincava-se-lhe no cérebro. Exangue e dolorida, ela não lutava; a fatalidade faria dela o que quisesse. O que a atormentava sobretudo era a saudade das gêmeas, que tinham levado consigo toda a sua alegria e que, ausentes dela, iriam dispensando à outra os afagos que deveriam ser só seus! Pobres inocentes, lá viria um dia em que o preconceito da honra se levantasse no seu caminho como um rochedo em cujas arestas lhes ficassem o sangue e a carne.

Via já a outra como uma inimiga. Fora ela quem lhe tirara o filho para a irmã; era ela quem lhe tirava as filhas para si. O pretexto humilhava-a, achava-se indigna por não ter tido forças de defender as crianças, arrancadas de casa pela pressão da necessidade. Olhou para as mãos: eram bonitas, mas não sabiam fazer nada. Camila escondeu-as depressa, arrepiada, nas dobras do casaco.

E o conselho do filho não a deixava, numa fixidez alucinadora. Sim, só Gervásio poderia salvá-la, se quisesse dizer primeiro a palavra que ela não tinha coragem de pronunciar.

Camila fechava os olhos, tapava os ouvidos e sempre, continuamente, entre o seu orgulho de mulher e os seus extremos de mãe, badalavam as palavras do filho:

– Case-se, case-se, case-se!

E ele tinha razão; só assim ela tornaria a ter um lar onde aninhasse as filhas; cessariam os sacrifícios de Nina e de Ruth, a Noca trabalharia só para si, e o Mário...

O ressentimento que lhe ficara daquele filho, que viera de longe para lhe dizer amarguras, avolumou-lhe as lágrimas que chorava.

Tinha-se humilhado, havia de humilhar-se até o fim. Falaria a Gervásio.

Devia fazer-se isso depressa, a tempo de salvar toda a gente e reunir as crianças antes do desapego completo.

Francisco Theodoro assim quisera, furtando-se à responsabilidade da família, fugindo da vida desde que a vida, em vez de presenteá-lo, lhe pedia favores. Era o abandono; pois bem, ela reconstituiria o lar que ele desmanchara; o seu velho amor, purificado por tantos sobressaltos, por tantas agonias, ressurgiria, como um dia de luz após outros de negrume, para a felicidade de todos!

O coração faz pagar caro às mulheres a sua glória, bem o sabia. Dera tudo, certa de que não era a honra do marido que sacrificava, mas a sua própria. Ele não era autor nem cúmplice, não podia ser arguido pela sociedade hipócrita.

Por fortuna, tinha-se empenhado com um homem de bem: Gervásio salvá-la-ia. Mário dissera um dia:

– Escolha entre mim e o doutor Gervásio. – Aí estava ela agora radiante, escolhendo a ambos, porque adorava um, porque era mãe do outro.

As horas passavam devagar. Num piano vizinho rompeu uma polca faceira; ressoavam gargalhadas na rua.

Que dia lindo e como havia gente alegre na vida! Camila foi à janela; vacilava ainda. Nem uma nuvem no céu; voltou para dentro e esbarrou com as caminhas vazias. Numa imposição de vontade, despiu-se à pressa e enfiou o vestido de sair; os dedos mal atinavam com os colchetes; nem olhou para o espelho, na ansiedade de partir, de correr para o futuro...

* * *

Eram quatro horas quando entrou no bonde que a levaria à casa do doutor Gervásio. Colheu a cauda do vestido, dobrou sobre o rosto o seu véu de viúva, ciosa de que lhe não lessem os pensamentos na alteração do rosto. Dobrava-se, enfim, à vontade da nora, aquela criatura implacável, que nunca a procurava, conservando-se a distância, com medo do contato. Camila sorria daqueles grandes escrúpulos tão tardiamente acordados.

Para melhor evitar a sogra, Paquita mudara-se para Petrópolis; e o Mário, sempre com medo de perder a barca, mal visitava a família, carregado de encomendas para a mulher e o filho, um rapagão nascido longe da avó.

Camila esquecia-se de tudo isso, abrindo os olhos para as imagens exteriores. Era como se tivesse saído de um cárcere: tudo lhe parecia diferente e mais bonito. Começavam já a aparecer as chácaras de Botafogo, grandes relvados, altas palmeiras, frescuras de água e de sombras macias.

Em quantas daquelas casas ela fizera brilhar as suas joias, rugir as suas sedas, vagar o perfume do seu lenço de rendas e dos seus vestidos! Bons tempos. Ah!, mas eles voltariam quando a fortuna e a lealdade de Gervásio a repusessem no lugar de que a ambição do marido a tinha arrancado.

Ia leve. Como é bonito e curto o caminho da felicidade!

O bonde dobrou a rua dos Voluntários e uma súbita angústia caiu no coração de Camila. Ia passar pelo palacete Theodoro como uma estranha. Por um grande trecho da rua, ela esperava esse momento com curiosidade e terror; e quando o momento chegou, quis abranger tudo com a vista, adivinhar até o que se passava dentro daquelas grossas paredes. Na fugacidade do instante só pôde perceber que a janela do seu quarto estava aberta e que tinham substituído por areia preta a antiga areia branca do jardim. Teve ímpetos de mandar parar o bonde, de entrar pela casa, ir até a sua saleta, continuar o bordado ou a leitura interrompida e beijar as duas filhinhas, coradas, ofegantes pelas últimas corridas da bicicleta, que lá deviam estar dentro, ao pé da Noca, na sala de engomar, sobraçando as suas grandes bonecas de olhos azuis.

O bonde passou, e Mila, toda voltada no banco, olhava para a sua casa, depois para o seu jardim, e ainda, enquanto a viu, para a alta copa ramalhuda da sua mangueira.

Sentiu então como que um desdobramento de personalidade. Ela que passava, sozinha, vestida da lã negra, com um véu de crepe pela cara, mal arranjada, abotoada à pressa, não era a Camila dos vestidos claros e das mãos luminosas; essa estaria lá dentro do palacete no seu eterno sonho de mocidade, de amor e de beleza.

Quando entrou em casa de Gervásio, teve um ímpeto de voltar para trás. Todos os seus escrúpulos se levantaram em revoada. Feriu-a então a ideia de que já era avó e que esse título devia ser um ridículo algemando-a ao silêncio. O filho de seu filho seria também um inimigo? Tão pequenino, apenas nascido, e já teria força para se interpor entre ela e a felicidade?

Um criado abriu o guarda-vento; ela entrou indecisa para o vestíbulo. Nunca se encontrara ali sozinha: Gervásio não quisera expô-la aos comentários dos seus criados; preferira ter um canto obscuro, todo destinado a ela e que nenhuma outra mulher maculasse com a sua presença ou a sua indagação curiosa.

O mesmo criado conduziu-a por um corredor atapetado, ornado de plantas, até uma sala do mesmo pavimento térreo, abrindo sobre um jardinzinho interior onde as dracenas se empenachavam de flores.

Pediu-lhe que esperasse ali. O senhor doutor conferenciava com um indivíduo no escritório, mas ia avisá-lo.

Ela respondeu-lhe que não, não tinha pressa; ficaria até que o outro saísse.

Quando se viu só, Mila levantou o véu com um suspiro de alívio. Olhou amorosamente para tudo: nas paredes alguns quadros; uma certa sobriedade nos arranjos e nos móveis. Reconheceu numa cadeira uma almofada bordada por ela, e, a um canto, um jarrão chinês com que Francisco Theodoro presenteara o médico após uma doença grave do Mário.

O marido! O Mário! Como eles lhe fugiam para o horizonte da vida. Aquele jarrão evocava uma época feliz. O filho era então já um rapazinho atrevido, mas tão meigo, tão lindo! O marido era forte, falador, arrebatado, ameaçando fazer cair a casa ao furor das suas rebentinas. E ela? Ela bem diferente: caseira, malvestida, egoísta e muito severa para as faltas alheias... Prodigalizava-se pouco, o próprio marido não obtinha dela mais do que o carinho frio, de condescendência; não por mal, não por propósito, nem sabia por quê.

Fora Gervásio que lhe ensinara a enternecer-se, a reprimir as suas cóleras, a perdoar as fraquezas dos outros, a embelezar a sua casa, a sua pessoa, a sua vida, a querer bem a todos, com inteligência e com consciência. Antes não o houvera conhecido; ela talvez não tivesse sido boa para ninguém, mas teria sido honesta e não conheceria o sofrimento.

Com os olhos parados nas figuras policromas do jarrão, Camila relembrava todo o martírio do seu amor, nascido pouco a pouco da intimidade.

O tal indivíduo demorava-se no escritório. Ela levantou-se, foi à janela olhar para o jardim. As plantas eram finas; como no interior da casa, havia também ali uma tranquilidade distinta. Sentia-se que os gostos e os instintos do dono sabiam subordinar-se a uma vontade forte.

Camila olhava abstratamente para as flores quando ouviu passos no corredor. Voltou-se; Gervásio apareceu no limiar da porta.

– Que é isso, Mila?!

– Nada, eu...

– Por que vieste?!

Camila avançou timidamente. Ele continuou:

– Por que não me mandaste chamar logo que entraste? Estás tão pálida!, tão fria... Foi uma imprudência vir aqui a esta hora! Mas por quê?!

– Lá eu não poderia falar.

– Tens razão, aquela casa é tão pequena! Está-se tão perto de todos! Senta-te, meu amor.

– Contrario-te?

– Nunca! Estamos juntos! Fala.

– Eu.

Mal pronunciou a primeira palavra, Camila arrependeu-se da sua resolução. Era quase velha, já era avó! Àquele pensamento toda se enrubeceu; calou-se de novo, com os olhos rasos de água.

– Não te compreendo, assustas-me! Tens segredos para mim? Olha que me zango! Vamos, que aconteceu?

– Amas-me sempre?

– Sempre!

– Como no princípio?

– Mais.

Então baixinho, num sussurro, com o rosto unido ao rosto dele, Camila disse tudo. Levada pelo seu sonho, ela não percebia quanto as mãos dele tremiam nas suas mãos e que sombras lhe passavam pelo rosto transtornado.

Quando ela acabou, ele não respondeu; ficou por largo tempo imóvel, como se ainda esperasse a última palavra.

A viração da tarde encheu a sala com o aroma das dracenas; Camila sorveu-o com deleite, como se fora um afago do céu. Enfim, falara, tinha-se dissipado a nuvem e já sorridente, instou pela resposta:

– Queres?

O médico ergueu-se de chofre e, com voz metálica e dura, disse rapidamente:

– Não pode ser.

Camila moveu os lábios numa agonia de morte. O que ela temia ali estava. Ele tinha razão, era bem-feito, casar, para quê? Fora a nora que a obrigara a tamanha humilhação! Atrás daquela máscara de seriedade, Gervásio havia de se estar rindo dela, da pretensão daquele miserável corpo de avó a um noivado de amor! Teve a impressão dolorosíssima de estar coberta de rugas e de cabelos brancos; olhou para as mãos com medo; não compreendeu bem o motivo por que continuava ali e levantou-se com esforço para se ir embora. O seu destino estava escrito: via todo o futuro tapado pelo corpo pequenino do neto.

Gervásio, pondo-lhe as mãos nos ombros, fê-la sentar-se outra vez, com brandura.

– Para quê? – perguntou-lhe ela, quase chorando.

– Para te dizer tudo: eu sou casado.

Camila abafou um grito, tapando a boca com a mão.

Ele dissera aquilo num desabafo, na ânsia do golpe inevitável, com uma voz cortante como a de um machado lanhando um tronco verde. Roto o segredo, apiedou-se logo e falou com humildade, muito chegado a ela. Também pensara nisso, ele, também a quereria fazer sua aos olhos de toda a gente, mas estava preso a outra mulher até que a morte...

– A morte! – suspirou Camila.

E ele continuou muito comovido:

– Viste-a uma vez, lembras-te? Era aquela mulher de luto que encontramos na volta do Netuno. Achaste-a bonita, percebeste a nossa impressão e tiveste ciúmes... Eu não queria que soubesses, mas agora a explicação deve ser completa, dir-te-ei toda a verdade. Meu pobre amor, perdoa-me...

Gervásio segurou nas mãos de Camila; ela retirou-as devagar e fixou-o com um olhar de tão clara interrogação que ele continuou mais baixo, mastigando as palavras:

– Sim, amei-a muito! Casei-me por amor; mas no dia em que percebi que ela me enganava, deixei-a. Morávamos no Rio Grande, ela ficou lá com a mãe, eu voltei para aqui. Quis divorciar-me, ela opôs-se; opõe-se ainda; quer ter-me acorrentado como um cão: consegue-o. É tudo.

Era tudo. Camila percebeu o melindre do segredo, mantido para evitar-lhe uma ofensa. A razão iluminava-se-lhe; ela não podia ser aos olhos daquele homem nem melhor nem mais digna do que a outra que ele desprezara; a mesma culpa as nivelava, e se ele não encontrara perdão para a esposa, como encontraria respeito para ela?

Sempre calada, puxou o seu véu de viúva para o rosto e levantou-se.

O aroma das dracenas invadia tudo numa exalação sufocante.

Gervásio beijava-lhe as mãos, suplicando-lhe que lhe perdoasse; fora por amor de ambos. Por que não continuariam a viver como até então?

Camila não respondia, e como ele instasse, ela pediu:

– Deixa-me ir embora!

– Tens razão; precisas descansar. Mas não podes ir assim, deixa-me ao menos mandar buscar-te um carro!

Camila desprendeu-se, já muito impaciente; queria ir sozinha, andar a pé, ao ar livre. Ele consentiu, adivinhando que a perdia para sempre. Talvez fosse melhor assim.

Ela colheu a cauda da saia e saiu tiritando de frio por aquela luminosa tarde de verão. Encontrara fechada a porta do futuro; voltava para trás, aturdida, como se sentisse dentro da cabeça um sino doido badalando furiosamente. Ele era casado! Ele mentira-lhe! Tantos anos de mentira, tantos anos de mentira!

Era já noite quando Camila entrou no seu jardinzinho da rua de Dona Luiza. A casa estava ainda às escuras, mas Ruth tocava lá dentro um adágio de Mendelson. Extenuada, Camila sentou-se nos degraus de pedra como uma mendiga à espera da esmola. As luzes dispersas dos lampiões semeavam de pontos de ouro a curva negra do morro; a última cigarra adormecia nas flores abertas do *flamboyant*, e a alma dos seres invisíveis erguia-se na noite, enchendo-a de impenetrável e sagrado mistério...

Camila, com o olhar aberto para o veludo macio da sombra, percebia que estava tudo perdido, irremissivelmente. No outro dia escreveria uma carta a Gervásio com a sua última palavra. O adeus definitivo. As lágrimas rolavam-lhe em fio pelo rosto abrasado; estava bem certa de que aquele era o dia da sua segunda viuvez.

Perdera na primeira o aconchego, as honras da sociedade, a fortuna e um amigo calmo, que não a repudiaria nunca. Na segunda, perdia a ilusão no amor, a fé divina na felicidade duradoura, o melhor bem da Terra!

Chegara ao fim de tudo, à hora tremenda da expiação. Mas fora ela, por ventura, uma criminosa?

Maldizia-se, fora uma confiante, dera-se toda com os seus devaneios, os seus desesperos; dera-se completamente, absolutamente, e aquele a quem tudo sacrificara tinha-a deixado do lado de fora da sua vida, como a uma estranha.

Ele mentira-lhe, ele mentira-lhe!

Era casado e desprezara a mulher pela mesma culpa! Que seria ela também aos olhos dele?

Oh! Ser honesta, viver honesta, morrer honesta, que felicidade! Se pudesse voltar atrás, desfazer todos aqueles dias de sonho e de ebriedade, recomeçar os labores antigos na insossa domesticidade de esposa obediente, sem imaginação, sem vontade, feliz em ser sujeita, em bem servir a um só homem, com que pressa voltaria para evitar essa humilhação, pior que todas as mortes, porque vinha dele, que ela amava tanto! Amava ainda. Ainda!

Olhou com desprezo para o seu belo corpo de mulher ardente. Era um despojo, de que valia? Lembrou-se com terror das filhas, aquelas crianças nascidas dela, predestinadas para o sofrimento. Caminhariam alegremente para o amor, e o amor só lhes daria decepção e miséria.

Numa angústia, Camila interrogou com olhar ansioso a treva muda: – Senhor, que haveria no mundo para salvação das almas doloridas?!

Alguma coisa falou-lhe no ar, em um rasgo de poesia, que subia às estrelas: a música de Ruth. A essência da lágrima purificava-se no som com um poder de infinita pacificação.

Então a viúva teve inveja da filha, daquele ideal puríssimo, que não lhe traria nunca o travo de um desengano. A arte a consolaria do homem, pensou, quando chegasse o dia de o amar e de o servir.

Maldita a natureza, que a fizera, a ela, só para o amor!

Às onze horas da manhã seguinte, Camila sentou-se a um canto da sala de trabalho. O sol entrava pela janela, estendendo no chão uma toalha de ouro. Debruçada sobre a mesa, Ruth escrevia em papel de pauta, preparando lições para duas discípulas novas. Toda a sua indolência antiga se transformara em atividade. Nina cosia à máquina e, no meio da casa, Noca borrifava a roupa para o engomado. Ela olhou para todos. Ruth estava feiosa, muito magrinha; mas a sua coragem iluminava-lhe a fronte, uma fronte de homem, vasta e pensadora; as outras pareciam até mais bonitas naquele afã. Estavam na sua atmosfera.

Com voz pausada e clara, Camila pediu que lhe dessem trabalho. Olharam-na com espanto.

– Mamãe quer mesmo fazer alguma coisa?!

– Sim, minha filha. Tudo acabou, devo começar vida nova!

– Então mande buscar as meninas e ensine-as a ler! – exclamou Ruth.

Um grito irrompeu de todos os peitos. Noca saltou:

– Vou já me vestir! Credo! Não sei o que parece isto de a gente dar os filhos. Deixe Mário falar, afinal aqui ninguém há de morrer de fome. Vou buscar as crianças?! Vou, ou não vou?

– Vai – respondeu Camila muito excitada. – Mas olha, não ofendas a baronesa. Basta dizer... que eu não tenho nada no mundo senão as minhas filhas!

– Bem que eu ouvi a senhora chorar toda a santa noite. Até estive quase...

– Basta de palavreado, Noca! – interrompeu Nina; e acrescentou:

– Vá descansada, eu acabarei de borrifar a roupa. E depois, para a tia:

– Faz bem, tia Mila. O trabalho distrai.

XXV

Depois de dois anos de viagens pelos Estados Unidos, o capitão Rino desembarcou no Rio de Janeiro. Vinha outro, remoçado, lépido, despido do seu ar de ingênua rudeza. Havia agora no seu sorriso a mesclazinha de ironia que a perversidade do mundo ensina aos homens.

Catarina notou-lhe logo a diferença ao conduzi-lo alegremente por entre os girassóis do seu jardim. Compreendeu a serenidade do irmão. Vinha salvo.

Na manhã seguinte ele lia alto um jornal quando esbarrou com um anúncio para um concerto de Ruth.

Parou; ele soubera de tudo pelas cartas de Catarina e, voltando-se, fixou nela os seus olhos claros. Houve uma troca de confidências entre os dois rostos mudos; depois, curvando-se um pouco para o irmão, a moça perguntou em voz baixa:

– Vais visitá-la agora?

Rino hesitou, e depois, com o tom mais natural do mundo, respondeu com outra pergunta:

– Para quê?

FIM

Este livro foi impresso pela Gráfica PlenaPrint
em fonte Minion Pro sobre papel Polén Soft 80 g/m²
para a Via Leitura no outono de 2020.